홀릭

현실을 떠나
중독을 선택한 아이들

중독은 '지나치게 과함에도 통제하지 못하는 행동'이라고 할 수 있습니다. 스마트폰을 과하게 보고, 게임을 과하게 하고, 술을 과하게 마시는 모습을 보고 우리는 중독을 떠올립니다. 인간은 쉽게 중독에 빠지고, 청소년도 마찬가지입니다. 걸을 때조차 스마트폰에서 눈을 떼지 못하고, 게임하느라 학교도 빠지는 아이들을 보며 어른들은 당연하다는 듯 '과잉 상태'에서 벗어나라고 이야기합니다. 하지만 이이러니하게도 중독은 결핍에서 시작됩니다. 가족 사이에 유대가 부족할 때, 스스로 느끼는 행복이 부족할 때처럼 무언가의 결핍을 채우기 위해 오히려 과한 상태로 향하는 것입니다.

《홀릭》은 다섯 가지의 중독(자해, 스마트폰, 도박, 알코올, 게임)에 빠진 청소년의 모습을 보여 줍니다. 그들은 모두 우주처럼 아득한 공허와 공허가 불러오는 결핍, 막막한 불안을 견디기 위해 중독의 세계에 스스로를 내던집니다.《홀릭》을 통해 외롭고 불안한 청소년에게는 위로와 용기를, 세상 모든 어른에게는 청소년의 아픔과 불안에 공감하는 시간을 건넬 수 있으면 좋겠습니다.

소원라이트나우 05 _____ light now

바로 지금, 용기 내어 이야기하는 청소년들의 가려진 문제를 양지로 이끌어 냅니다.

소원라이트나우 05

홀릭

초판 1쇄 발행 | 2020년 11월 25일 **초판 2쇄 발행** | 2021년 07월 30일

글 | 나윤아 표지 일러스트 | 폴아(PORA)

펴낸이 | 이미순 **편집** | 전지애 **디자인** | 김성령
펴낸곳 | 소원나무
주소 | 경기도 파주시 회동길 37-20, 202호
전화 | 031-812-2552 팩스 | 070-7610-2367
카페 | https://cafe.naver.com/swnamu
블로그 | https://blog.naver.com/swnamupublishing
페이스북 | https://www.facebook.com/sowonnamu
인스타그램 | https://www.instagram.com/sowonnamu
등록 | 제 406-251002012000220호(2012.12.27)

ISBN 979-11-7044-065-9 44810
(세트) 979-11-86531-66-2 44800

© 나윤아, 2020

이 도서의 국립중앙도서관 출판예정도서목록(CIP)은 서지정보유통지원시스템 홈페이지
(http://seoji.nl.go.kr)와 국가자료종합목록 구축시스템(http://kolis-net.nl.go.kr)에서
이용하실 수 있습니다. (CIP제어번호: 2020047694)

• 파본은 바꾸어 드립니다.
• 책값은 표지 뒤쪽에 있습니다.
• 이 도서는 한국출판문화산업진흥원의 '2020년 우수출판콘텐츠 제작 지원' 사업 선정작입니다.
• 책에는 KopubWorld 서체, Noto Serif, Source Sans pro, 가나초콜릿, 카페24 심플해,
  대한체가 적용되어 있습니다.

소원나무는 한 권의 책 속에 우리의 꿈과 희망을 소중하게, 정성스럽게, 웅숭깊게 담아냅니다.

홀릭

Holic

나윤아 소설집

소원나무 WishTree

차
례

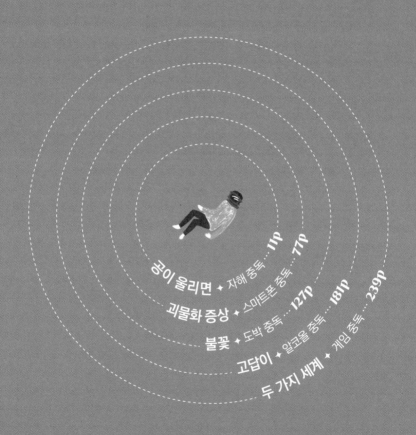

공이 울리면

— 자해 중독

나윤아

2010년 제3회 생명문예공모전에서 단편 〈박하사탕을 삼키다〉가 당선되었고, 같은 해 청소년 디지털작가공모전에서 단편 〈아가씨의 올리브〉가 당선되었다. 작품으로는 《공사장의 피아니스트》, 《안녕, 나나》, 《미인의 법칙》, 《세븐 블라인드》(공저) 등이 있다.

✳

공이 울리면

　소꿉친구 여소은이 처음으로 낯설게 느껴졌던 순간을 기억한다. 중3 겨울방학이 끝난 뒤였다. 서로의 집이 윗집 아랫집으로 바로 지척이었는데도 우리는 겨울방학 동안 만나지 못했다. 여소은은 고등학교 대비 선행 학습을 하느라, 나는 전국체전에 나갈 준비를 하느라 체육관에서 산다고 여유가 없었다. 어차피 소꿉친구는 굳이 얼굴을 보지 않아도 친밀한 법이었다. 우리는 중학교 졸업식에서나 오랜만에 얼굴을 보고는 반가운 인사를 나눴고, 그 뒤로는 또 같은 이유로 계속 만나지 못했다. 그러다가 어느새 3월, 고등학교 등교 첫날을 맞이했다.

　여소은과 나는 각자 가고 싶은 학교가 달랐다. 여소은이 지망한 고등학교는 이 지역에서 제일 공부를 잘하는 학교였고, 내가 지망한 학교는 복싱부를 비롯하여 체육 관련 부서들이 유명한 고등학교였다. 체고 아이들이 판을 치는 전국체전에서도 제법 성적을 냈기에 체육 쪽으로 두각 있는 애들이 우리 학교로 많이 몰렸다.

유치원부터 초등학교, 중학교까지 같은 학교를 나온 여소은과 나는 그렇게 처음으로 다른 학교를 다니게 되었고, 아쉬운 마음에 등교 첫날만큼은 버스 정류장까지만이라도 함께 가기로 약속했다. 새 학교 교복을 입으면서 여소은과 나의 지긋지긋한 인연이 고등학교에서 갈린다는 걸 실감했던 기억이 난다. 왠지 좀 아쉬웠지만, 한편으로는 친구들이 나랑 여소은을 지겹게 엮어 대던 상황에서 벗어날 수 있겠다는 생각에 속이 시원했다. 나는 빌라 대문 앞에서 여소은을 기다렸다. 3월의 바람이 아직 차가워서 5분을 기다리는 것도 짜증이 나려는 무렵, 여소은이 내 등을 툭 쳤다.

"야, 건빵!"

여소은은 초등학교를 졸업한 이후로 '강건우'라는 내 이름을 제대로 부른 적이 거의 없었다. 물론 나는 여소은을 '엿'이라고 불렀다. 내가 인상을 팍 쓰고 뒤를 돌아보는 순간이었다.

"오랜만에 본다, 건빵."

그때 나는 처음으로 소꿉친구가 조금 다르게 느껴졌다. 해사하게 웃는 얼굴은 못 본 사이에 조금 성숙해져 있었다. 천방지축에 말괄량이였던 분위기가 차분하게 바뀐 것 같기도 했다.

"뭐야. 엿, 너 머리 잘랐냐?"

그러고 보니 어깨 너머까지 길었던 머리가 어깨에 닿지 않았다.

"알아는 보네?"

의아했다. 머리 때문에 여소은이 달라 보이는 걸까? 머리를 잘라도 여소은은 여소은인데. 어쩌면 새로운 교복 때문일지도 모른다고 생각했다. 회색 주름 스커트와 단정하게 각이 잡힌 남색 재킷, 왠지 어른스러워 보이는 넥타이까지. 교복 때문에 여소은이 좀 성숙해 보이는 것 같다고 납득하다가 문득 빨간 입술이 눈에 들어왔다.

"어쭈? 엿 주제에 화장도 했어?"

"뭔 화장이야. 틴트 말고는 아무것도 안 발랐어."

여소은은 내 팔을 자신의 작은 주먹으로 툭 쳤다.

"오? 잠깐만, 건빵. 너 작년에 소년체전에서 2등인가 했다더니 팔이 좀 단단해진 것 같다?"

여소은이 갑자기 내 팔을 손으로 꾹꾹 눌렀다. 나도 모르게 팔에 불끈 힘을 줬다.

"대박. 야, 너 진짜 근육 있어."

"언제 적 소년체전이야. 이래 봬도 조만간 전국체전에 나갈 몸이다, 내가. 네가 몰라서 그렇지 이 교복 아래가 근육으로 다 어마어마하다고."

내 팔을 꾹꾹 누르는 여소은 손끝이 너무 신경 쓰였다.

'뭐야, 얘 왜 이렇게 낯설어? 뭔가 키가 더 작아진 것 같기도 하고, 웃는 것도 이상한데. 원래 웃을 때 보조개가 있었나, 얘가?'

버스 정류장까지 가는 내내 여소은이 엿 같지 않아서 나는 계속 그 애를 지켜봤다. 재잘재잘 떠드는 게 꼭 참새 같았다. 그래, 엿이라는 별명은 너무 초딩 같지. 앞으로 넌 참소은이다. 그런 생각을 했던 것도 기억난다. 버스 정류장에서 여소은을 먼저 보내고, 나는 다른 버스를 타고 학교로 갔다. 버스 안에서도 나는 계속 여소은을 생각했다. 그러다가 내릴 때가 되자 그 애가 아주 괘씸해졌다. 감히 여소은 주제에 날 긴장하게 해? 그러면서 다짐했다. 다시는 여소은을 낯설게 느끼지 않겠다고.

그 뒤로 나는 그 다짐을 제법 잘 지켜 왔다. 물론 위기의 순간이 없었던 건 아니다. 여소은이 똥멍청이처럼 웃을 때나 떡볶이를 작은 입으로 우적우적 밀어 넣을 때, 웬일로 씻고 나왔는지 문득 좋은 향기가 날 때와 같은 순간들이 그랬다. 그럴 때마다 나는 내 머리를 통통 치면서 '쟤는 여소은이야. 낯설 것 없어. 내가 다섯 살 때부터 알던 그 엿이라고, 엿.' 하고 몇 번 중얼거리면 괜찮아졌다.

그런데 바로 지금, 예고도 없이, 그야말로 갑자기 최대의 위기가 닥쳐왔다.

'미치겠네. 꿈꾸는 것도 아니고. 지금 이 상황은 뭐야, 도대체.'

나도 모르게 인상이 우그러졌다. 이번엔 단순히 낯설다고 할 정도가 아니었다. 이 정도면 반전이고 스릴러였다. 도대체 이 상황이 다 어떻게 된 거란 말인가. 한 손에 잡힐 만큼 가느다란 팔목이 흉측하게 벌어져 있었다. 나는 혼란 속에서 차근차근 사건의 발단을 되짚어 봤다.

그러니까 정확히 15분 전, 엄마한테 김치전 다섯 장이 올라간 접시를 받았다. 요리에 그다지 탁월하지 않은 엄마가 미처 양 조절을 하지 못하고 반죽을 만든 탓에 김치전은 전쟁 통 비상식량 수준으로 양이 불어났다. 엄마는 꼭 일부러 풍족한 인심을 발휘해 이웃한테 줄 것도 만든 사람처럼 웃었다.

"이거는 소은이네 갖다줘라."

그래서 나는 일요일 아침부터 아래층에 김치전을 배달하러 갔다. 띵동. 벨을 눌렀는데 아무도 나오지 않았다. 문을 두 번이나 쾅쾅 두드렸는데도 마찬가지였다. 가족끼리 어디 놀러 갔나 싶어서 돌아가려다가 이대로 다시 가져가면 김치전 다섯 장을 누가 먹어 치우나 싶어서 괜히 문고리를 덜컥 돌려 봤다. 이 구식 빌라의 몇몇 집은 아직까지 도어록을 달지 않았는데, 그중에 우리 집과 여소은 집이 그랬다.

"엥, 열리네?"

문이 열리면서 여소은이 매일 신는 하얀 운동화가 보이길래 그냥 들어갔다. 한눈에 보이는 좁은 거실 겸 부엌엔 아무도 없었다. 나는 식탁에 김치전을 올려놓고 여소은 방문 앞에 섰다. 중학생 때까지는 서로 집에 자주 놀러 갔고, 딱히 노크를 하면서 드나들지 않았기 때문에 오늘도 역시 노크할 생각은 하지 못했다.

"엿, 뭐 하는데 나와 보지도 않냐?"

그렇게 말하면서 문을 벌컥 여는데, 눈에 보이는 장면이 참 꿈 같았다. 나는 내가 공포 영화 속 한 장면에 있는 게 아닐까 고민했다.

여소은은 방에 있었다. 바닥에 앉아 침대에 등을 기대고 있었는데 엄청나게 큰 하얀 헤드폰을 끼고 있었다. 볼륨을 얼마나 키워 놨는지 헤드폰 밖으로 음악이 흘러나왔다. 여기까지야 별것 아니었지만 큰일이 그 애 팔목에서 벌어지고 있었다.

피가 몽글몽글 솟아오르는 그 팔목은 의아하다 못해 현실감이 없었다. 심지어 죽죽 그어진 붉은 상처도 한두 개가 아니었다. 이렇게 나는 인생에서 최고로 낯선 여소은을 마주하게 되었다.

"너 지금 뭐 하냐고!"

결국 윽박지르다시피 말하면서 성큼 방으로 들어갔다. 책상 위 휴지를 마구잡이로 뽑고는 팔목을 낚아챘다. 그 애의 다른 손에 들려 있던 작은 칼이 툭 떨어졌다. 작은 칼은 엄마가 눈썹을 깎을 때 쓰는 칼과 비슷했다. 여소은 얼굴이 일그러졌다. 그러더니 입에서 엉엉하고 서러운 소리까지 났다.

"아, 왜 우는데? 아파?"

팔목을 느슨하게 잡아 봤지만 투둑투둑 떨어지는 눈물을 막을 길이 없었다. 뇌 회로가 정지되는 것 같았다.

"일단 병원부터 가자."

여소은이 더 일그러질 것도 없는 얼굴을 더 찡그렸다. 얼굴을 찌그러진 캔처럼 아주 짜부라뜨릴 기세였다.

"얼른 일어나."

여소은은 고집스럽게 고개를 저었다. 똑바로 서도 내 가슴께 정도에나 닿는 작은 여자애 한 명을 일으켜 세우는 건 일도 아니었지만, 미처 여소은을 일으키진 못했다. 힘을 주면 여소은의 팔목이 터질 것만 같았다.

"그거 밴드 붙여서 될 수준은 아닌 것 같거든?"

여소은은 내 팔을 떨궈 내려고 하면서 아까보다 더 큰 눈물방울을 흘렸다.

"너, 집에 가……."

"아니, 멍청아. 너 같으면 가겠냐?"

"왜 나보고 멍청이래!"

여소은은 소리까지 질렀다. 아니, 우리가 멍청이, 바보, 또라이 하면서 말을 주고받은 게 몇 년인데. 여소은이 아무래도 제정신이 아닌 것 같아서 더 갈 수가 없었다.

"병원 안 가도 된다고! 얼른 너네 집에나 가라고!"

"알겠으니까 그럼 일단 피부터 어떻게 해 봐!"

나는 사실 피라면 질색이었다. 코피를 보는 것도 싫었

다. 스파링을 하면서 가장 괴로운 순간도 나 혹은 상대의 입이나 코에서 피가 터질 때였다. 그럴 때면 나도 모르게 주춤했다. 주춤하는 사이에 맞아서 KO패를 당한 적도 꽤 있었다. 물론 피가 질색이라 빨리 경기를 끝내려고 되레 무자비해져서 이긴 적도 있다. 그런 나에게 저렇게 뚝뚝 떨어지는 피를 멀뚱히 보여 주고만 있는 건 예의에 한참 어긋난 일이었다.

여소은은 익숙한 듯 피를 몇 번 닦아 내고 거즈를 여러 겹 겹쳐서 한동안 팔을 꾹 눌렀다. 상처 안으로 거즈가 들어가는 것 같아서 내가 질색하자 여소은은 퉁명스럽게 말했다.

"원래 지혈은 이렇게 하는 거야, 멍청아."

피가 좀 멈췄나 싶을 즈음에는 무슨 고등어에 소금 치는 것처럼 소독약을 치덕치덕 발랐다. 여소은은 태연하게 쓰읍, 하고 아픔을 참더니 몇 번 더 소독을 하고 휴지로 살짝 눌러 상처 주변을 닦았다. 거기에 연고까지 바르고 새 거즈를 덧대어 테이핑을 했다. 그러고는 후드티 소매를 그 위로 쓱 내리고 나니 감쪽같았다.

"이제 됐지? 집에 가."

"뭘 가, 멍청아. 나한테 설명을 좀 해야 하지 않냐?"

"무슨 설명, 멍청아."

"설마 그게 눈썹 정리하다가 난 상처라고 하진 않겠지? 만약 그렇다면 넌 대학 포기해라. 똥멍청이니까."

"진짜 죽고 싶냐?"

"나보단 네가 그런 것 같은데. 팔에 상처가 한두 개가 아니던데."

"누가 죽고 싶대?"

여소은 말투가 다시 확 뾰족해졌다. 김치전을 주러 왔다가 이게 무슨 일인가 싶었다. 갑자기 기력이 쭉 빠지는 듯했다. 달리 더 대꾸하지 않고 한숨만 쉬자 여소은은 그마저도 지지 않겠다는 듯이 가운뎃손가락을 들었다. 이래서는 도무지 대화할 수가 없었다. 나는 부엌에서 김치전을 들고 왔다.

"일단 이거나 먹자."

"야, 라면도."

뭐라도 먹으면서 시간을 보내고 나면 그다음부턴 정상적인 대화를 좀 할 수 있겠지. 나는 부엌에 가서 주섬주섬 라면을 뜯고 냄비에 물을 부었다. 여소은은 거실로 나와 텔레비전 앞에 앉아서 아무것도 하지 않았다.

"야, 건빵."

"뭐."

"라면은 두 개, 계란은 세 개. 알지? 파는 냉장고 맨 아래 칸에 있다."

냄비 뚜껑을 던져 버리고 싶었지만 그 애의 팔목과 당황하던 표정, 눈물이 그렁그렁하던 안쓰러운 얼굴이 떠올라서 참았다.

나와 여소은은 라면을 먹으면서 김치전까지 두 장이나 해치웠다. 배가 부르니 잠이 왔다. 그때까지 여소은은 팔에 난 상처에 대해 아무런 말도 하지 않았고, 나는 슬슬 아무렴 어떠냐는 생각이 들었다. 마음이 좀 진정되니 요즘 초등학생이나 중학생 사이에서 자해가 유행이라고 했던 인터넷 뉴스 기사가 떠올랐다. SNS에 자해 사진을 올리는 것도 유행처럼 번지고 있어 문제라고 했다. 여소은은 아무래도 그 유행을 따라가려는 게 아니었을까. 아니면 사춘기가 길게 이어지고 있는 게 아닐까.

"야, 건빵."

소파에 누워서 꾸벅 졸고 있는데 여소은이 은근히 말을 걸어왔다.

"오늘 일, 비밀인 거 알지?"

"비밀이고 나발이고. 앞으로 하지 마라."

한마디 더 하고 싶었지만 졸려서 만사가 다 귀찮았다. 나는 잠에 빠져들면서 잔소리를 속으로 삼켰다.

'힘든 게 있으면 말을 하든지. 내가 너한테 그 정도밖에 안 되냐?'

방금 라면을 먹었는데도 입 안이 썼다. 괜히 쩝, 입맛을 다시면서 코를 골았던 것 같다. 그렇게 한잠 푹 자고 일어나니 이마에 포스트잇이 붙어 있었다.

나 독서실 간다. 일어나면 알아서 집 가라.

먹자마자 잤더니 머리가 띵했다. 혹시 몰라 여소은 방을 슬쩍 들여다봤으나 당연히 여소은은 없었다. 방은 깔끔하게 정리되어 있었다. 아까 바로 이 방에서 여소은이 팔목을 긋고 있었다는 게 믿기지 않았다. 작년보다 더 야윈 것 같은 팔목과 그 위의 흉측한 상처들. 역시 꿈이라도 꾼 게 아닐까. 그러나 몹시 당황해서 울어 버리던 여소은의 그 반응, 그 익숙지 않은 얼굴이 떠오르자 마음이 확 무거워졌다. 나는 고개를 흔들어서 애써 모든 것을 지워 버렸다.

'오늘 일, 비밀인 거 알지?'

그러나 자신 없게 한풀 꺾이던 목소리만큼은 쉽게 떨쳐지지 않았다.

✦⋆

주인이 1년간 산책을 안 시켜 주자 자기 꼬리를 먹으며 자해한 백구.

수많은 인터넷 기사 타이틀 중에서도 이 제목에 눈이 갔던 건 역시 어제 본 여소은 모습 때문이지 싶었다. 나는 홀린 듯이 기사를 클릭했다. 제일 먼저 꼬리털과 피부가 너덜너덜하게 벗겨진 백구 사진이 나왔다. 얼핏 보면 여소은 손목과 비슷해 보였다. 나도 모르게 신음 소리를 냈다가 버스 안이라는 것을 깨닫고 입을 꾹 다물었다.

어느 프로그램에서 백구의 사연을 방송한 모양이었다. 기자가 이 사연이 자극적이면서도 대중의 감정을 자극한다는 것을 알아채고 텔레비전에 방영된 내용을 간추려 쓴 기사였다. 불쌍한 백구의 주인은 시골에 사는 어느 노부부였다. 노부부는 개를 사랑했지만, 어떻게 키워야 하는지 몰랐다. 대부분 시골 개가 그러하듯이 그저 마당에 묶어 두고, 밥 주고, 정 주고, 사랑 주면 되는 줄로 알았다. 그러나 개는 후각으로 하는 활동이 매우 중요한 동물이기 때문에 산책이 꼭 필요했다. 노부부는 그걸 몰랐고, 백구는 1미터 정도 되는 짧은 목줄에 묶여 본능적인 활동에 제약을 받으면서 큰 스트레스를 받았다. 그 스트레스로 백구는 자해를 하기에 이른 것이다. 그나마 다행은 노부부가 자신의 잘못을 깨우쳤다는 사실이었다. 백구는 노부부와 함께 산책을 시작했고, 매우 즐거워하는 모습을 보였다. 아마 자해하는 행동도 점차 잦아들 터였다.

나는 핸드폰 액정 위에 뜬 백구 사진을, 정확히는 꼬리의 상처를 몇 번 손가락으로 문질렀다. 그런다고 해서 상처가 사라질 리는 없었지만, 그 헛된 동작이라도 하지 않으면 안 될 것 같았다. 사람이든 동물이든 감당이 안 되는 스트레스를 받으면 어떻게든 몸부림친다는 생각이 들었다. 그리고 거기엔 자해도 포함되는 듯했다.

가만히 생각해 보면 확실히 여소은은 스트레스에 시달릴 만한 형편이었다. 하지만 요즘 문제없는 가정이나 스트레스 없는 사람은 드물었다. 나는 소꿉친구이기에 알고 있는 그 애 사정을 가만히 헤아려 봤다.

원래 다섯 살 전까지 여소은은 인천에 있는 60평대 아파트에서 살았다고 했다. 지금 사는 경기도 외곽의 허름한 빌라로 이사를 온 까닭은 여소은 아빠가 사업을 말아 먹었기 때문이었다. 여소은 엄마는 아직까지도 그 일을 들먹이며 아저씨에게 말을 험하게 했다. 여소은을 통해 서 얼핏 듣기로는 학교 선생님인 여소은 엄마는 아저씨와 만나기 전에 같은 학교 동료 교사를 만날지 아저씨를 만날지 고민했다고 한다. 아줌마는 아저씨에게 종종 내가 그때 그 남자를 만나야 했는데 이런 사람을 만나서 이모양으로 산다는 말을 툭툭 던지는 모양이었다. 아저씨는 아줌마의 그런 태도를 참고 참다가 화산 폭발하듯이 터뜨렸는데, 불같은 성격 때문에 한번 폭발할 때마다 가재도구가 박살이 났다. 심지어 우리 집까지 싸우는 소리가 들리는 날도 있었다. 그런 날이면 여소은은 나를 불러냈다. 우리는 시답지 않은 이야기로 시간을 때우면서 집 근처를 산책하거나 피시방에 가거나 빌라 앞 놀이터 그네에 앉아 있었다. 하지만 정작 여소은이 못 견디는 것은 부모님 싸움보다도 두 분이 여소은에게 거는 기대였다.

여소은은 어릴 때부터 똑똑했고 야무졌다. 초등학교 때는 늘 전교 5등 안에 들었고, 중학교 때도 전교 10등 안에서 고군분투했다. 고등학교에 올라가서는 성적이 좀 떨어진 모양이었지만, 여소은이 입학한 학교가 워낙 공부를 잘하는 애들이 많았기에 별수 없는 일이었다. 하지만 한 번 실패를 맛본 아저씨와 아줌마는 여소은에게 거는 기대가 과했다. 자연스레 여소은은 공부와 성적에 매우 예민해졌다. 그러나 달리 말하면…… 그냥 그 정도의 문제였다. 그게 자해를 할 정도로 심각한 일일까? 게다가 평소에 활기차고 장난만 치는 그 애의 모습을 생각하면 자해와 전혀 매치되지 않았다. 말투나 행동도 과격하고 털털해서 더욱.

'아씨, 미치겠네!'

영화 속 특수분장같이 터지고 붓고 짓무른 검붉은 흔적들이 다시 떠올라서 저절로 인상이 써졌다.

'성적이 더 떨어졌나? 걔네 부모님이 또 뭐라고 닦달했나?'

사업이 망해서 우리 빌라로 이사를 왔을 때도 여소은에게 영어 학습지만큼은 시키던 집이었고, 형편이 좀 나아질 무렵에 가장 먼저 추진한 것은 당연히 여소은을 학원에 등록시키는 일이었다. 여소은 엄마는 가끔 우리 엄마한테 찾아와 말했다.

"건우는 그래도 건강하고 운동에 재능이 있으니 얼마나 다행이에요. 저는 우리 소은이를 생각하면 걱정이 많아요. 특출난 건 없고. 그나마 공부는 제법 잘하니까 이 길을 잘 파야 할 텐데, 애 아빠가 능력이 없으니까 학원도 마음 편하게 못 보내고…… 참, 속상하다니까요."

그건 대부분 은근한 자랑이었지만, 가끔은 진심에서 우러나오는 걱정과 푸념도 있었다. 운동을 끝내고 들어올 즈음, 우리 집 현관 앞에서 그런 이야기를 하고 있는 아줌마를 마주치면 괜히 내가 민망했다. 그런 날이면 나는 여소은에게 메시지를 보냈다.

> 야, 너희 엄마 또 우리 엄마한테 성적 얘기함.
> 우리 엄마가 나한테까지 공부하란 소리 할까 봐 무섭다.

그럼 여소은은 '진짜 짜증 나. 쪽팔려.'라고 신경질적인 답장을 보냈다. 그러고 보니 여소은이 나를 부러워하는 딱 한 가지가 그거였다. 공부를 잘하든 못하든 관심 없는 부모님. 물론 표현은 좀 더 과격했다.

"야, 건빵. 넌 좋겠다. 너희 엄마 아빠는 네가 공부할 머리가 안 되는 똥멍청이라는 거에 관심 없으시니까."

맞는 말이었지만 약이 올라서 그래도 나는 운동을 잘한다며 괜히 잽을 몇 번 날려 본 기억이 난다. 여소은은 깔깔 웃으면서 "그래, 네가 그거라도 잘해야지." 하고 장난스럽게 내 등을 발로 찼다. 여소은의 높고 경쾌한 웃음소리를 들으면 마음이 놓였다. 그래서 그 씩씩한 웃음 뒤에서 여소은이 뭘 하고 있는지 전혀 몰랐던 모양이다.

'아오, 모르겠다. 사춘기가 좀 오래가는 건지도 모르고. 자기가 알아서 하겠지, 뭐. 내가 고민한다고 해결되는 것도 없고.'

나는 여소은에 대해 더 생각하지 않기로 결정했다. 머리도 나쁘고, 내 문제도 깊게 고민하지 않는 나에게는 너무나 불편하고 익숙하지 않은 상황이었다. 차라리 없었던 일로, 못 본 것으로 하는 게 나았다. 그러나 나는 내가 얼마나 줏대 없는 인간인지 곧 깨달았다. 여소은 일에 대해서 깊이 생각하지 않겠노라 결심한 바와 다르게 나는 여소은을 마주치고 싶어서 안달이 난 사람처럼 굴었다. 등교할 때는 괜히 빌라 마당에서 어물거리면서 여소은과 등교하는 타이밍을 맞춰 보려고 했고, 체육관에서 운동을 마치고 나와서는 일부러 그 애가 다니는 학원이 있는 길로 돌아서 집에 오기도 했다. 차라리 잠깐 얼굴 보고 얘기 좀 하자고 연락하면 됐겠지만, 대놓고 부르자니 무슨 말을 해야 할지가 막막했다. 우연히 오다가다 마주쳐서 슬그머니 팔목의 난리에 대해 말을 꺼내는 게 자연스러울 것 같았다.

물론 우연히 마주치는 일은 없었다. 여소은과 나는 학교만 다른 게 아니라 생활 패턴도 달랐다. 나는 학교 수업과 복싱부 훈련이 끝나면 바로 체육관에 갔다. 훈련을 마치고 저녁 9시쯤 집에 오면 격투기 중계를 보거나 게임을 했다. 반면에 여소은은 저녁 9시까지 학원에서 수업을 듣다가 독서실로 자리를 옮겨서 공부하고는 12시가 다 되어야 집으로 들어오는 게 일과였다. 마주칠 가능성이 있는 시간은 그나마 등교할 때뿐이었지만, 30분이나 일찍 등교를 하는 여소은의 타이밍을 맞추기가 여간 힘든 게 아니었다.

타인의 고통은 곧 머릿속에서 흐려져야 마땅했고, 어떤 우연도 없이 일주일쯤 보내고 나면 포기가 될 법도 했다. 문제는 전혀 그렇지 않다는 거였다. 오히려 이상하게도 시간이 지날수록 더욱 신경이 쓰였다. 뭔가 속 시원하게 들은 이야기가 없어서 그런가 싶었다. 일상생활에서 문득문득 그날 일이 생각나는 건 그냥 머리를 흔들어서 떨쳐 버리면 될 일이었지만, 스파링 중에 떠오르는 건 얘기가 달랐다. 그건 좀 곤란했다.

퍼억!

우정 형이 날린 어퍼컷이 제대로 먹혔다. 내가 휘청하는 순간, 형은 훅으로 갈비뼈를 때렸다. 가드도 같이 무너져서 순간 숨이 턱 막혔다.

띠띠띠, 띠!

그때 마침 공이 울렸다. 스파링 3라운드가 종료되었다. 나는 링 위에 앉아서 형 팔을 뚫어져라 바라봤다. 팔 위쪽에 가로로 길게 난 빨간 상처. 저것 때문에 졌다. 잽을 피한 직후, 형이 어퍼컷으로 들어올 걸 알고 몸을 피하려 했지만 그 순간 저 상처를 보고야 말았다. 반사적으로 여소은 팔이 생각났고, 뚝뚝 떨어지던 피도 아른거렸다. 주춤하는 찰나에 어퍼컷이 제대로 들어왔다.

"아까 그 어퍼컷 피할 수 있었는데 왜 맞았냐?"

링 밖에서 보고 있던 관장님이 한심하다는 투로 물었다. 나는 대답하지 않고 글러브를 빼서 바닥에 툭 던졌다. 눈가로 흐르는 땀을 대충 닦고 우정 형에게 척척 걸어갔다. 내가 다짜고짜 형 팔을 꽉 움켜잡으니 형이 인상을 확 썼다.

"뭐야, 한 방 먹었다고 시비 거냐?"

나는 말없이 형 팔에 난 상처를 엄지손가락으로 문질

렀다. 형이 으악, 소리를 지르며 팔을 뿌리쳤다. 몸에 벌레라도 붙은 것처럼 파르르 떨기까지 했다.

"뭐, 뭐 하는 거야, 자식아!"

"이 상처는 뭐예요?"

"뭐?"

"형, 요즘 힘든 일 있어요? 그래도 막 그렇게 쉽게, 막 그렇게…… 그러는 거 아니에요, 형."

"미친놈이 대체 무슨 소리 하는 거야? 이거 얼마 전에 알바하다가 긁힌 거야!"

형이 글러브를 낀 손으로 내 옆구리를 퍽 때렸다. 그러고 나서도 뭔가 심술이 났는지 성질을 부리면서 발길질을 했다.

"아, 형! 오해해서 그랬어요, 오해해서!"

"무슨 오해? 무슨 오해를 했는데 징그럽게 만지고 난리야!"

관장님은 링 밖에서 낄낄 웃고만 있었다. 내 속도 모르고 즐거워하는 관장님을 보고 있으려니 애가 탔다. 입도 근질거렸다. 며칠간 혼자 고민하던 것이 한계에 도달한 느낌이었다.

'관장님은 도움이 될 만한 말을 해 주지 않을까?'

중학교 1학년 때부터 지금까지 봐 온 관장님은 장난이 많다는 것만 빼면 인격적으로도 코치로서도 훌륭한 분이었다. 토요일마다 형편이 어려운 애들에게 무료로 복싱을 가르쳐 주었고, 체육관을 다니는 학생들에게 종종 고기도 사 주면서 고민 상담도 해 줬다. 물론 나도 고기를 여러 번 얻어먹었다. 관장님이 사 주던 고기와 함께 투박한 어투의 조언이나 위로들을 떠올리자 아무래도 여소은에 대해 말해 봐야겠다는 생각이 들었다.

"아니, 아는 애가 자해를 하잖아요……."

내가 작게 웅얼거리자 형은 발길질을 멈췄고, 관장님은 고개를 갸웃거렸다. 형이 내 옆으로 슬쩍 다가왔다.

"친구?"

고개를 끄덕이자 관장님도 옆으로 다가와서 물었다.

"여자 친구?"

"아, 아뇨! 친구예요, 친구!"

여소은이 여자 친구? 절대 아닌데. 그런 생각을 하면서도 문득 '걔가 그래도 웃을 때는 괜찮지.'라는 소리가 머릿속 어디선가 불쑥 올라왔다. 고등학교 등교 첫날, 여소은이 낯설게 느껴졌던 이상한 감각도 함께.

관장님은 흐음, 하고 놀리듯이 한숨을 쉬었다. 나는 빠르게 말을 돌렸다.

"걔가 저랑 다섯 살 때부터 친구인데, 완전 천방지축이에요. 자기 할 말은 다 하고, 입도 험하고, 조그만 게 자기보다 훨씬 큰 저도 막 때리고 그러거든요. 그래서 저는 걔가 답답할 일은 없겠다고 생각했단 말이에요. 그런데 얼마 전에 우연히 자기 팔에 자해하는 걸 봤어요. 아주 팔목이 난장판이었다고요."

울퉁불퉁 부어오른 그 상처들은 분명 그날 단 한 번의 일로 생기진 않았을 거라고 열변했다. 내 말이 끝나자 관장님은 콧김을 뿜으며 고개를 끄덕였다.

"나 학교 다닐 때도 있었지. 그렇게 스트레스 푸는 애들. 그때나 지금이나 인생 힘든 애들은 꼭 있다니까."

"아니, 관장님. 근데 걔가 진짜 인생이 힘들고 그런 애가 아니라니까요?"

"건우야, 그건 주관적인 거야. 네가 걔 마음속에 들어가 봤냐? 자기만의 짐이란 게 있다고. 네가 보기엔 별거 아닌 일도 걔한테는 머리가 터져 버릴 것 같은 고민일 수 있어. 내가 학교 다닐 때도 그런 애들 많았어."

관장님은 10년도 더 지난 본인 고등학교 시절의 이야기를 풀어냈다.

"기억난다. 봉준이, 창혁이, 석현이……. 걔들도 자해를 했지. 그게 다 어찌할 바를 모르고 아등바등하다가 결국 그렇게 푸는 거거든. 그래도 그거, 살고 싶어서 그렇게 하는 거야. 살아야 하니까 어떻게든 풀어내야 하는 거라고. 관장님도 말이다, 중학교 때 아버지 돌아가시고 정말 방황 많이 했거든. 그때 내가 운동을 안 했으면 분명히 나쁜 길로 빠졌을 거야."

이 얘기는 내가 소년체전 중등부 결승전에서 졌을 때, 관장님이 이미 했던 얘기였다. 그리고 그 뒤로도 관장님은 본인 학창 시절 이야기를 꽤 여러 버전으로, 가끔은 디테일을 바꿔 가면서 들려줬다. 이젠 지긋지긋할 지경이라서 건성으로 고개를 끄덕였다.

"하여튼 그 소꿉친구한테 맛있는 것도 사 주고, 잘 대해 줘. 사람이 마음이 힘들 때, 든든한 내 편이 한 명만 있어도 살아가는 거야. 그리고 봐서 체육관도 데려와. 건강한 정신을 만드는 기본은 건강한 육체다. 힘들다고 자기 몸에 그러면 쓰나. 차라리 샌드백을 때리는 게 낫지."

일리가 있는 말이었지만, 여소은이 복싱이라니. 내가 아는 여소은은 남는 시간에 공부가 아닌 다른 걸 하면 큰일이 나는 줄 아는 애였다. 체육관에 가자는 내 말이 끝나기도 전에 그런 거 할 시간이 어디 있냐며 내 팔뚝을 퍽 때릴 거다. 아니, 아니지. 어쩌면 내가 모르는 전혀 다른 모습이 숨어 있을지도 몰랐다. 나는 요즘 여소은의 새로운 모습에 놀라는 중이니까. 다시 생각해 보니 주먹이 제법 세서 복싱을 하면 잘할 것 같았다. 운동복도 잘 어울릴 것 같았다. 예를 들면 내가 얼마 전에 산 남색 나이키 운동복 같은 거.

"너 왜 실실 웃냐?"

우정 형이 기분 나쁘다는 투로 물었다. 나는 나도 모르게 올라가 있던 입꼬리를 다시 끌어 내렸다.

"뭐가요."

"아니. 너 방금 이상했어. 되게…… 별로였어."

"형, 스파링 한 판 더 해요. 나 지금 완전 이길 수 있을 것 같은데."

나는 다시 글러브를 꼈다. 형도 씩 웃으면서 몸을 일으켰다. 링 위로 올라가자 바로 공이 울렸다.

세탁기에 던져 놨던 남색 나이키 운동복을 엄마가 깨끗이 빨고 다렸다. 새 상품처럼 가지런히 개켜진 옷을 보자 자연스럽게 여소은이 떠올랐다. 확실히 그녀석에게 잘 어울릴 듯했다.

여소은을 못 본 지가 꽤 되었다. 각자 바빠진 탓이라고 치부하기에는 역시 가장 최근에 만났던 그날이 영 찝찝했다. 혹시 껄끄러운 대화가 오갈까 봐 나를 피하는 건 아닐까. 침대에 누워서 책상 위에 올려놓은 운동복을 다시 힐끔 봤다. 갑자기 뭔가 참을 수 없는 기분이 들었다. 나는 여소은에게 페이스북 메시지를 보냈다.

> 야, 엿. 너 지금 학원이냐?

이대로 씹힐지도 몰랐다. 핸드폰을 침대 위에 엎어 뒀다. 그러나 1분도 채 기다리지 못하고 다시 핸드폰을 들었다. 여소은이 채팅창에 답장을 쓰고 있다는 표시가 보였다.

> 학원이지, 그럼.

> 언제 오냐?

> 뭘 언제 와. 비슷하게 들어가지.
> 12시쯤 집 도착 예정. 왜?

그날로부터 딱 13일. 2주를 채우기 직전이 되어서야 연락다운 연락이 이어졌다.

> 요즘 세상 흉흉하니까 마중 나갈게.
> 대신 네가 떡볶이 좀 사라.

바로 오던 답장이 갑자기 멈췄다. 메시지를 작성 중이라는 표시만 동동 뜨다가 1분이 지날 무렵 답이 왔다.

> 꺼져, 돼지야.

나도 모르게 픽 웃음이 나왔다. 우리는 그렇게 오랜만에 만날 약속을 정했다.

빌라 근처 놀이터는 놀이터라 부르기엔 황량했다. 놀이 기구라고는 고작해야 그네와 미끄럼틀뿐이었다. 나는 약속한 시간보다 이르게 밖으로 나갔다. 놀이터는 집에서 3분 거리였지만, 일부러 빙 돌아서 아랫동네에 있는 포장마차에 들렀다. 나는 떡볶이와 튀김을 포장한 봉지를 손에 들고 덜렁덜렁 흔들며 생각했다. 왜 하필 떡볶이였을까. 놀이터 근처에 도착하자 그 이유가 떠올랐다. 우리가 한참 많이 만나서 놀던 중학교 1, 2학년 때까지 여소은과 나는 만났다 하면 떡볶이를 먹었다.

"야, 건빵. 떡볶이 콜?"

세상 근심 하나 없는 맑은 표정으로 여소은이 말하면 나는 분식을 크게 좋아하지도 않으면서 "그래, 그거 먹자." 하고 자동으로 대답했다.

뜨끈한 떡볶이 봉지를 옆에 두고 벤치에 앉았다. 눈을 감고 이런저런 노래들을 들었다. 몇 곡째 들었는지 정확히 세기 어려울 즈음, 누군가가 뒤통수를 확 눌렀다. 그 감각부터가 여소은이었다. 오랜만에 보는 얼굴은 생각보다 더 반가워서 나는 잠깐 동안 할 말을 찾지 못했다. 내가 어색하게 일어나자 여소은이 내 어깨를 두드렸다.

"앉아, 앉아. 근데 옆에 그 봉지는 뭐냐?"

나는 봉지를 여소은 얼굴에 문질렀다. 여소은이 처음에는 질색하다가 떡볶이 냄새를 맡고는 함박웃음을 지었다. 내 손에서 봉지를 빼앗고 직접 확인까지 하는 모습을 보니 공부한다고 저녁을 거른 모양이었다.

우리는 벤치에 나란히 앉아서 떡볶이랑 튀김을 풀었다. 나는 체급 때문에 살찌면 안 돼서 거의 손대지 않았고, 여소은이 입을 우물거리는 걸 지켜봤다. 작은 입이 오물오물 움직였다. 입도 작고, 체구도 작은데 신기하게도 음식은 젓가락이 닿는 족족 사라졌다.

"와, 진짜 맛있다. 내가 오늘 학원에서 본 평가 시험 때문에 스트레스를 엄청 받았거든. 근데 매운 거 먹으니까 좀 풀린다."

스트레스. 그 단어가 들리는 순간, 나는 여소은 팔목을 힐끔거렸다. 하지만 교복이 가리고 있어서 속은 전혀 보이지 않았다.

"왜? 공부하는 거 많이 힘드냐?"

"너는 공부를 안 해서 모를 거다. 와씨, 여기 김말이 대박이네. 이거 저기 아래 포장마차에서 샀지? 그래, 튀김은 여기가 진짜 맛있거든."

여소은은 교복에 떡볶이 국물이 튄지도 모르고 주절거렸다. 나는 봉지에 같이 담았던 냅킨을 꺼내서 건넸다.

"야, 여소은. 너, 복싱해 볼래?"

냅킨과 함께 건넨 말에 여소은은 교복을 툭툭 닦던 손과 오물거리던 입을 멈췄다. 그 애는 잠시 나를 빤히 쳐다보다가 하핫, 웃음을 터뜨렸다.

"미친놈. 너야말로 선수 준비하느라 힘드냐?"

"아니, 나 진심이야. 너 진짜 주먹 세. 복싱하면 잘할 것 같아."

여소은은 아까보다 더 크게 으하하, 웃었다. 그러더니 짐짓 잘난 체하며 팔을 걷어붙이고는 내 잽을 흉내 냈다.

"그래, 내가 못하는 게 별로 없는 사람이야."

"그래, 그래."

여소은의 실없는 소리에 대충 장단을 맞춰 주던 중에 올라간 교복 소매 끝으로 상처의 흔적이 살짝 보였다. 뭐라고 말해야 하는지 생각하기도 전에 손이 먼저 나갔다. 보잘것없는 잽은 내 손에 의해 순식간에 가로막혔다. 여소은이 놀란 눈으로 나를 바라봤다. 나는 잡은 팔목을 슬그머니 풀어서 삐져나온 상처 끝자락을 다시 확인했다. 그 순간, 내 머리는 복잡했다. 그래서 이제 뭐라고 말하지. 시간이 좀 더 흘러가면 단 몇 초 차이로 변명조차 이상해질 분위기가 되고 말 것이었다.

"정말로 차라리 복싱을 배우지 그러냐."

여소은은 전혀 이해하지 못하겠다는 듯 인상을 썼다.

"스트레스 쌓인다고 팔에다 애먼 짓 하지 말고, 다른

방법을 좀 찾아보란 얘기야."

　강건우의 소꿉친구 여소은은 처음 만났던 다섯 살 때부터 이미 천방지축에 왈가닥이었다. 공부를 잘한다는 게 믿기지 않을 정도로. 나는 소꿉친구인 만큼 여소은에 대해 다 안다고 생각했다. 그런데 열일곱 살 여소은에게는 내가 모르는 모습이 존재했다. 지금도 그렇다. 내가 자해를 처음 목격했던 그 순간처럼 여소은은 온통 일렁이고 흔들리는 얼굴이었다. 여소은은 말없이 고개를 수그렸다. 이대로 울어 버리나 싶어서 걱정되려는 찰나에 여소은은 조용하게 중얼거렸다.

　"팔 아프니까 놔라, 미친놈아."

　"어?"

　"상처 터지니까 놓으라고. 너는 먹은 게 다 힘으로 가냐? 엄청 아파, 지금."

　그제야 나는 처음 잡았을 때보다 더 세게 여소은 팔을 잡고 있다는 걸 알았다. 나도 모르게 힘을 꽉 준 모양이었다. 급히 손을 떼자 여소은은 서둘러 소매 단추를 풀고는 팔꿈치까지 옷을 걷었다. 거즈에 빨간 피가 스미고 있었다. 거즈가 살살 젖어 드는 게 보였고, 이렇게 다시 피가 터질 정도면 오래된 상처는 아닐 터였다. 여소은은 거즈를 떼서 상처를 확인하고는 다시 덮었다. 그러고는 그 팔로 문제집이 잔뜩 든 가방을 다시 멨다.

"나 간다."

"가긴 뭘 가. 얘기 안 끝났다."

말을 하면서 문득 상황을 피하려고만 하는 여소은에게 조금 부아가 치밀었다. 여소은은 한숨을 쉬었다.

"무슨 얘기. 너 지금 여기서 더 하면 선 넘는 거다."

선.

나는 그 말이 몹시 섭섭하게 들렸다.

"선? 야, 너랑 나랑 다섯 살 때부터 친구야. 10년 넘게 친구로 지냈다고. 근데 너 지금 우리 사이에 선이 있다는 거냐?"

여소은은 조금 아차 싶은 얼굴을 했다. 그러지 않았다면 정말 화가 났을 것이다. 움찔하는 여소은 표정에 화는 누그러졌지만, 나는 오히려 더욱 화난 척을 했다. 여소은은 은근히 마음 약한 구석이 있어서 내가 장난을 받아 주지 않거나 정말 삐진 듯이 굴면 한 수, 두 수…… 심지어 다섯 수까지도 접어주곤 했다. 아니나 다를까, 여소은은 다시 슬그머니 내 옆에 앉았다. 나는 인상을 쓰면서 쏘아붙였다.

"널 걱정해서 이러잖아. 근데 어떻게 선을 그을 수가 있냐. 내가 너 그럴 때마다 진짜 싫다고 했지? 정 없는 거. 너는 중3 끝나고 방학 때도 그랬어. 친구가 경기를 나가는데 어떻게 응원 한마디 없고."

"아씨, 진짜 너는 속이 밴댕이 소갈머리냐? 뒤끝 장난 아니다. 머리도 나쁘면서 어떻게 자기 섭섭한 건 다 기억을 해?"

"나 속 좁은 거 하루 이틀 일이냐? 진짜 섭섭하다, 여소은. 너 팔에 그렇게 하는 것도 나한테 들키고도 어떻게 아무 설명도 없이 모른 척을 하냐?"

여소은은 질렸다는 듯이 고개를 절레절레 저었다. 그 애가 손으로 몇 번 제 얼굴을 쓸어내리면서 두어 번 짧은 한숨을 쉬는 걸 보니 나는 여소은이 말해 주리라 확신했다. 여소은은 떡볶이 몇 개를 입에 더 욱여넣고는 뭉그러진 발음으로 말했다.

"자해한 지는 한 1년 정도 됐을 거야. 중3 가을 무렵부터 그랬으니까."

여소은 스케줄이 너무 빡빡해져서 많이 만나지 못했던 것도 그 무렵이었다. 그즈음 여소은은 중3이 아니라 꼭 고3 같은 몰골이었다. 그러나 한 가지 이상한 점이 있었다. 그때 우리가 자주 만나지 못한 것은 사실이지만, 그래도 아예 못 만나지는 않았다. 여소은은 주말에 우리 집에 놀러 와서 점심을 먹거나 내 게임기를 하고 가기도 했다. 늘 반팔이나 소매가 짧은 헐렁한 옷을 입고 만난 여소은의 팔목은 이상할 것 없이 깨끗했다.

"아닌데? 너 그때 팔 깨끗했는데?"

내가 지적하자 여소은은 입을 악다물었다. 짧은 손가락 몇 마디가 치마 끝자락을 만지작거렸다. 치맛자락이 슬금슬금 올라가기 시작했을 때, 나는 황급히 고개를 돌리려고 했지만 여소은은 아랑곳하지 않고 단번에 치마를 걷어 올렸다. 내 시야를 채운 까만색 속바지 끝단에서 검붉게 착색된 흉터가 삐죽 나왔다. 여소은은 속바지를 위로 돌돌 말아 올렸다. 그 행동은 덤덤하고 기계적이었다. 허벅지에는 길고 짙으면서도 날카로운 흉터들이 지저분하게 남아 있었다. 한두 개가 아니었다.

"그때는 여기에 했으니까 몰랐을 거야."

어퍼컷을 맞은 사람처럼 머리가 멍해졌다. 내가 아무런 말도 하지 못하고 멀거니 바라만 보자 여소은은 되레 민망한 듯이 어깨를 으쓱했다.

"나도 처음 할 땐 몰랐는데…… 자해도 중독되더라."

"야, 여소은."

"나를 둘러싼 모든 게 조금도 변하질 않는데 이거라도 아니면 내가 어떻게 숨을 쉬니. 아마 그래서 중독되는 건가 봐."

이런 짓을 왜 하는 건데. 입 안에 맴돌던 질문은 끝내 하지 못했다. 숨을 쉬기 위해서 자해를 한다는 말이 내 귀에는 살기 위해서 자해를 한다는 말로 들렸기 때문이었다. 여소은도 더 설명하지 않았다. 다시 속바지를 정리하고, 치맛자락을 내리고, 가방을 메고, 아무렇지 않은 얼굴로 잘 가라고 고하는 그 애를 나는 그냥 그대로 들여보냈다. 깊은 밤 또는 새벽, 그 어두운 시간에 빌라 앞을 오래도록 서성인 사람은 나 혼자였다.

그 뒤로 나와 여소은은 연락하지 않았다. 그 무정한 녀석은 내게 아무런 메시지를 남기지 않았다. 그 애는 무정해서 그렇다고 치지만, 나는 반대였다. 대왕 지렁이 정도가 있을 거라고 생각한 땅 구멍에서 웬걸 뱀이 잡혀 나온 듯한 충격 때문에 연락할 수 없었다. 여소은 말대로 나는 운동밖에 모르는 바보였고, 우리 집 가훈도 '그저 건강하고 착하게만 자라다오.'여서 책도 많이 읽지 않았다. 그런 나에게는 이런 문제에 대처할 만한 지식이나 요령, 어휘 같은 것들이 없었다. 충고나 염려랍시고 섣부르게 뭔가를 말하려고 했다간 오히려 그 애의 구멍을 더욱 헤집을지도 모른다는 두려움이 나를 주춤하게 만들었다.

우리가 다시 마주치게 된 것은 누가 먼저 연락했기 때문이 아니었다. 그것은 세상이 좁은 덕이었다. 금요일 저녁, 나는 운동을 마치고 집에서 두 정거장 정도 떨어진 마트에 들렀다 나오는 길이었다. 금요일 밤거리는 그새 더욱 현란해져 있었다. 지금도 여소은은 학원에 있겠지, 생각하는 순간이었다. 노래방이 있는 건물 앞으로 여소은이 다니는 학교의 교복을 입은 애들이 서 있었다. 남자애 하나에, 여자애 둘. 손에는 담배를 들고 있었다.

'공부를 잘하는 학교에도 저런 애들이 있구나.'

하기야 요즘은 담배 피우고 술 마시는 정도는 일탈도 아니었다. 많이 하는 일이었고, 자해하는 것보다 차라리 나을지도 몰랐다. 그 애들 옆을 지나치는데 여자애 하나가 화들짝 놀라며 갑자기 고개를 확 숙였다. 그 모습에 시선이 가서 무심코 그쪽을 쳐다봤다. 그런데 고개를 숙인 여자애 체형이 어쩐지 익숙했다.

"야."

나는 생각할 겨를도 없이 애들 쪽으로 걸어갔다. 여자

애가 다른 애들 뒤쪽으로 슬그머니 숨어 들어갔다.

"야, 너 잠깐 이쪽으로 나와 봐."

"뭐야? 너 뭔데?"

여자애가 방패처럼 세운 두 아이가 앞으로 한 걸음 나왔다. 나는 문득 양손에 든 마트 봉투가 창피했다.

"너네 뒤에 걔, 내가 아는 애 같아서 그러는데 잠깐 비켜 봐."

하지만 꼼짝도 하지 않았다. 나는 일단 봉투를 바닥에 내려놨다. 봉투가 똑바로 서지 않아서 양파 망이 삐죽 보였다. 남자애와 여자애 시선이 양파 망으로 향했다.

"여소은, 안 나오지? 나 지금 너희 엄마한테 전화해?"

그러자 뒤에 숨은 애가 "아, 진짜." 하고 작게 중얼거렸다. 동시에 그 애의 머리꼭지가 슬그머니 나왔다. 예상대로 여소은이 맞았다. 바닥에는 어느새 툭 던져진 담배가 비벼져 있었다. 기가 차서 인상이 확 써졌다.

"너 요즘 진짜 낯설다, 여소은. 스펙터클해. 신기해 죽겠어, 아주."

"아, 진짜. 그냥 갈 길 가! 모른 척 좀 해 줘, 그냥!"

목소리가 까랑까랑 울렸다. 작은 얼굴의 오목조목한 이목구비를 전부 찡그리고 있었지만, 짜증으로 느껴지진 않았다. 내 눈을 제대로 쳐다보지도 못한 채였으니까. 그 모습을 보니 더욱 가만히 돌아갈 수가 없었다. 나는 두 아이를 피해 반걸음 옆으로 몸을 돌려서 여소은 팔을 잡았다. 살짝 당기자 기운 없는 몸은 쉽게 끌려왔다. 여소은은 내 고집을 읽었는지 친구들에게 미안하지만 오늘은 먼저 가야겠다고 양해를 구했다.

집으로 가는 내내 우리는 무슨 이야기를 했던가. 나는 소리치고, 그 애는 입을 다물고. 그게 대화라고 할 수 있을까. 여소은은 빌라 앞에 다다를 때까지 아무런 대답도 하지 않았다. 독하다고 비난이 터져 나올 것만 같았다. 그 말은 가까스로 삼켰으나 놀랍게도 그보다 더 비아냥거리는 말을 뱉었다.

"걔네는 도대체 어떻게 만난 애들이냐? 다 같이 모여서 그 짓거리라도 하냐?"

차마 자해라는 말을 내뱉지 못해서 '그 짓거리'라고 말을 던졌다. 여소은은 눈을 질끈 감았다가 떴다. 방금까지 짜증이나 분노, 황당함 같은 어떤 감정들이 비쳐 보이던 표정은 그 애의 눈이 다시 떠지는 순간 몽땅 사라졌다.

"놔."

여소은은 차갑고 낮은 목소리로 한마디 중얼거렸다.

놓지 않으면 우리 관계가 위태로워질 것이라는 직감이 들었다. 나는 순순히 팔을 놓고 한 걸음 물러났다.

"네 말 맞아. 걔네도 나랑 같은 애들이야. 그래서 어쩌라고. 네가 뭔데 자꾸 선을 넘어?"

선. 또다시 그 말이다. 그러나 이번에 여소은은 물러날 생각이 없어 보였다. 내 소꿉친구는 예전에 본 적 없던 단호한 태도로 돌아섰다.

"당분간 연락도 하지 말고, 아는 척도 하지 마."

여소은은 정말 놀랄 만큼 아무 연락이 없었다. 한 열흘쯤 지난 것 같았다. 괜히 여소은이 다니는 학원 근처를 어슬렁거려 보기도 했지만, 아예 작정하고 피해 다니는지 머리카락 하나도 보이지 않았다. 관장님은 나를 물끄러미 보더니 살이 좀 빠진 것 같다고 했다. 학교에서도 두어 명이 똑같은 소리를 했다. 실제로 열흘 남짓한 기간 동안 2킬로그램이 빠졌다. 힘들게 살을 뺄 필요 없이 살이 빠졌으니 여소은 때문에 손해 본 건 없다고 멍청한 합리화를 할 때도 있었다.

하지만 사실 나는 살이 빠진다기보다 피가 마른다고 느

겼다. 만일 그런 일이 가능하다면 여소은이 모기로 변해서 틈날 때마다 내 피를 쪽쪽 빨아 먹는다고 생각했을 거다.

'짜증 나네, 진짜.'

울컥 치미는 뜨거움은 링 위에서 분노처럼 쏟아졌다. 나는 우정 형을 무자비하게 때렸다. 내가 미친 듯이 몰아 붙이자 형의 분위기도 달라졌다. 형과 나는 실력이 비슷했다. 열 번을 스파링하면 그중에 절반은 우열을 가릴 수 없었고, 나머지 절반은 번갈아 가며 이기거나 졌다. 하지만 결과적으로 이번에는 내가 졌다. 3라운드를 끝내는 공이 울리는 순간, 형이 날린 어퍼컷이 내 턱 끝을 스쳤고 나는 비틀거렸다. 나중에 탈의실에서 거울을 보니 입술에 기어이 피딱지가 앉아 있었다.

"너 이 새끼, 사적인 감정을 나한테 풀고 있어. 왜 그러냐, 요즘?"

체육관을 나가기 전에 우정 형이 퉁명스럽게 말했다. 나는 터진 입술을 애매하게 끌어 올리며 웃었다.

체육관에서 나와 동네에 도착할 즈음, 어디선가 개 짖는 소리가 들렸다. 소리에 슬픈 기색은 없었다. 오히려 늦게 들어온 주인을 반기는 소리와 더 비슷했다. 하지만 어쩐지 꼬리 먹는 백구 이야기가 떠올랐다. 괜히 입 안이 비릿하게 느껴졌다. 고개를 드는데 가로등 아래에 익숙한 실루엣이 보였다. 서서히 걸음이 멎었다. 실루엣은 나를 보고 있었지만 움직이지 않았다. 우리는 잠시 그대로 멈춰 서서 서로를 빤히 바라봤다.

"야, 엿!"

결국 내가 먼저 소리쳤다. 그러자 여소은이 허락받은 강아지처럼 내 앞으로 쫄래쫄래 걸어왔다. 길다면 긴 열흘이었지만, 또 고작해야 열흘이기도 했다. 그 시간 동안 여소은은 무슨 생각을 했을까. 야멸차게 돌아서더니 열흘 동안 무슨 심경의 변화를 겪은 것일까. 어쩌면 그때 보인 나의 반응이 스스로를 돌아보게 했는지도 모른다. 아니면 나와 그런 식으로 인연이 끊어지는 게 저로서도 무서운 일이었거나. 나는 내가 얼마나 애달픈 마음으로 열흘을 보냈는지는 까맣게 잊고 괜히 우쭐해졌다.

"어디서 맞고 다니는 거야?"

여소은의 짧은 손가락이 내 입가에 앉은 피딱지를 가리켰다. 나도 모르게 입가를 매만졌다. 내가 뭐라고 대답하기도 전에 여소은은 내 눈앞에서 검은 비닐봉지를 흔들었다. 달고 매운 냄새가 났다.

나는 여소은이 떡볶이에 환장하는 걸 알았지만, 여소

은은 내가 떡볶이를 잘 먹지 않는다는 걸 몰랐다. 그러니까 내가 자기 걱정을 하는 것도 모를 만했다. 그래, 그런 거라면 열흘 전 나를 섭섭하게 한 것도, 여태 연락 한 번 없이 피해 다닌 것도 조금은 이해해 줄 수 있었다. 내가 걱정해서 다그친다는 걸 몰라서 그런 건데 어쩌겠는가.

우리는 전에 만나서 얘기했던 놀이터로 갔다. 그날 밤처럼 벤치에 앉아서 떡볶이를 풀고 여소은이 입으로 떡을 욱여넣는 모습을 가만히 지켜봤다. 여소은은 마치 뭔가에 도전하는 사람처럼 떡볶이를 전투적으로 씹었다.

"야, 야. 좀 천천히 먹어라."

여소은은 매워서 흐르는 콧물을 훌쩍 들이마시며 고개를 저었다.

"됐어. 뭘 말하려면 배가 차야 하거든."

여소은은 전투적인 식사를 마치고 나서도 땡땡 부은 입술을 어쩌지 못해서 계속 입으로 바람을 쏩하, 불었다. 얘가 자해 방법을 이런 식으로 바꾼 게 아닐까. 나도 모르게 시선이 또다시 팔목으로 갔다. 팔목은 긴소매에 가려서 보이지 않았다. 시선은 팔목을 지나 손등과 손끝으로 흘렀다. 저 손에 담배가 들려 있었다. 저절로 꿈틀거리는 미간이 느껴졌다. 하지만 여소은이 또 뭐라고 할까 봐 나는 억지로 미간을 펴면서 바보같이 웃었다. 그마저도 재수 없다며 딱밤을 때리는 이 녀석은 도대체 뭘까.

"야, 건빵. 너 그거 아냐? 어린애들도 자해하는 거."

여소은은 내 눈을 보지 않았다. 내 시선이 그 애 팔목과 손에 닿았다면 여소은 시선은 내 운동화 언저리를 맴돌았다. 심장이 쿵쾅거렸다. 여소은은 생각에 잠긴 듯 조용했다. 나는 채근하는 말이 터져 나올 것 같아서 아예 입을 다물었다. 링 위에서는 이렇게 날이 선 긴장감을 느낄 때가 많았다. 하지만 그럴 때일수록 신중하게 움직여야 했다. 지금 이 순간은 잠잠히 기다려야 하는 순간이었다.

"그런 거 있잖아. 어린애들은 말을 잘 못하니까 자기 감정을 제대로 표현하지 못하고, 자기 마음대로 뭔가를 할 수도 없고. 그러니까 자기 머리를 때리고, 쥐어뜯고, 벽에 쿵쿵 박고 그러는 거. 내 생각에 우리는 그거랑 비슷한 것 같아."

"우리?"

"왜 있잖아. 저번에 나랑 있던 애들."

내가 되묻자 여소은은 당연하다는 투로 대답했다. 여소은 앞을 가로막던 남자애와 옆에 나란히 서 있던 머리 긴 여자애. 흐릿하게 인상이 떠올랐다.

"중3 때, 지역 커뮤니티 카페에서 만났어."

무슨 커뮤니티인지 캐물었다. 조금 머뭇거리던 여소은은 자해하는 애들끼리 이런저런 정보를 공유하는 곳이라고 실토했다. 파상풍 안 걸리게 잘 처리하는 방법이나 학교 다니면서 자해 흔적 안 들키는 방법, 자해에서 벗어나는 방법 같은 정보들이 오고 가는 모양이었다. 지역끼리 뭉쳐 있어서 제법 소속감도 있고, 진지한 대화도 나누는 공간이라고 덧붙이는 말은 꼭 변명처럼 들렸다.

"아무리 그래도 오프라인에서 친하게 지낼 필요가 있냐."

괜히 말이 퉁명스럽게 나왔다. 여소은은 꼭 친하게 지낼 필요는 없지만, 그래도 자꾸 만나게 된다면서 애매한 대답을 했다.

"다른 사람들 앞에서는 아무렇지 않은 척, 문제없는 사람인 척 있어야 하지만, 우리끼리 있을 때는 속에 있는 거 다 털어놓을 수 있잖아. 그래서 만나게 되는 거야."

남에게 들키고 싶지 않은 비밀인 만큼 같은 행동을 하는 사람들끼리는 무장해제가 되는 모양이었다. 나는 또다시 작은 충격을 받았다. 여소은이 속마음을 다 털어놓을 수 있는 대상에서 나를 배제했다는 사실 때문이었다.

쳇, 하고 볼멘소리가 나오려는 걸 가까스로 참았다.

여소은은 지난번에 같이 있었던 애들이 어쩌다 자해를 하게 되었는지도 잘 알았다. 머리가 길고 얌전해 보이던 여자애는 엄마랑 둘이서 살고 있는데, 어릴 적에 엄마가 많이 아팠던 모양이었다. 아팠던 엄마, 딸 하나만 바라보고 사는 엄마, 자기를 위해서 많은 걸 희생한 엄마. 엄마 앞에서 그 애는 늘 뭔가를 억누르고 참는 딸이었다. 그렇게 뭔가를 꾹꾹 누른 상태로 그저 공부에 열중하면서 살아가던 그 애는 어느 날 정신을 차려 보니 자기가 팔에 칼을 대고 있더라는 것으로 본인의 자해를 설명했다.

"모든 게 억눌린 현실에서 딱 하나 자기 마음대로 할 수 있는 건 그런 것뿐이었겠지. 그런 것도 못하면 그 애는 답답해서 살겠냐?"

여소은은 대수롭지 않은 듯이 말했다. 심지어 남자애 이야기를 할 때는 한 번 픽 웃기까지 했다.

"걔는 심심해서 시작했대, 심심해서. 웃기지?"

그런 이유로 자기 몸에 상처를 낼 수 있을까. 얼마나 심심하면 그런 발상을 할 수 있단 말인가. 여소은은 내 얼굴을 보더니 이번에는 당나귀처럼 푸흐흐, 웃었다.

"이해 안 되지? 근데 알고 보면 걔도 그럴 만해."

남자애는 초등학생 때까지 계부한테서 꽤 심각한 학대를 당했다고 했다. 중학생이 되면서 계부와 엄마가 이혼했고, 자연스레 가정 폭력은 없어졌지만 거기서 벗어난 뒤에는 예상치 못한 문제에 부딪혔다. 무감(無感)이었다. 삶에서 모든 빛을 빼앗기고 웬만한 자극에는 동요되지 않는 것이 그 애가 맞닥뜨린 문제였다. 그 애는 아이러니하게도 그 무감함 속에서 살아 있는 걸 느끼려고 자해를 하는 듯했다. 놀이터에서 이야기를 나누던 날 밤, 여소은이 뭐라고 했더라.

'이거라도 아니면 내가 어떻게 숨을 쉬니.'

그런 말을 했는데, 그 말은 정말 무슨 뜻이었을까.

"너는?"

여소은은 눈에 띄게 주춤했다. 갑자기 제 팔목을 매만지는 모습을 보니 초조한 것처럼 보이기도 했다. 나는 여전히 내 운동화 끝에서 떨어지지 않는 시선을 잡아채서 내 눈으로 끌어오고 싶었다.

"나야 뭐…… 너도 알잖아."

나도 그런 줄 알았다. 여소은을 아는 줄 알았다. 내 소꿉친구에 대해서 모든 것을…… 아니, 모든 것까지는 아니더라도 적어도 열 손가락 중에 일곱이나 여덟 정도는 알고 있는 줄 알았다. 그러나 내가 알고 있는 것은 새끼 손가락 하나 혹은 그 옆에 약지와 중지를 포함한 정도에 불과했다. 여소은이 내게는 그 정도만 보여 줬다는 것을 이제는 안다. 어쩌면 그건 내 탓일 수도 있다. 여소은의 어려움을 알아채지 못한 나의 책임일지도 몰랐다. 그렇 다면 나는 이제라도, 여소은을 조금 불편하게 하면서라 도 개입하고 싶었다. 하지만 이런 생각들을 차마 말로는 전달하지 못하고 그저 꼿꼿하게 그 애를 바라보기만 했 다. 여소은은 얼버무리길 포기하고 순순히 입을 열었다.

"우리 집은 한 번 망했고, 그때 이미 서로 간의 애정이 나 존중 같은 건 끝장났어."

그 말투조차도 내가 알던 말투가 아니었다. 우리가 더 어렸을 때, 여소은은 자기 가정사를 짜증스럽게 이야기 하거나 희화해서 말했다. 눈은 찌푸리면서도 표정은 익 살맞았다.

"야, 나 그냥 너네 집 식구로 가면 안 되냐? 내가 네 누 나로 들어가는 거야. 진짜 잘해 줄게."

여소은은 항상 힘든 일도 쾌활하게 말하는 애였다. 그 러나 지금은 덤덤하고 무던했다.

"엄마는 아빠를 한심하게 생각하고, 아빠는 엄마 앞에

서 위축되고. 나는 두 사람이 이혼하든 말든 전혀 상관없
어. 근데 두 분은 나 때문에 이혼을 못한다니까 참 웃기
는 일이지. 왜 그런지 모르겠는데 우리 엄마 아빠는 나를
대단한 사람으로 만들겠다는 목표를 세워서 그걸로 가정
을 지키고 있는 사람들 같아. 나를 닦달하고, 내 얘기를
하고, 내 걱정을 하고, 내 인생에 좌표를 찍으면서 가정
을 지키고 있다니까. 정작 내가 몇 반인지, 내가 누구랑
친한지, 내가 뭘 하고 돌아다니는지, 내 꿈은 뭔지, 내가
하루를 어떻게 보냈는지, 당신 딸이 자해를 하는지 어떤
지도 모르면서."

　말하면서 여소은은 손목을 긁었다. 의식하고 하는 행
동이 아니었다.

　"있잖아, 제일 엿 같은 게 뭔지 아냐?"

　여소은이 말을 덧붙일 때도 나는 여전히 손목을 신경
쓰고 있었다. 저 손을 잡고 그만 긁게 만들면 날 때릴까,
욕을 할까. 더 이상 제 속을 보여 주지 않으려고 할까.

　"내 인생인데 내 마음대로 할 수 있는 게 하나도 없어.
내가 통제할 수 있는 게 아무것도 없어."

　그 말이 끝나기 전에 나는 여소은 손을 잡았다. 보이는
것보다 작은 손이었다. 꼭 자기 키만 한 손이었다. 다른

손으로는 그 애가 긁던 팔목을 잡았다. 보이는 것처럼 가는 팔이었다. 이 좁은 곳 어디에 상처를 낼 만한 곳이 있는지 나는 보고서도 믿기지가 않았다. 여소은 시선은 비로소 내 얼굴로 와 닿았다. 시선에 솜털이 달린 것처럼 피부가 근질거렸다. 그 애의 덤덤했던 얼굴에 조금쯤 표정이라고 부를 만한 것이 떠올랐다. 당황했구나. 나는 속으로 생각했다. 여소은 얼굴이 살짝 일그러지면서 눈에 눈물이 차올랐다.

"난 네가 부러워, 강건우. 나 같은 거 이해가 안 되는 네가 부러워. 그냥 속 편하게 그런 짓 하지 말라고 말할 수 있는 게 진짜 부럽고 짜증 나."

마음속에서 참을 수 없는 안타까움이 차올랐다. 뚝뚝 떨어지기 시작한 눈물을 위로하고 싶었지만, 애석하게도 나는 말재간이 없었다. 여소은처럼 똑똑하지도 않았다. 내가 잘하는 것은 운동이고, 복싱이고, 타고난 것도 개발한 것도 다 그런 것뿐이었다. 나는 어찌할 바를 모르고 소꿉친구가 우는 것을 멀거니 바라보다가 나도 모르게 그 작은 몸을 끌어안았다. 한 번도 이런 식으로 여소은을 안아 본 적이 없었다. 여소은 머리꼭지는 내 가슴팍에 겨우 닿았고, 그 애는 닿자마자 더욱 서럽게 엉엉 울기 시작했다. 나는 그냥 가만히 기다렸다. 마침내 여소은이 울음을 그치고 내 몸에서 얼굴을 떼었을 때, 세상에서 제일 못난 얼굴이 여기 있다고 생각했다. 그런데 이상하게도 나는 이 얼굴이 마음에 들었다.

"씨, 땀 냄새 나."

다 울고 나서 여소은이 제일 처음 꺼낸 말이었다. 제 딴에는 민망함을 감추려고 괜히 핀잔을 준 것일 터였다.

"이거 비싼 옷이야. 남의 옷에 눈물 콧물 범벅을 한 주제에 말이 많다."

"짜증 나, 진짜. 너 오늘 일 그냥 머리에서 지워. 기억하지 마. 머리 나빠서 그런 거 잘하잖아."

"야, 여소은."

"왜, 뭐."

정색하고 부르니 움칠하면서도 아닌 척 괜히 고개를 빳빳이 드는 게 이제야 내가 알던 여소은 같았다.

"체육관 한번 와라."

그러자 여소은은 큰 눈을 여러 번 깜빡였다. 나도 똑같이 마주 보고 눈을 깜빡여 줬다. 이 말이 얼마나 뜬금없는 소리로 들릴지 알았지만, 나에게는 이게 최선이었다.

"나 진짜 복싱 배우라고?"

물론 그러면 좋겠지만, 그런 의미는 아니었다.

"그래. 지금 보니까 네 근육이 예사롭지가 않아. 내가 보기엔 넌 키가 작은 걸 빼고는 복싱에 타고난 소질이 있어. 그렇지 않고서야 팔이며 등이며 근육이 이게 이럴 수가 없거든."

"야! 건빵!"

등에 강력한 한 방이 내려와 꽂혔다. 윽, 소리가 저절로 나왔다. 농담으로 한 근육 얘기였지만, 소질이 있는 건 진짜일지도 모른다는 생각이 머리를 스쳤다.

"이런 거한테 위로를 기대한 내가 등신이지."

여소은은 씩씩거리면서 빌라 쪽으로 걸어갔다. 나도 서둘러 여소은 뒤를 쫓아갔다. 기운을 되찾은 작은 등 뒤에다 대고 나는 소리를 질렀다.

"다음 주에 꼭 와라!"

여소은은 돌아보지도 않고 팔을 들어서 엿을 날렸다. 하지만 다음 날 아침, 여소은은 페이스북으로 깜찍한 메시지를 보냈다.

다음 주 무슨 요일에 가면 되는데?

여소은이 체육관에 오기로 한 날은 금요일이었다. 금요일 당일, 나는 체육관에 들어서자마자 관장님에게 선전포고를 하듯이 말했다.

"오늘 스파링은 관장님이랑 할래요."

관장님은 날 보며 피식 웃었다. 그냥 표현이 아니라 정말 바람 빠지는 웃음소리를 내면서 가소로움을 온 얼굴로 표현했다.

"뭐야, 너 오늘 왜 그렇게 기합이 들어갔어? 우정아, 이 자식 이거 어깨에 힘 들어간 거 봐라."

열심히 샌드백을 때리고 있던 우정 형은 마지막으로 크게 한 방을 꽂아 넣고는 나를 위아래로 훑어봤다.

"오늘 소꿉친구 온다고 한 날이지? 그러면 관장님이랑 스파링해서 얻어터지는 꼴을 보여 줄 게 아니라 나랑 떠서 멋있는 걸 보여 줘. 형이 오늘은 한 수 접어줄게."

"됐어요, 관장님이랑 할 거예요. 관장님! 이따가 저 봐 주지 말고 진짜 제대로 해 주세요!"

관장님과 우정 형은 뭐가 그렇게 재밌는지 낄낄 웃었다. 관장님은 괜히 내 어깨를 툭 밀치면서 나보고 "오, 강건우." 하고 놀렸다. 나중에 우정 형은 한 번 더 진지하게 지금이라도 생각을 바꿔서 자기랑 하자고 권했다. 나는 손을 휘휘 저어 가며 제안을 물리쳤다. 물론, 소꿉친구 앞에서 이기는 모습을 보여 주고 싶은 마음도 있었다. 솔직히 솔깃했다. 그러나 오늘 여소은을 여기에 오라고 한 건 이기는 모습을 보여 주고 싶어서가 아니었다.

여소은은 6시쯤 되어서야 체육관에 나타났다. 입구 신발장 근처에서 어색하게 두리번거리는 여소은을 발견하자 벌써 링 위에 올라간 것처럼 심장이 뛰었다.

"야, 엿!"

큰 소리로 부르며 다가가자 여소은도 후다닥 달려왔다. 체육관 회원도 아니고, 등록할 것도 아닌데 찾아와서 민망한지 얼굴이 조금 발갰다.

"지금 나 진짜 어색해. 너도 오늘 완전 낯설고."

여소은이 작게 소곤거렸다.

"그러냐? 나야말로 최근에 알게 된 여소은이 낯설다 못해 새로운데."

말이 끝나기 무섭게 작은 주먹이 조용히 내 배를 강타했다. 관장님은 여소은을 아주 환대했다. 본인이 먹으려고 사 둔 푸딩까지 내주면서 편하게 구경하라고 했다. 관장님의 부담스러운 미소와 친절에 질린 여소은이 슬쩍 귓속말로 본인이 체육관에 등록하러 온 줄 아는 게 아니냐며 따졌다. 관장님은 여소은이 부담스러워하는 걸 아는지 모르는지 계속 싱글싱글 웃으며 말을 걸었다.

"건우 소꿉친구라고? 그동안 얘한테 쌓인 거 있으면 나한테 말해. 내가 이제 얘랑 스파링을 할 건데, 우리 친구 몫까지 두들겨 패 줄게."

나는 관장님 말이 고객 유치를 위한 눈물겨운 영업용 문구인지, 아니면 진심이 담긴 제안인지 분간이 가지 않아서 등골이 오싹했다. 관장님은 내게 헤드기어도 차고 마우스피스도 하라고 했다. 보호 장비를 착용하라고 한 건 관장님이 진심으로 상대해 주겠다는 말이었다. 나는 링 위에 올라서면서 힐끔 여소은을 쳐다봤다. 링에 바싹 붙어 있는 모습을 보니 다행히 흥미를 느끼는 것 같았다.

'제발 두 눈 크게 뜨고 잘 봐라.'

띠띠띠, 띵!

라운드 시작을 알리는 소리가 울렸다. 마지막 띵, 소리가 나자마자 나는 바로 튀어 나가 관장님 얼굴에 잽을 날렸다. 관장님은 반사적으로 얼굴을 뒤로 훅 물렸다. 만약 관장님이 조금만 더 느슨한 상태였어도 나는 바로 옆구리에 훅을 날렸을 거다. 관장님은 마치 얘가 왜 이러는지 간을 보려는 사람처럼 다채로운 동작으로 잽을 피하기만 할 뿐이었다. 아마 링 밖에서 보면 맞지도 않는 잽을 마구 날리는 내가 참 이상해 보이겠지.

펵!

잠깐 다른 생각을 한 순간, 관장님이 날린 원투가 제대로 먹혔다. 뒤이어 따라오는 잽을 흘려보내자마자 엄청난 속도로 펀치가 날아왔다. 펀치에 정통으로 맞은 광대가 얼얼했다. 재빨리 백스텝을 밟았지만, 주먹이 안으로 쫓아 들어왔다. 등으로 링 로프가 느껴져서 바로 몸을 웅크리고 가드를 잡는데, 옆구리에 혹이 꽂혔다. 그리고 그때부터는 정신없이 맞았다. 으으윽, 하고 신음이 올라오는 순간, 1라운드가 끝났다.

"어이구, 그 꼴을 보이려고 제대로 해 달라고 했냐?"

관장님이 골리듯이 말했다. 곧 2라운드를 알리는 종이 울렸다. 나는 그야말로 꼴사나울 정도로 농락당했다. 3라운드도 마찬가지였다. 관장님이 사정을 봐준다고 어퍼컷으론 안 때렸지만, 딱지가 앉은 지 얼마 되지 않은 입술이 기어이 다시 터졌다. 3라운드가 끝나자마자 나는 그대로 로프에 기대서 숨을 헉헉거렸다.

"어유, 우리 건우 그래도 많이 컸네. 관장님 얼굴에 몇 방 먹였잖아."

링 너머에서 우정 형이 위로랍시고 한마디 했다. 입 안도 터졌는지 헤드기어를 풀고 마우스피스를 빼자 피가 후드득 터져 나왔다. 여소은이 놀란 닭처럼 퍼드덕거렸다. 사무실에 구급상자가 있었다. 나는 혀를 차는 관장님을 뒤로한 채로 여소은을 데리고 사무실로 들어갔다. 여소은은 능숙하게 구급상자를 챙기는 나를 보더니 퉁명스럽게 말했다.

"맨날 이렇게 터져? 그래서 선수는 되겠어?"

"너는 친구 얼굴이 묵사발이 됐는데 하는 말이 고작 그거냐?"

"뭐래. 원래는 묵사발 아니었던 것처럼 말한다?"

나는 별다른 말 없이 입 안에 차오르는 피를 몇 번 더 뱉고는 솜을 말아서 잠깐 물었다. 찢어진 입가도 대충 닦고 연고를 발랐다. 옆에서 종알종알 핀잔을 주던 여소은도 곧 입을 다물고 내가 하는 것을 보고만 있었다.

"친구야."

내가 그렇게 자신을 부르자 여소은은 단박에 인상을 구겼다. 목덜미를 벅벅 긁으며 오글거린다고 질색하는 모습에 아랑곳하지 않고 그 애 팔목을 잡았다. 나는 그대로 팔목을 덮은 소매를 위로 쭉 걷었다. 팔목 아래쪽은 거의 다 아물어서 흉이 지기 시작한 상처가, 그리고 위쪽은 최근에 그었는지 핏자국이 남은 거즈가 있었다. 나는 나오려는 한숨을 억지로 눌러 삼켰다.

"소은아, 너도 알다시피 내가 말주변이 없어. 그래서 너한테 어떻게 말을 해야 위로가 될지, 설득이 될지 정말 모르겠더라. 내가 생각하는 걸 너한테 말로 설명할 수 있으면 좋은데, 도무지 너처럼 능숙하게 표현이 안 돼. 그래서 직접 와서 보라고 불렀어."

입 안에 문 솜 때문에 말이 어눌하게 나왔다. 진짜 끝까지 멋대가리가 없었다. 그렇다고 이제 와서 솜을 뱉고 말하자니 그것도 꼴이 우습긴 마찬가지였다.

"그러니까 너도 봤겠지만…… 링 위에서는 가끔 진짜 못 이길 것 같은 상대를 만난단 말이야. 내가 갖은 수를 다 써도 질 것 같은 놈들이 있어. 주먹이 무슨 망치 같고, 체급은 같은데 왜인지 덩치가 산만 하고, 눈빛도 좀 위험한 애들이 있다고. 그런 놈들을 만나면 내가 무슨 생각을 하는 줄 알아?"

"뭐…… 이겨 보고 싶다?"

"미쳤냐, 내가 무슨 영화 속 주인공도 아니고. 무섭다는 생각이 들지. 피하고 싶단 말이야. 도망가고 싶어. 맞

으면 아프지, 피 나는 건 무섭지, 지면 쪽팔리지. 어느 정
도 주거니 받거니 하다가 지면 또 몰라. 그야말로 오늘처
럼 모양 빠지게 휘둘리다가 지면 진짜 망신살 뻗친다고.
턱 한 대 잘못 맞고 기절이라도 해 봐. 어우, 진짜 상상도
하기 싫어. 그런데 링 위에서 그런 놈들을 만날 때가 있
다고. 그럴 때 정말 짜증 나는 건 내가 아무리 무섭고 도
망가고 싶어도 링 위에선 도망갈 수가 없다는 거야."

　일단 링 위에 올라가면 달리 방법이 없었다. 그게 내가
매일 맞닥뜨리는 세계였다.

　"그러니까 말이야. 나는 그렇게 생각한다."

　여소은이 '뭐를?' 하고 묻는 눈으로 나를 쳐다봤다.

　"나는 우리가 사는 게 링 위에 있는 거랑 비슷하다고
생각한단 말이지. 공이 땅 울리면 뭐가 뭔지도 모르고,
왜인지도 모르고 그냥 죽자 살자 덤비는 거야. 도망가지
도 못하니까. 그러다 다시 또 공이 울리면 짧은 휴식을
취하면서 숨을 고르고, 또 공이 울리면 다시 싸우고. 대
부분 정신없이 그냥 흘러가는데, 어떨 때는 오늘처럼 너
무 지독한 상대를 만나면 공이 친 그 순간에 다시 싸울
수 있을지조차 모를 만큼 겁이 난다고. 끔찍한 기분이 들
어. 차라리 빨리 끝나 버렸으면 싶고. 얘는 절대 못 이길

것 같은데 이렇게 싸우는 게 무슨 의미가 있을까, 더 창피를 당하거나 어디 하나 심하게 다치기 전에 기권할까 싶기도 하고……. 아씨, 그러니까 음, 근데 어차피 나는 링 위에 있는 거잖아. 공이 울리면 3분의 시간은 흘러가고, 그러다 보면 어느 순간에 끝이 온다고. 근데 내가 기권하거나 포기하면 그냥 두드려 맞고 창피만 당하고 끝난단 말이야. 그럴 바에는 제아무리 끔찍한 상대더라도 어디 한번 해 보자고 이를 악무는 거지. 그냥 1분 1초에 집중하면서 아무렇게라도 주먹을 뻗는 거야."

나는 점점 더 내가 무슨 말을 하고 있는지, 정말 전달하고 싶었던 내용을 잘 말하고 있는지 알 수 없게 되어 갔다. 다만 여소은이 내 말을 끊거나 웃음을 터뜨리지 않고 잘 듣고 있었으므로 입에서 흘러나오는 대로 뱉었다.

"어쩌면 우리는 다 그렇게 살아가는 게 아닐까. 링 위에서 각자의 싸움을 하면서. 때로는 지는 날의 연속인 것 같더라도 어쨌든 엎치락뒤치락 싸우다 보면 어느 순간 이기는 날이 오는 게 아닐까. 그런 생각을 했어, 여소은."

내 말은 끝났는데 여소은은 반응이 없었다. 내 얘기를 듣기는 한 걸까. 잠시 뒤에 여소은은 잠깐 눈을 내리깔았다가 다시 나를 또렷하게 쳐다봤다. 사람 눈을 보면 마음이 보인다는데 난 도무지 여소은 마음을 읽지 못했다. 무슨 생각을 하고 있는지 조금도 모르겠다. 오히려 내 마음만 여소은이 죄다 읽어 낼 것 같았다. 여소은 입술이 달싹거렸다.

"너 입에서 계속 피 나."

그 말이 끝나기 무섭게 내 잇새로 피가 주룩 흘러나왔다. 아, 정말 최악이다. 나는 어쩔 수 없이 옆으로 고개를 돌리고 침인지 피인지 알 수 없는 액체를 솜과 함께 뱉어 냈다. 방금까지 했던 말이 전부 헛수고가 되는 기분이 들었다.

"야, 강건우."

"어, 어?"

"알겠어."

"응?"

"무슨 말인지 알겠다고."

그러더니 여소은이 웃었다. 차분하고도 부드러운 미소였다.

"근데 진짜 생각할수록 웃기네. 그런 말 한번 해 보겠다고 이 쇼를 하냐, 너는. 진짜 바보도 아니고."

마지막 말까지 핀잔이었으나 나는 조금도 기분이 나쁘

지 않았다. 여소은이 편안한 얼굴로 웃고 있다는 것만이
내 신경을 온통 차지했다.

✦

"너 그거 뭐냐?"

나이키 쇼핑백을 달랑거리며 체육관에 들어가자 우정
형이 눈을 반짝였다. 나는 형 손이 닿기 전에 쇼핑백을
등 뒤로 감췄다. 형이 갑자기 씩 웃었다.

"이 자식, 다음 주에 내 생일인 거 어떻게 알았어?"

대단한 착각을 하고 있는 모양이었다. 나는 가볍게 무
시하고 탈의실로 들어가는데 형은 계속 자신이 전에 갖
고 싶다고 말했던 후드티가 맞는지 궁금해했다. 일단 후
드티도 아니었고, 형이 어떤 걸 갖고 싶다고 말했는지도
당연히 기억나지 않았다. 나는 형이 기대하든 말든 그대
로 두고 탈의실로 들어왔다. 쇼핑백에 든 것은 남색 운동
복이었다. 내가 갖고 있는 거랑 똑같은 모델이었지만 사
이즈는 더 작았다. 나는 깨끗한 비닐 포장을 한 번 더 확
인하고 캐비닛에 조심스럽게 넣었다.

선물 주인인 여소은은 지난 금요일 이후로 일주일에
두 번 우리 체육관에서 운동하기로 했다. 여소은은 낯빛

하나 바꾸지 않고 아줌마에게 요즘 체력이 달려서 공부하기가 힘드니 강건우가 다니는 체육관을 다녀서라도 체력을 길러야겠다고 핑계를 댔고, 아줌마는 체력이 있어야 공부도 한다는 말에 수긍했다.

그리하여 바로 오늘이 여소은이 처음으로 우리 체육관에 운동하러 오는 날이었다. 준비한 운동복은 친구의 건투를 비는 우정의 선물이라고 할 수 있었다. 내 운동복과 같은 디자인에 같은 색상이라는 게 조금 겸연쩍었지만, 이 옷이 여소은에게 가장 잘 어울릴 것 같아서 어쩔 수 없었다. 여소은은 디자인이 같은 걸 알면 욕을 한 바가지 하겠지만, 그래도 결국엔 씩 웃으면서 입을 것이다.

> 야, 엿. 너 몇 시에 오냐?

탈의실을 나가기 전, 여소은에게 메시지를 남겼다. 보낸 지 30초도 지나지 않아서 답장이 왔다.

> 5분 후 도착. 나 기다리고 있냐?

> 응. 너 오면 일단 손목부터 확인하고 시작한다.

> 꺼져.

> 손목 깨끗하면 상품도 있는데? 비싼 건데?

> 딱 기다려. 지금부터 팔목 걷어붙이고 갈 테니까.

그 문자를 마지막으로 확인하고 핸드폰을 주머니에 넣었다. 잔뜩 기대하고 들어올 여소은을 생각하자 웃음이 나왔다. 문득 여소은뿐만 아니라 내 인생에도 새로운 라운드가 시작되었다는 걸 직감했다. 이전에는 경험해 보지 못했던 유형의 뭔가였다.

띠띠띠, 띵!

공이 울렸다. 새로운 시작이었다.

중학생 시절의 나는 불안투성이었다. 그때 우리 가족은 모두 각자의 인생을 지키기에 급급했고, 나는 무력했다. 내가 통제 불능한 현실을 회피했던 방법 중 하나는 자해였다. 살을 찢고 피가 나면 머리가 멍해졌다. 통증은 내가 삶을 견디고 있다는 반증처럼 느껴졌다. 처음에는 충동적으로 칼을 들었고, 그다음부터는 그 묘한 감각을 좇아서 칼을 들었다. 어리고 미숙했던 날의 기억이다.

지금은 자해한 이유를 설명할 수 있지만, 중학생 때는 '그냥'이었다. 그리고 실제로 자해하는 아이들에게 '왜 자해를 하니?'라고 물으면 '그냥요.'라고 대답하는 경우가 많다. 하지만 그 속에는 스트레스나 부정적인 감정을 해소하려고, 내 삶을 내가 통제한다는 걸 확인하려고, 자신에게 처벌을 내리려고, 무감(無感)에서 탈피하려고 등 다양하고 복잡한 이유가 있다. 〈공이 울리면〉에는 자신의 문제를 안고 헤매다가 자해라는 방법에 의존하게 된 청소년을 이해하고, 더 나아가 그들이 건강한 방향으로 눈을 돌리도록 안내하고 싶은 마음을 담았다.

괴물화 증상 ─ 스마트폰 중독

괴물화 증상

열흘. 조성아가 학교에 나오지 않은 지 열흘째였다. 다들 일주일 정도는 조성아가 좀 크게 앓는 것 같다고 여겼을 뿐 심각하게 생각하지 않았다. 그러나 한 주가 넘어가기 시작하자 반 아이들은 비어 있는 2분단 맨 뒷자리를 힐끔거렸다.

"뭐야. 진짜 무슨 큰 병이라도 생긴 거 아니야?"

"그러니까. 페이스북 메시지에 답장도 안 한다면서."

"아니면 사고라도 난 게 아닐까?"

추측은 다양했다. 열흘 전, 담임은 조성아가 좀 아파서 며칠 정도 학교에 못 나올 것 같다고 말했다. 길어야 3일 정도일 거라고 생각했는데, 일주일이 지나고 어느새 열흘이 되었다. 단순히 좀 아파서 못 나온다고 보기엔 길었고, 안 좋은 추측이 생길 법한 기간이었다.

걱정스러운 말투로, 그러나 흥미로운 듯한 표정으로 두런두런 얘기하던 반 애들은 결국 내 쪽을 휙 돌아봤다.

"연서야. 너 뭐 아는 거 없어? 너하고도 연락 안 돼?"

그 말을 듣는데 숨이 턱 막히는 듯했다. 반에서 조성아 상황이 가장 궁금한 사람은 바로 나일 것이다. 나는 조성아가 처음 결석한 날 바로 페이스북 메시지를 보냈다.

> 너 어쩐 일로 나한테 연락도 없이 학교를 빠졌어?

조성아는 읽고도 답장하지 않았다. 처음에는 답장하는 걸 잊은 줄 알고 다시 메시지를 보냈는데, 여전히 연락이 없었다. 그래서 그다음에는 전화를 했다. 하지만 조성아는 모든 연락을 무시했다. 괘씸한 마음과 동시에 걱정이 됐다. 매일 뻔질나게 주고받던 연락이 되지 않으니 조성아에게 정말 큰 병이 생긴 것만 같았다. 집을 찾아가 볼까 몇 번 고민도 했다. 하지만 차마 그렇게 하지 못한 이유는 어떤 사정인지도 모르는데 찾아갔다가 괜히 폐가 될까 싶어서였다. 그래도 월요일엔 학교에 올 거라고 생각하면서 주말을 보냈다. 하지만 오늘까지도 비어 있는 자리를 봤을 때는 가슴이 철렁했다.

"거봐, 조성아한테 정말 무슨 일이 생겼나 봐."

내가 고개를 가로젓자 물어본 애들은 호들갑을 떨며 말했다. 경솔한 입을 다물게 하고 싶다는 생각과 동시에 정말 무슨 일이 생겼을지도 모른다는 마음이 들었다.

"뭐야. 조성아, 오늘도 안 왔어?"

막 등교한 김지애가 내 자리로 오면서 물었다. 곧 한주경도 똑같은 말을 하면서 다가왔다. 김지애와 한주경, 나와 조성아. 이렇게 우리 넷은 한 무리였다. 학교에서 대부분의 시간을 넷이서 함께 보냈다. 체육 시간에 운동장으로 나갈 때도, 음악실을 갈 때도, 급식을 먹을 때도, 학교 끝나고 놀 때도 우리 넷은 꼭 한 세트였다.

"연서야, 아직도 조성아랑 연락 안 돼?"

"걔는 왜 메시지는 다 읽으면서 답장을 안 하냐?"

한주경과 김지애가 퉁명스럽게 말했다. 그래, 그게 참 이상했다. 걱정이 되다가도 불쑥 괘씸하다는 마음이 치솟는 건, 조성아가 SNS 메시지는 다 읽으면서 답은 안 했기 때문이었다. 만약 정말로 심각하게 아프거나 신변에 안 좋은 일이 생겼다면 메시지를 읽지도 못해야 맞는 게 아닐까.

"어제는 인스타에도 계속 들어와 있던데? 내가 디엠을 보냈는데 그것도 읽고 답장이 없더라."

"걔는 일상이 폰인데 아프다고 핸드폰을 안 하겠냐. 정말 사고라도 나서 혼수상태가 되지 않는 이상."

김지애 말은 도가 지나쳤다. 내가 인상을 찌푸리자 김지애가 머쓱하게 웃으면서 "아니, 말이 그렇다는 거지." 하고 변명처럼 덧붙였다. 그러나 우리 또래 중에 핸드폰을 안 붙들고 사는 애들이 어디 있단 말인가.

"야, 너도 심해."

내가 한마디 하자 김지애가 입술을 삐죽거렸다.

"그건 너도 마찬가지거든?"

분위기가 순식간에 이상해졌다. 나도 애들도 조성아 때문에 예민했다. 그만큼 조성아의 빈자리가 크기 때문이었다. 생각해 보면 우리 중에서 가장 시끄러운 사람도 조성아였다. 조성아는 스마트폰을 붙들고 사는 만큼 항상 세상의 이슈를 꿰고 있었다. 그 애는 인터넷과 유튜브에 올라오는 온갖 정보와 이야깃거리를 누구보다 빨리 우리에게 전해 줬다. 당장 한 달 전만 해도 유명 배우 박지겸이 일반인 연인을 폭행하고 입막음하고자 거액을 건네며 깔끔하게 모든 관계를 끝내자고 제안한 사실을 연예 뉴스보다 빠르게 알려 줬다. 인터넷 커뮤니티에서 난리가 났던 프랜차이즈 음식점 사건도 이슈가 되기 전부터 알고 있었다. 심지어 급식을 먹는 중에 모 아이돌이 대마초를 피운 의혹을 받고 있다는 소식을 얘기했는데, 바로 몇 시간 뒤 관련 기사가 쏟아진 적도 있었다. 게다가 고작 한두 시간 전에 방송한 쇼 프로그램의 하이라이트 부분을 편집한 동영상을 가장 빨리 반 단체 카톡방에 공유하는 사람도 조성아였다. 조성아는 모든 종류의 SNS 계정을 가지고 있었다. 카카오톡, 페이스북, 트위터, 인스타그램……. 차라리 안 하는 걸 찾는 게 쉬울 정도였다.

"연서야, 너 이거 봤어?"

깔깔 웃으면서 불쑥 핸드폰을 들이미는 모습은 조성아와 있으면 가장 많이 보게 되는 모습이었다.

'어릴 때는 안 그랬던 것 같은데.'

조성아와 나는 초등학교 1학년 때 같은 반에서 만났다. 그 애는 바쁜 부모님 대신 할머니가 야무지게 묶어 준 양 갈래 머리를 하고 있었고, 차분하면서 똘똘했다. 어떻게 친해졌는지 기억나지 않아도 내가 먼저 말을 걸었던 건 어렴풋이 기억났다. 조성아는 지금은 책을 잘 읽지 않지만, 어렸을 때만큼은 책을 좋아했다. 내가 말을 걸었던 그때도 조성아는 교실에서 책을 읽고 있었다. 똑 부러진, 그러나 조금은 새침데기처럼 보이는 느낌의 아이였다.

'언제부터 좀 변했더라?'

오래전 언젠가부터 조성아는 뭔가가 조금씩 차근차근 달라졌다. 하지만 누구든 자라면서 조금씩 변하는 게 당연했기에 나는 크게 신경 쓰지 않았다.

내 생각이 다른 곳으로 가는 게 티가 났는지, 아니면 분위기가 냉랭해지는 걸 느꼈는지 한주경이 갑자기 말을 돌렸다.

"김연서, 한번 잘 생각해 봐. 조성아한테 징조 같은 거 없었어?"

이건 또 무슨 소리람. 징조라니. 내가 고개를 갸우뚱하자 보충 설명이 따라왔다.

"아니, 원래 큰 병 같은 거는 그래도 전조 증상이 있지 않나 싶어서."

듣고 보니 일리가 있었다. 문제는, 딱히 생각나는 게 없다는 거였다. 한주경은 다시 한번 진지하게 말했다.

"우리 진짜 다 같이 한번 생각해 보자. 어떤 병은 원래 몇 개월, 길게는 몇 년 동안 조금씩 전조 증상이 있다더라. 같이 하나하나 짚어 가다 보면 뭐라도 나오지 않을까? 특히 김연서 너는 어릴 때부터 조성아를 알았으니까 스쳐 가는 게 하나라도 있을 거야."

한주경은 내 어깨를 툭툭 두드렸다. 그러고 나서 바로 담임이 들어왔다. 조성아에 대해 담임이 다른 소식을 얘기하지 않을까 싶었는데, 별다른 언급 없이 넘어갔다. 수업이 시작되었는데도 내용이 머리에 들어오지 않았다. 마음이 복잡한 탓이었다.

'곰곰이 짚어 보라고?'

한주경이 두드린 어깨가 묵직하게 느껴졌다. 나는 괜히 어깨를 휙휙 돌리며 열흘이나 학교를 결석한 조성아에 대해서 생각했다.

진부한 표현이지만 조성아와 나는 실과 바늘이었다. 내가 가는 곳에는 조성아가 있었고, 조성아가 가는 곳에는 내가 있었다. 주변 사람들은 우리더러 짜장면과 단무지, 치킨과 치킨 무 같다고 말했다. 그만큼 우리는 친했다. 그 애는 나의 집안 사정을 꿰고 있었고, 나도 그 애의 집안 사정에 훤했다. 펀드매니저인 그 애의 아빠, 무역회사 해외영업팀 과장인 그 애의 엄마가 얼마나 바쁜지도 알았고, 두 분이 너무 바빠서 어릴 때부터 조성아를 살뜰히 챙겨 주지 못했다는 것도 알았다. 조성아는 종종 이런 말을 했다.

"우리 엄마 아빠는 야근하느라 내가 3일쯤 집에 안 들어가도 아마 모를 거야."

가끔은 블루투스 이어폰을 꽂고 쉴 새 없이 고객과 통화하는 아빠 모습을 흉내 내면서 말했고, 가끔은 신경질적인 얼굴로 외국 신문을 읽는 엄마 모습을 흉내 내면서 말했다. 한껏 과장한 목소리와 모습이었는데도 그게 제법 그럴듯해서 나는 볼 때마다 웃었다.

그러면서 나는 마음 한구석으로 조성아의 부모님이 정말 그럴지도 모른다고 생각했다. 우리가 처음 서로를 알게 된 초등학교 무렵부터 그 애 부모님은 늘 바빴고, 학교에서 하는 행사에 한 번도 참여하지 못했다. 어릴 때 조성아는 그걸 많이 섭섭해했다.

"우리 부모님은 돈을 많이 벌어야 하니까 이건 내가 이해해야 돼."

똑 부러지게 말하면서도 내심 섭섭해하는 기색이 얼굴

에 몽글몽글 서리곤 했다. 그러나 초등학교 고학년이 되면서부터 조성아는 정말로 아무렇지도 않아 했다. 익숙해졌기 때문일 수도 있었고, 포기했기 때문일 수도 있었다. 생각해 보면 아마도 그 무렵부터 조성아가 핸드폰을 많이 썼던 것 같다.

"너 혼자 집에 있으면 안 심심해?"

한번은 조성아에게 이렇게 물었다. 그 애 부모님이 고객 문제와 회사 프로젝트로 한창 바쁜 시즌이었고, 50평이나 되는 큰 집에서 조성아 혼자 시간을 보내는 일이 더 많아졌을 때였다.

"핸드폰이 있는데 뭐가 심심해. 편하고 좋아."

조성아는 당연하다는 듯이 대답했다. 그 애는 부모님에 대해 얘기할 때 종종 시큰둥한 얼굴을 했다.

"바쁜 분들이지 뭐."

그 말은 부모님을 지칭하는 게 아니라 꼭 먼 친척을 가리키는 것처럼 들렸다. 그게 초등학교 6학년 무렵의 조성아였다. 조성아의 부모님이 바쁘면 가끔은 내가 걔네 집에서 자기도 했다. 그런 날에는 꼭 어설픈 요리를 만들어 먹거나 잠옷을 맞춰 입으면서 그 순간을 조금이라도 더 특별하게 보내려고 노력했다. 그래야만 그 애의 큰 집이 썰렁하지 않게 느껴졌다. 그런 식으로 쌓인 추억들은 한 보따리의 사진이 되어 인스타그램과 페이스북에 보관되어 있었다.

'그때 재밌었지. 아, 성아가 우리 집에서 자고 간 적도 있네.'

아주 어릴 때 몇 번, 그리고 최근에도 한 번. 작년 봄 무렵이었던가. 조성아는 엄마와 크게 싸우고 무작정 우리 집으로 왔다. 우리 집은 걔네 집에서 걸어서 20분 정도 걸리는 거리에 있는 빌라인데, 마당이 있는 단독주택인 조성아네 집에 비해서는 낡고 좁고 초라하기 때문에 그 애가 우리 집으로 와서 자는 일보다 내가 걔네 집으로 가는 경우가 많았다. 그런데 그날은 조성아가 잔뜩 씩씩거리면서 오늘 너희 집에서 자고 가겠노라고 엄포를 놨다. 조성아는 쿵쾅쿵쾅 쳐들어오더니 내 방 침대에 엎드려서 소리를 빽 질렀다.

"존나 짜증 나, 진짜!"

존나 짜증 나는 사건의 개요는 이러했다. 중학교에 입학하면서 본격적으로 각종 SNS를 섭렵한 조성아는 확실히 핸드폰을 과하게 보는 면이 있었다. 조성아의 부모님은 그걸 정말 싫어했다. 두 분 모두 워낙 똑똑하고 능력

있어서 그런지 본인 딸이 침대에 누워서 멍하니 핸드폰만 들여다보며 몇 시간을 보내는 걸 아주 극악하게 여겼다. 조성아의 부모님은 어쩌다가 한 번 나를 마주치면 나한테도 핸드폰을 많이 쓰지 말라고 잔소리했다.

"너네 그렇게 핸드폰을 많이 쓰다가는 나중에 뇌까지 변한다. 클릭 한 번에 온갖 것을 다 볼 수 있는 물건이니 많이 쓰면 뇌가 얼마나 편해지겠어, 안 그러니? 나중에 습관이 되면 복잡하고 어려운 건 제대로 처리하지 못할지도 몰라. 그렇게 변해도 좋아? 어? 그게 눈에 보이게끔 변하는 거라고 생각해 보렴. 뇌가 변해서 외계인처럼 머리가 비대해진다든지, 거북목이 심해져서 목이 길어진다든지, 화면에 박힌 눈이 툭 튀어나온다든지. 얼마나 끔찍하니. 눈에 안 보여서 그렇지, 그게 사람을 멍청하게 만드는 거야. 영화 같은 데 나오는 지능 낮은 괴물처럼."

조성아 엄마가 짜증이 가득한 목소리로 비약이 심한 잔소리를 늘어놓을 때면 나와 조성아는 서로 눈치를 보며 슬그머니 웃었다.

'우리 엄마, 오버 잘하지? 진짜 웃겨.'

조성아 눈은 그렇게 말하고 있었다. 나도 조성아를 따라 슬쩍 웃었다. 아줌마가 요새 스트레스가 많은가 보다,

정말 오버하시네. 나는 입 안에서 작게 웅얼거렸다.

조성아와 그 애 부모님은 핸드폰 사용 문제로 이미 여러 번 부딪혔고, 그날 일어난 문제도 바로 핸드폰 때문이었다. 조성아는 울분이 가득한 목소리로 하소연했다.

"내가 집에서 잠깐 쉬면서 핸드폰을 하다가 학원을 좀 늦었어. 아니, 사실 오늘만 그런 건 아니고 최근에 그런 식으로 몇 번 지각하기는 했는데 오늘은 학원에서 엄마한테 전화를 했나 봐. 그러면서 쓸데없이 내가 핸드폰을 좀 많이 본다는 식으로 얘기도 한 거지. 근데 솔직히 요즘은 너도 나도, 어른도 애도 다 핸드폰이 일상이잖아? 그런데 무슨 큰일이라도 나는 것처럼 나한테 뭐라고 하니까 내가 짜증이 안 나겠어? 너도 알지? 우리 엄마 엄청 과민하게 생각하는 거."

나는 가만가만 고개를 끄덕였다. 하지만 속으로는 '근데 너 좀 과하긴 해.'라고 생각했다. 조성아 말처럼 요즘은 어른이든 어린아이든 다 스마트폰을 자주 썼고, 사실 나도 꽤 많이 쓰는 편이었지만 조성아는 확실히 과했다. 그즈음에는 나랑 있으면서도 핸드폰에 빠져 있는 경우가 자주 있었다. 보통은 사진을 보정한다든지, SNS로 날아오는 메시지를 확인하고 답장한다든지, 자기가 구독한 유튜버가 동영상을 업로드하면 바로 확인한다든지 하는 거였다. 이해하지 못하는 건 아니었지만 가끔은 짜증이 났다. 하지만 그동안 조성아를 나무라지 못했던 건 나도 종종 그렇게 행동하기 때문이었다.

"너 좀 많이 쓰긴 해. 조금 줄여 봐도 괜찮지 않을까."

나는 조심스럽게 조성아에게 말했다. 조성아는 뜻밖의 말을 들은 것처럼 큰 눈을 가만히 깜빡이다가 곧 푸하하, 폭소를 터뜨렸다.

"야. 너나 잘해, 김연서."

나도 조성아를 마주 보고 웃었다. 맞는 말이기는 했다. 한 번 하소연을 한 덕인지 짜증이 풀린 조성아는 핸드폰을 보면서 내 침대를 데굴데굴 굴러다녔다. 나는 침대 아래에 책상을 펴 놓고 내일까지 내야 하는 숙제를 했다. 조성아에게 너는 안 하냐고 묻자 조성아는 스트레스가 풀린 산뜻한 얼굴로 나를 쳐다봤다.

"네 거 베낄 건데?"

"네가 그러니까 너희 엄마가 너 스마트폰 많이 본다고 잔소리하지."

나는 조성아에게 핀잔을 줬다. 조성아는 들은 척도 하지 않고 유튜브를 보면서 말했다.

"솔직히 핸드폰이 진짜 엄청 편해. 그렇지? 복잡한 생각도 안 할 수 있고, 답답한 마음이 들어도 핸드폰으로 이것저것 하다 보면 어느새 괜찮아지고. 폰만 들고 있으면 그냥 머리가 편해져. 마음도 편해지고. 일단 생각이 없어지는 게 좋아. 뇌가 가만히 있는 느낌? 그러면 스트레스나 복잡한 문제에서 몇 걸음 떨어져 있는 기분이 든단 말이야. 페이스북이나 인스타그램으로 바로바로 연락을 주고받다 보면 외롭지도 않고. 너도 그렇지 않냐?"

나는 그때 아무렇지 않게 고개를 끄덕였다. 나도 진심으로 그렇게 생각했다. 하지만 대충 고개를 끄덕여 놓고는 잠시 뒤에 숙제를 풀어 내려가던 손을 멈추게 되었다. 침대 위에 누워 있는 조성아를 힐끔 돌아봤다. 핸드폰 화면에 꽂혀 있는 조성아 얼굴은 헤실헤실 풀려 있었다. 편안해 보이는 얼굴이었지만, 어딘가 흐리멍덩했다. 무엇 때문인지는 알 수 없었으나 방금 조성아가 한 말이 마음에 걸렸다. 괜히 찜찜한 마음이 들어서 빤히 바라보고 있자 시선을 느낀 조성아가 몸을 일으켰다.

"왜, 뭐. 셀카 찍자고?"

조성아는 바로 카메라 어플을 켜서 내 얼굴에 들이밀었다. 우스꽝스러운 개구리 필터가 화면을 가득 채웠다.

나도 조성아도 하핫, 웃어 버렸다. 방금까지 잠시 머물렀던 묘한 찜찜함은 어느새 연기처럼 흩어졌다.

'별일이 다 있었네, 정말.'

계속 떠올리다 보니 조성아가 더욱 그리워졌다. 동시에 연락을 받지 않는 것에 대한 서운함도 훅 올라왔다. 마음속에서 물음표가 떠다녔다. 역시 심각한 병에 걸린 걸까. 입원을 했을지도 모른다. 아니, 그렇다면 생각할수록 그게 의문이다. 계속 '읽음'으로 표시되는 메시지. '접속 중'이라고 뜨는 그 애의 SNS 기록.

'역시 증상이나 징조…… 그런 걸 찾아야 하나.'

하지만 지금까지 떠올렸던 추억 속에는 한주경이 말했던 전조 증상 같은 것은 없었다. 골똘히 고민하는데 수업 끝을 알리는 종이 쳤다. 나는 괜히 조성아 자리로 가서 한번 앉아 봤다. 그 애의 책상 위를 지그시 살펴보고 서랍도 뒤져 봤다. 어느새 한주경과 김지애가 인상을 쓰고 다가왔다.

"조성아 자리에서 뭐 해?"

김지애가 황당하다는 투로 물었다. 나는 두 사람을 쳐다보지 않고 분주히 자리를 살피면서 대답했다.

"조성아가 아팠다거나 심경에 무슨 문제가 있었다거

나 하는 증거가 남아 있을까 싶어서."

그러자 한주경이 아이고, 하고 앓는 소리를 냈다.

"아니, 연서야. 그런 식으로 접근하지 말고. 왜 그런
거 있잖아. 치매에 걸리기 전에 건망증이 심해진다든지,
날짜를 잘 기억하지 못한다든지 하는 것처럼."

한주경이 줄줄 말하자 김지애가 말을 받았다.

"아니면 간이 안 좋은 사람이 얼굴이 거뭇해지는 거.
우리 할아버지가 그랬거든."

나는 책상을 뒤지던 손을 멈추고 의자에 등을 기댔다.
눈까지 감고 생각해 봤지만 역시 떠오르는 게 없었다. 내
가 고개를 젓자 한주경은 진지한 한숨을 쉬었다.

"그럼 이렇게 해 보자. 조성아의 일상 속 모습을 차근
차근 되짚어 보는 거야. 그러다 보면 '생각해 보니까 이
거 좀 이상하네.' 싶은 게 떠오를 수도 있어. 원래 그런
건 익숙한 일상 중에 살짝 튀어나오는 법이니까."

일상의 모습들. 숨 쉬고, 먹고, 자고, 걷고, 이야기를
나누고, 학교에 가고, 학원을 가고, 놀고, 핸드폰을 만지
고……. 나는 조성아의 일상을 생각했다. 그 애가 자주
짓는 표정, 그 애가 자주 하는 말과 말투, 풍기는 분위기,
그 애가 걷는 걸음걸이와 평소의 태도까지. 아주 작은 부

분도 떠올려 보려고 노력했다.

'아, 뭔가…….'

순간 뭔가를 알 수 있을 것 같은 기분이 들었다.

✦⁺

가장 먼저 불쑥 생각난 건 정말 별거 아닌 사소한 단서
였다. 평평한 벽을 손바닥으로 느릿느릿하게 쓸다가 조
금 불퉁하게 올라온 한 부분을 우연히 스친 것과 비슷한
느낌. 딱 그 정도에 불과한 일이었다.

초등학교 때만 해도 수업 시간에 등을 바로 세우고 눈
을 반짝였던 조성아는 중학생이 되면서 공부에 급격히
흥미를 잃었다. 수업에 집중도 못해서 선생님에게 지적
받는 일도 제법 생겼다. 중학교 졸업을 코앞에 둔 열여섯
살이 되었는데도 여전했다. 그래서인지 가끔 수업 시간
에 낙서나 쓸데없는 말을 적은 쪽지를 나에게 보내곤 했
는데, 한 달에 한 번 하는 자리 이동에서 우리 자리가 가
까워지기라도 하면 그 행동은 더욱 다양하고 빈번해졌
다. 수업 중 괜히 지우개 조각이나 조그맣게 뭉친 종이를
내 머리로 툭툭 던지거나 내게 들릴 정도로만 휘파람을
부는 식이었다. 내가 조성아보다 앞에 앉을 때면 가끔은

나도 불시에 휙 고개를 돌려서 조성아를 쳐다봤다. 그럼 조성아는 지루한 얼굴로 멍을 때리다가 반가운 듯이 눈썹을 들썩였다. 그러다 그 애가 우스꽝스러운 표정을 지어 보이면 웃음을 터뜨려서 선생님에게 둘 다 혼나기도 했다. 그게 우리의, 그리고 조성아의 보통이었다.

그러나 몇 달 전 그날은 조금 달랐다. 아마 한문 시간이었던 것 같다. 한문 선생님은 나이가 많았고, 목소리가 작았고, 말투도 조곤조곤했다. 선생님 수업을 듣고 있으면 지루함에 몸이 배배 꼬였다. 왠지 슬슬 조성아가 장난을 걸어올 법도 하다고 생각했는데 머리를 톡 건드리는 지우개 조각도, 전달해 오는 쪽지도 없었다. 조성아가 잠이 들었나 싶었다. 결국 지루함을 견디지 못하고 내가 먼저 고개를 돌려 조성아 자리를 바라봤다.

'얼씨구?'

픽 웃음이 나왔다. 조성아는 책상 밑으로 핸드폰을 보고 있었다. 수업 시간에 핸드폰을 쓰다가 걸리면 즉시 하교 때까지 압수인데도 거리낌이 없었다. 멍한 얼굴로 화면만 들여다보는 게 웃겨서, 한편으로는 저러다 걸려서 선생님한테 핸드폰을 뺏기면 온종일 징징거리겠구나 싶어서 손을 흔들면서 신호를 보냈다. 조성아는 전혀 알아채지 못했다. 갑자기 나는 미션에 도전하는 기분이 들었다. 알아채지 못하니까 액션은 더 커질 수밖에 없었다. 나는 팔을 파닥거리고, 후후 바람도 불어 봤다. 그래도 조성아는 여전히 전혀 눈치채지 못한 채 핸드폰만 보고 있었다. 오히려 내 짝꿍이 웃으면서 그만하라고 어깨를 칠 정도였다.

'아니, 대체 뭘 보길래 이 정도까지 했는데도 눈치를 못 채지? 쟤, 숨은 쉬는 건가?'

결국 미션 실패라고 생각하며 포기하려는 순간이었다. 수업하던 선생님이 조성아 이름을 낮게 불렀다. 나는 내 과도한 액션도 들켰을까 싶어 어깨를 움츠리고 앞만 봤다. 조성아는 선생님이 부르는 소리도 못 듣고 있었다. 선생님은 한숨을 쉬면서 천천히 조성아 자리로 갔다.

"조성아."

선생님이 한 번 더 조성아를 불렀다. 조성아는 여전히 꼼짝도 하지 않았다. 선생님이 조성아 책상을 손으로 가볍게 톡톡 두드렸다. 모를 수 없는 상황이었는데도, 조성아는 몰랐다. 그때 나는 얼핏 조성아가 혹시 어디가 아픈 건가 생각했다. 아니면 눈을 뜨고 자는 건가. 그렇지 않고서야 선생님이 코앞까지 온 걸 모를 수 없었다.

"조성아!"

선생님은 결국 버럭 소리를 지르면서 책상을 쳤다. 그제야 조성아는 흐리멍덩한 표정으로 천천히 선생님을 올려다봤다. 꼭 나무늘보 같았다. 선생님은 기가 차다는 듯이 한숨을 쉬었다가 아무래도 이상하다 싶었는지 짜증과 약간의 의아함이 뒤섞인 목소리로 물었다.

"혹시 어디 아프니? 잠을 못 잤어?"

조성아는 아! 하고 상황에 맞지 않는 탄성을 내더니 그제야 황급히 핸드폰을 책상 밑으로 집어넣었다. 늦어도 한참 늦은 반응이었다.

'뭐야, 조성아. 개웃겨.'

그때 나는 그 정도로만 생각하고 말았다. 평소보다 조금 심하게 핸드폰을 본다고 느껴지는 것 말고는 달리 염려되는 것은 없었다. 그러나 혹시 또 모를 일이었다. 과민하게 생각해 본다면 그 정도의 둔함은 예사롭지 않은 일일 수도 있지 않나. 그때부터 어딘가 안 좋아서, 뇌 기능에 무슨 문제라도 생겨서 주변을 신경 못 쓰고 멍하니 핸드폰에 빠져 있었던 걸 수도 있다.

그러고 보니 그 무렵부터 조성아가 주변은 완전히 지운 듯이 멍하고 느릿하게 행동하던 경우가 유난히 많았던 것 같았다. 그런 태도 때문에 한주경과 김지애가 짜증을 낸 일도 몇 번 있었다.

"아, 진짜! 조성아, 집중 안 하냐?"

신경질적으로 말했던 사람이 김지애였나 한주경이었나. 그날 우리는 학교가 끝나고 넷이서 같이 코인노래방을 갔다. 한 명씩 돌아가면서 자기가 좋아하는 아이돌 노래를 부르며 즐거운 시간을 보내고 있었다. 그런데 어느 순간부터 조성아가 자기가 노래를 부르지 않을 때는 핸드폰을 봤다. 물론 그럴 수 있는 일이었지만, 잠깐이 아니었다는 것이 문제였다. 자기가 노래를 부를 때만 핸드폰을 끄고, 다른 사람이 부를 때는 계속 핸드폰을 봤는데, 그건 아무리 생각해도 예의가 아니었다. 결국은 참다못한 김지애가 마이크를 잠깐 내려놓고 조성아를 지적했다. 그때도 조성아는 한번에 알아듣지 못하고 실실 웃으면서 핸드폰을 쳐다봤다.

"아씨. 짜증 나, 진짜."

김지애가 더욱 신경질적으로 말을 던지고 나서야 아니, 사실은 그로부터도 몇 초가 지난 뒤에서야 조성아는 정적이 흐르는 분위기를 깨닫고 핸드폰을 내려놨다.

"미안, 미안. 방금 웃긴 게 떠 가지고."

조성아가 말한 건 별거 아닌 유튜브 동영상이었다. 나는 냉랭해진 분위기를 풀려고 괜히 실없는 말을 했다.

"조성아, 너 지난번 한문 시간에도 정신 못 차리고 핸드폰만 하더니. 그러다 나중에 눈알 튀어나오겠다, 핸드폰 너무 많이 봐서. 으, 징그러워. 가뜩이나 눈도 큰데."

조성아는 내 말을 듣고 제 손으로 눈꺼풀을 위아래로 잡아당겨서 쭉 늘였다. 우스꽝스러운 행동에 결국 김지애도 픽 웃어 버리면서 다시 분위기가 풀어졌던 기억이 있었다. 한 가지 안타까운 것은 그 뒤로도 조성아의 행동이 잘 고쳐지지 않았다는 점이었다. 함께 맛집을 가거나 카페에서 디저트를 먹으면서 수다를 떨 때도 비슷한 일이 몇 번이나 있었다. 유튜브를 보느라, 인스타그램이나 페이스북을 보느라, 혹은 인증샷을 찍고 보정하느라. 한번 핸드폰에 몰두하기 시작하면 표정도 맹하게 풀리면서 주변 일들에 이상하리만치 둔해졌다.

'좀 심하긴 했지. 정말 머리 어디에 이상이 있었던 게 아닐까?'

이런 걸 징조라고 생각하는 건 역시 과민한 반응이려나. 그렇다면 다른 건 또 뭐가 있을까.

'음, 그때쯤 짜증이 많아졌던 것 같기도 하고?'

굳이 더 찾아내자면 그런 것도 있긴 했다. 유난히 불쑥불쑥 짜증을 내는 일이 전에 비해 많아졌다는 것. 몇 개월 전부터 조성아는 누군가가 조금만 거슬리는 얘기를 하면 바로 화를 터뜨리거나 쏘아붙였다. 선생님과도 예전처럼 원만하게 지내지 못했는데, 선생님이 지적하면 표정부터 불퉁하게 변했고, 가끔은 변명을 가장해서 비아냥거리기도 했다. 부모님과 싸우고 하소연하는 일도 더 잦아졌다. 우리 중에서는 김지애와 작은 말싸움을 하는 일이 늘었다. 시답잖은 농담이나 말들에 툭툭 짜증 내거나 예민하게 반응했다.

하지만 나는 조성아가 고등학교에 올라갈 때가 되자 스트레스가 많아졌거나 사춘기가 다시 찾아온 거라 생각하고 말았다. 핸드폰을 보는 시간이 과하게 길어지면 충동적인 성격으로 바뀐다는 말을 얼핏 들은 적이 있었는데, 그것 때문에 짜증이 늘었을지도 모른다고 잠깐 의심하고 만 정도였다. 나와 있을 때는 조성아가 화낸 적이 없었기에 이 역시 대수롭지 않았다. 그러나 사실은 이런 일들도 뭔가의 전조 증상이었을까. 몸이 어딘가 안 좋다면 자기도 모르게 예민해질 법했다. 터무니없이 느껴지는 이런 일들도 단서라고 할 수 있다면 한 가지 더 생각나는 일화가 있었다. 아마도 3개월 전쯤이었을 것이다.

국어 시간이었다. 국어 선생님은 정년을 앞둔 남자 선생님이었는데, 고리타분한 수업과 항상 지쳐 있는 듯한 낮은 목소리로 학생들을 졸음에 빠지게 했다. 그날도 마찬가지였다. 애들은 대부분 졸음을 이기지 못하고 계속 꾸벅꾸벅 졸았다.

"그럼 본문을 조성아가 한번 읽어 볼까?"

나도 졸고 있었지만 선생님이 지친 목소리로 말했던 건 명확하게 들렸다. 이어서 조성아가 허둥지둥 본문을 찾아서 책을 펼치는 소리가 들렸다. 거기까지는 별일 아니었다. 내가 잠이 좀 깼던 건 조성아가 본문을 읽기 시작한 순간부터였다. 본문의 첫 문단은 '논리적인 글을 쓸 때 중요한 것은 분명한 주제와 간결하고 정확한 표현, 의견을 뒷받침할 수 있는 근거와 사실이다. 그러나 이 모든 것을 적절히 소화하기 위해서는 그동안 해 온 독서로 쌓인 어휘와 문장이 있어야 한다. 작문에서 다독(多讀)은 중요한 정도가 아니라 필수적이다.'라는 글로 시작되었다. 조성아는 뭉그적거리다가 천천히 글을 읽었다.

"논리적 글에서…… 중요한 것은…… 주제와 간결하고 정확한 표현, 의견을, 뒷받칠 수 있는, 있는 근거, 사실이

다. 그러나 모든 것을 저, 적절히 소화하려면…… 그동안 독서력으로 쌓인 어휘와 문, 문장이 있어야 한다. 작문에서 다독은…… 중, 중요하고…… 필수적이다."

느릿느릿 문장을 읽는 조성아의 잠겨 있는 목소리를 듣는 순간, 웃음이 터져 나올 뻔했다.

'뭐야, 자다 깼나? 문장을 왜 저렇게 읽어?'

느리고 더듬는 것은 그렇다 치더라도 단어 몇 개를 빼먹고 읽어 버리는 모습을 보니 역시 졸다가 깨서 정신이 없는 것 같았다. 그러나 두 문단을 넘어가면서부터는 심하다고 생각했다. 갑자기 없던 난독증이 생겼나. 아니면 내가 몰랐을 뿐이지 예전에도 저렇게 어벙하게 글을 읽었나. 중학교 1, 2학년 때는 다른 반이었고, 놀 때는 특별히 뭔가를 읽을 일이 없었으므로 조성아가 어떻게 글을 읽는지 알지 못했다.

'초등학교 때는 책도 많이 읽고, 발표도 잘했던 것 같은데.'

조성아는 힘겹게 본문을 다 읽고 자리에 앉았다. 다른 애들은 그때까지도 졸고 있었고, 의욕 없는 선생님은 지긋한 눈으로 운동장만 내다보느라 조성아가 본문 대부분을 틀리게 읽었다는 걸 모르는 눈치였다. 심지어 조성아가 다 읽었는지도 모르고 창밖을 계속 보고 있었다.

"선생님, 조성아 다 읽었는데요."

내가 얘기하자 선생님은 큼큼, 헛기침하며 질문했다.

"조성아, 본문의 핵심 내용이 뭐지?"

조성아는 골똘히 책을 들여다봤다. 오래 찾는다고 생각될 즈음이었다.

"모르겠어요."

조성아가 한 말은 성의가 없다고 느낄 수밖에, 아니면 반항한다고 볼 수밖에 없는 대답이었다. 질문은 전혀 어렵지 않았고, 정답은 학습 목표에 써 있었다. 선생님은 다시 한번 살펴보라고 말했으나 조성아는 스스로도 당황한 얼굴로 내용이 머리에 잘 안 들어온다고 대답했다.

"그러니까 졸지 말고 수업에 집중해야지."

선생님은 상투적으로 나무라고는 아무도 듣지 않는 수업을 이어 나갔다. 나는 책상 밑에 핸드폰을 감추고 후다닥 메시지를 보냈다.

> 너 왜 그러냐? 갑자기 난독증이라도 생겼어?

수업은 안 들어도 핸드폰은 거의 10분마다 확인하는 조성아였기에 잠시 후 답장이 왔다.

난독증? 그게 뭔데?

장난치는 거라고 생각했다. 어릴 때는 책도 꽤 읽고 똑똑한 아이였는데, 난독증이라는 말을 모를 리가 없었다. 나는 그냥 ㅋㅋㅋㅋㅋㅋㅋ를 쳐서 메시지를 보냈고, 조성아도 ㅋㅋ 하고 짧게 답장했다. 그 뒤로 조성아가 수업 시간에 뭘 읽게 되는 일은 좀처럼 없었다.

당시에는 별로 이상하게 생각하지 않았던 일이었다. 졸다가 깨서 정신이 없었거나 수업에 집중을 못하는 정도로만 생각했다. 그저 지나가는 일상이었다. 굳이 떠올리려고 애쓰지 않는 이상 생각나지 않는 그런 일. 그러나 이 일을 떠올리면서 생각해 보니 최근에 조성아랑 메시지를 주고받으면서 있었던 작은 일들도 갑자기 찝찝하게 느껴졌다. 최근 조성아는 내가 긴 문장으로 메시지를 보내면 제대로 읽지 않고 엉뚱한 소리를 했다. 이를테면 이런 식이었다.

조성아, 내일 학원 가기 전에 시간 되면 전에 갔던 분식집 가자. 학교 근처 말고 사거리 시장 쪽에 있는 분식집 있잖아. 이름은 기억 안 나는데 우리 학교 애들이 많이 가는 곳.

오늘은 못 가. 학교 앞에 은혜떡볶이 말하는 거지?

그래서 제발 문장을 끝까지 읽고 답장하라고 핀잔을 줬을 정도였다. 이런 일들은 앞에서 떠올렸던 것들에 비하면 확실히 전조 증상 같은 느낌이 들긴 했다. 물론 아주 개운하진 않았다.

'아직 모호해. 다른 건 없나? 좀 더 확실한 거.'

나는 더욱 열정적으로 머릿속 기억을 헤집었다. 작은 단서라도 찾아내서 조성아의 열흘간 부재와 연락 두절을 조금이라도 설명하고 싶었다. 생각을 거듭하다 보니 신체적으로 나타나는 증상도 떠오르는 게 있었다. 두어 달 전부터 조성아는 눈이 잘 안 보인다는 이상한 말을 했다.

"그게 무슨 소리야? 너 원래 눈 나쁘잖아."

내가 묻는 순간에도 조성아는 자리에 앉은 채로 몸을 앞뒤로 흔들면서 칠판을 지그시 바라봤다. 하지만 역시 잘 보이지 않는지 인상을 잔뜩 찌푸렸다.

"아니, 그렇긴 한데. 요즘은 이상해. 시력이 더 급격하게 떨어진 느낌이야."

지금이야 조성아도 나도 렌즈를 끼고 다니지만 조성아는 초등학교 고학년에 올라가면서, 나는 중학교에 입학하면서 안경을 썼다. 둘 다 애초에 시력이 좋은 편은 아니었다. 그래서 조성아가 시력이 더 많이 더 급격히 떨어지는 것 같다고 말했을 때도 딱히 신경 써서 듣지 않았다. 워낙 핸드폰을 많이 보는 애니까 그럴 수 있다고 생각했다. 지금까지 시력이 점점 떨어지다가 너무 나빠지는 바람에 더 확 떨어진 것처럼 느끼는 게 아닐까.

"그럼 렌즈 도수를 높여."

내가 대수롭지 않게 대꾸했지만 조성아는 영 석연치 않다는 듯이 고개를 갸웃거렸다.

"시력이 원래 이렇게 뚝뚝 떨어지나?"

"핸드폰을 많이 봐서 그렇지, 뭐."

그러자 조성아는 뭔가 생각난 것처럼 말을 이었다.

"그러고 보니까 요즘 나 핸드폰 볼 때도 이상해. 이렇게 고개를 숙이고 계속 폰을 보고 있으면 뭔가 눈이 쏠리는 느낌도 들고 그런다니까?"

나는 대충 알겠다고 대꾸했다. 지난번 한문 시간 때처럼 핸드폰을 볼 때는 주변 상황도 다 잊어버리고 뚫어져라 그것만 보니까 그럴 법도 하다고 생각했다. 그러나 조성아가 다시 한번 눈살을 확 찌푸릴 때, 나는 잠깐 멈칫했다. 찌푸리는 눈이 일순간 밖으로 또그르르 굴러떨어질 듯이 앞으로 돌출되었다가 도로 들어갔던 것이다. 영화의 특수 분장이나 CG 같은 장면이었다. 나는 너무 놀라서 아무 말도 못하고 입만 떡 벌렸다.

'뭐야, 나 방금 뭘 본 거지?'

어제 핸드폰을 보다가 늦게 잤더니 헛것을 보나. 나는 여러 번 눈을 깜빡이고 다시 조성아를 쳐다봤다. 아까처럼 눈이 돌출되어 보이지는 않았지만 묘하게 앞으로 튀어나와 있는 것 같았다.

'이상하네? 그냥 기분 탓인가?'

아주 미묘한 느낌이었다. 정말로 튀어나온 건지 아니면 그저 착각인지 알쏭달쏭했다. 문득 코인노래방에서 김지애가 핸드폰만 보는 조성아에게 짜증 냈던 일이 생각났다. 정확히는 그때 분위기를 풀어 보겠답시고 내가 실없이 했던 말이.

'나중에 눈알 튀어나오겠다, 핸드폰 너무 많이 봐서.

으, 징그러워. 가뜩이나 눈도 큰데.'

순간 등에 오소소 소름이 돋았다. 그러나 아무리 생각해도 사람 눈이 갑자기 툭, 하고 돌출될 리는 없었다.

'에이, 어제 잠을 제대로 못 자서 잘못 본 거야.'

나는 비현실적인 감각을 그렇게 정리했다.

"계속 신경 쓰이면 나중에 안과나 한번 가 봐."

조성아는 눈가를 만지면서 작게 고개를 끄덕였다.

그때 느꼈던 이상한 감각을 어떻게 까맣게 잊고 있었을까. 너무 비현실적이라 애초에 착각으로 묻어 두었기 때문일까. 거기까지 생각이 미치자 '그 사건'이 불현듯 떠올랐다. 사실은 제일 말도 안 되는 일이었다. 당시에도 흠칫했으나 너무 기묘해서 착각일 수밖에 없다고 나름대로 합리화하고 의식 아래로 눌러두었던 내용이었다.

그러니까 그건, 가장 최근에 일어난 사건이었다. 3주 전 주말로 기억한다. 그때 나는 한주경, 김지애와 함께 학교 근처의 큰 프랜차이즈 카페에 있었다. 시험이 얼마 남지 않았지만, 도저히 혼자서는 공부가 되지 않아서 함께 모여서 공부를 하기로 했다. 나와 한주경, 김지애가 카페에 먼저 도착해서 음료를 시킬 즈음, 조성아에게서 조금 늦는다고 연락이 왔다. 조성아는 정확히 40분 뒤에 카페로 들어왔다.

"쟤 이마 왜 저래?"

가장 먼저 조성아를 발견한 김지애가 낄낄 웃으며 말했다. 조성아 이마가 빨갛게 부어올라 있었다. 조성아는 민망한지 이마를 문질렀다.

"오는 길에 건물을 공사하는 데가 있더라고. 거기 지나다가 툭 튀어나온 봉을 못 보고 부딪혔어."

"아니, 대체 어쩌다가 그런 걸 못 봤어?"

나도 모르게 책망하는 듯한 말투가 나왔다. 조성아는 "아니, 그게." 하고 말꼬리를 늘어뜨렸다.

"잠깐 핸드폰으로 뭘 좀 보다가……."

"뭐야, 조성아. 너, 그거네, 그거. 뭐라더라? 학교에서 배웠는데?"

한주경이 인상을 쓰며 뭔가를 기억해 내려고 애쓰자 옆에서 김지애가 소리를 질렀다.

"스몸비, 스몸비!"

스마트폰과 좀비의 합성어였다. 스마트폰을 보느라 길거리에서 고개를 푹 숙이고 정신이 팔린 채 걷는 사람들을 그렇게 부른다고 학교의 어느 수업 시간에 흘러가듯이 들은 적이 있었다. 조성아는 요즘 그런 사람이 어디

한둘이냐며 남 일처럼 대꾸했다. 그런데 조성아의 혹은
자꾸 내 시선을 사로잡았다. 과하게 부푼 혹은 얼핏 보면
이마의 일부처럼 보여서 약간 기괴했다. 나는 혹에서 눈
을 뗄 수 없었다.

　우리는 빙수를 추가로 시켜서 나눠 먹고, 각자 문제집
을 꺼냈다. 조성아는 질색하며 정말 공부하려고 모인 거
냐고 물었다. 우리가 당연하다는 표정을 짓자 조성아는
도리어 짜증을 확 냈다. 무슨 토요일까지 공부하러 모이
냐고, 수다나 떨자고 신경질적으로 말했다. 우리가 개의
치 않자 결국 조성아도 입을 삐죽 내밀고 자리에 앉기는
했지만, 교과서를 펴 놓고 몸을 이리저리 꼬다가 곧장 의
자에 몸을 파묻고 핸드폰만 만졌다.

　그러나 그런 것은 별로 신경 쓰이지 않았다. 나는 그날
공부를 마치고 카페에서 나갈 때까지, 나가서 다 같이 분
식집에 갔다가 헤어지는 그 순간까지 조성아 이마가 거
슬렸다. 이마가 왜 이렇게 눈에 거슬릴까. 나는 한참을
바라보다가 아주 이상한 생각이 들었다.

　'이마가 자란 것 같은데?'

　단순히 혹 때문에 그렇게 보이는 건가. 하지만 집요하
게 바라보면 바라볼수록 혹 문제가 아닌 것 같았다. 혹과

는 별개로 조성아 이마가 조금 길어진 것처럼 보였다. 외계인처럼 말이다. 정말로 이상한 생각이었고, 너무 이상해서 조성아에게도, 한주경이나 김지애에게도 말할 수 없었다.

그날 나는 집으로 돌아가서도 이마가 자란 것 같다는 생각을 버리지 못하고 핸드폰 앨범을 열었다. 그러고는 이제껏 조성아와 찍었던 사진들을 하나하나 살펴봤다. 2, 3년 전에 찍은 사진은 전부 남아 있었고, 심지어 5년 전 사진도 몇 장 있었다. 미묘한 차이기는 했지만 사진끼리 비교하면서 보니까 좀 더 확실히 보였다. 시간 순서대로 정리해서 보니 2년 전부터 미세하게 조성아 이마가 자라 있었다.

"뭐야, 이게."

이마가 자랄 수가 있나. 혹시 탈모가 아닐까. 그러나 아무리 봐도 머리가 빠진 느낌은 아니었다. 그날 사진을 다시 찬찬히 살펴보면서 내가 내린 결론은 자라면서 얼굴이 좀 바뀐 것뿐이라는 것이었다. 유치원 때 얼굴이 다르고 초등학교 때 얼굴이 다르듯이 청소년이라서 얼굴이 또 달라진 것뿐이었다. 물론 그런 말로는 다 품어지지 않는 석연치 않은 느낌이 있었지만, 그게 가장 합리적인 생각이었다.

그렇게 결론을 내리고 나니 오히려 속이 시원했던 기억이 난다. 지금 다시 마음이 불편한 건 역시 그때 자란 것처럼 보이던 이마가 어떤 착각이나 성장에 따른 자연스러운 변화가 아닌, 나는 모르는 특이한 병의 징조였나 싶었기 때문이었다. 외계인처럼 이마가 자라는 병이 무엇이려나. 조성아 뇌에 문제가 생겨서, 그러니까 어떤 변형이 일어나서 이마 모양이 변했을 수도 있지 않을까. 조성아가 문장도 잘 읽지 못하고, 말도 제대로 이해하지 못하던 장면이 다시 떠올랐다. 그 모든 게 뇌가 변한 증거라면? 조금씩 징조를 보이면서 변하다가 어느 순간에 머리 모양 전체가 변하는 특이한 병이 있다면 어떨까.

예전에 조성아 엄마도 그런 말을 했다. 핸드폰을 많이 쓰면 나중에 영화 같은 데 나오는 지능 낮은 괴물처럼 되지 않겠냐고. 그때 나와 조성아는 걔네 엄마가 참 오버한다고 생각하면서 웃었지만, 이제 와서 보면 혹시 또 모를 일이었다. 허무맹랑하게 들리기는 해도 세상은 원래 넓고 다양한 곳이었다. 그러나 한편으로는 내가 정말 말도 안 되는 생각을 하고 있다는 마음도 들었다.

'어쩌면 이 모든 게 내 과민한 상상에 불과할지도 몰

라.'

수업이 다 끝나고 종례 시간이 되었을 때, 한주경과 김지애는 생각난 게 있는지 물어 왔다. 온종일 머리를 헤집었던 일들을 어떻게 설명하면 좋을까. 막상 입 밖에 내려고 하자 그것은 더욱 말도 안 되는 이야기 혹은 너무 대수롭지 않은 이야기로 느껴졌다. 나는 잠시 고민하다 생각나는 게 역시 없다고 대답했고, 둘에게도 달리 생각난 것이 있는지 물었다. 한주경은 잘 모르겠다고 말했고, 김지애는 조성아가 좀 예민했다고 대답할 뿐이었다.

집으로 돌아가는 길이었다. 조성아네 집으로 가는 길과 우리 집으로 가는 길이 나뉘는 곳에는 낡은 우체통이 하나 세워져 있었다. 요즘은 우체통을 쓰는 사람이 거의 없어서 웬만하면 철거되기 마련이었는데, 신기하게도 이 동네 우체통은 아직 남아 있었다. 우리는 항상 우체통 앞에서 만났고 서로를 기다렸다. 나는 그 앞에 멈춰 서서 한참을 미적거렸다.

'조성아 집으로 가 볼까.'

아파서 앓고 있는데 불쑥 찾아가면 괜히 조성아가 난

감해할까 봐 여태 찾아가는 걸 미뤄 왔다. 아파서 결석할 정도라면 아무리 바쁘더라도 부모님 중 한 명은 휴가든 뭐든 써서 집에 있을 거라고 생각했기에 가기가 더욱 망설여졌다. 하지만 이렇게까지 연락이 되지 않는다면 찾아가 보는 게 맞는 듯했다. 선생님은 조성아에게서 입원한다는 얘기를 따로 전해 듣지는 않았다고 했다. 병원에 입원하지 않았다면 집에 있지 않을까. 혹시 몰라서 전화를 한번 해 봤지만 역시 신호만 가다가 끊어졌다. 이전에 보냈던 메시지들에는 여전히 답장이 없었다. 그동안 조성아 집에 뻔질나게 놀러 갔는데도 오늘만큼은 쉽사리 걸음이 나가지 않았다. 나는 조성아가 왜 학교에 나오지 않고 연락도 받지 않는지 알고 싶었지만, 동시에 어떤 것도 확인하고 싶지 않았다.

나는 결국 마음을 정하고 발을 뗐다. 답장이 오지 않을 걸 알면서도 한 번 더 메시지를 보냈다.

> 나 지금 너네 집 간다.
> 집에 있으면 대문이랑 현관 열어 놔라.

조성아 집이 있는 주택가에 들어섰을 때, 내가 보낸 메시지는 읽음으로 표시됐다. 깔끔한 검은색 철제 울타리와 익숙한 대문이 보이자 입 안이 바싹 말랐다. 나는 괜히 큼큼, 헛기침을 하면서 울타리 안을 휘 둘러봤다. 널찍한 마당은 여전히 단정해서 이 집 사람들에겐 아무런 문제가 없다고 말하는 것 같았다. 나는 문 앞에 서서 초인종을 눌렀다. 몇 초간 정적이 흘렀다. 다시 입이 말랐다. 초인종을 두 번 더 눌렀다. 문도 덜컹덜컹 흔들어 봤지만 열리지 않았다.

'병원에 입원했나?'

포기하고 돌아서려는 순간이었다. 띠, 하는 소리와 함께 대문이 철컥 열렸다. 나는 마당을 지나 현관문 앞에 섰다. 안에서 인기척이 느껴지지 않았다. 하지만 문을 당기니 걸리는 것 없이 자연스럽게 열렸다. 신발장에는 매번 보던, 조성아의 하얀 운동화와 슬리퍼가 한구석에 가지런히 놓여 있었다. 너무나 가지런하고 깔끔하게 흙 부스러기 하나 없이 있어서 그동안 신발을 신을 일이 없었을 거란 생각이 들 정도였다. 나는 그 옆에 신발을 벗어 두고 집 안으로 발을 디뎠다. 불은 모두 꺼져 있었다. 베란다로 오후의 햇빛이 들어와서 아주 어둡지는 않았지만, 너무 조용해서 조금 무서운 느낌이 들었다.

"조성아!"

일부러 이름을 크게 불렀다. 하지만 여전히 기척이 없어서 조심스럽게 주변을 살폈다. 거실로 향하는 통로를 지나 벽을 돌면 커다란 소파와 성능 좋은 안마 의자, 작고 동그란 테이블과 동전만큼 얇은 텔레비전, 그리고 공기를 정화해 주는 식물이 나올 것이었다. 눈을 감고도 떠올릴 수 있는 구조를 향해 걷는데, 거실 쪽에서 작은 소리가 들렸다.

"킥."

처음에는 햄스터나 그와 비슷한 동물이 내는 소리인 줄 알았다. 하지만 조성아는 햄스터도 기니피그도 키우지 않았다. 깨끗하고 좋은 집에 쥐가 숨어 살 리도 없었다. 그렇다면 그건 작고 음산한 웃음소리에 가까웠다.

나는 벽을 끼고 살짝 고개를 내밀어서 소파를 쳐다봤다. 소파 위에서 뭔가가 웅크린 채로 이불을 덮고 있었다. 조성아였다. 얼핏 보기에 체형이 조금 달라진 듯했지만 조성아가 맞았다. 조성아는 누워서 핸드폰을 할 때마다 항상 몸을 옆으로 웅크렸다. 내가 들어오는 것을 느끼지 못했는지 조성아는 미동도 없었다. 핸드폰 화면을 보느라 좁게 웅크린 어깨가 이질적이었다.

"조성아."

나는 작게 조성아를 불렀지만 아무런 대꾸도 없었다.

"조성아."

다시 불렀을 때, 누워 있던 것이 비로소 슬쩍 고개를 돌렸다.

"……어?"

나는 얼빠진 소리를 냈다가 급히 입을 막았다. 뭔가가 이상했다. 핸드폰 화면으로 빨려 들어갈 것처럼 툭 튀어나온 양쪽 눈알은 뒤통수를 가볍게 치기만 해도 빠질 듯이 돌출되어 있었다. 심지어 눈알은 어린아이 주먹만 했다. 어깨는 핸드폰을 하는 자세 그대로 심하게 오그라들어 있었다. 하지만 무엇보다 이마가 기이했다. 누가 봐도 이상하다고 느낄 만큼 이마가 위로 길게 솟아 있었다.

'이게 뭐야?'

내가 꿈을 꾸고 있나. 본능적으로 뒷걸음질을 쳤다. 조성아가 동영상을 틀었는지 그 애 핸드폰에서 사람들이 깔깔대는 웃음소리와 난잡한 음악이 새어 나왔다.

"킥……."

미동도 없던 조성아 입에서 쇠를 긁는 듯한 웃음소리가 나직하게 흘러나왔다. 굽고 좁은 어깨가 가볍게 들썩였다. 머리통을 억지로 잡아당겨서 늘여 놓은 것처럼 기묘하게 솟은 이마도 흔들렸다. 반쯤 튀어나와서 번들거리는 눈알은 소름이 끼쳤다. 불이 꺼진 거실로 드리워진 그림자와 푸르스름한 액정 화면의 불빛이 어우러져 현실 같지 않은 섬뜩한 광경을 만들었다. 본능적으로 몸을 돌리면서 다리가 후들후들 떨리고 있다는 걸 알아챘다. 악몽을 꾸는 듯한 기분으로 꺾이려는 다리를 애써 세우며 간신히 현관문 앞까지 갔다. 신발에 대충 발을 집어넣고 문손잡이에 손을 올리는 순간, 내가 잘못 본 게 아닐까 싶은 마음이 들었다. 나는 바로 문을 박차고 나가지 못한 채 현관 앞에서 뒤를 돌아봤다.

'한 번만 더 확인해 볼까. 어두워서 잘못 본 것뿐이야. 말이 안 되잖아.'

그러나 이미 돌아간 손잡이에서 문이 열리는 전자음이 났다. 그 소리에 지레 놀란 나는 더 망설일 것도 없이 후다닥 그 집을 빠져나왔다. 신발을 제대로 신지도 못하고 뛰는 바람에 주택가를 빠져나가기 전에 한 번 넘어지기까지 했다. 갔던 길을 되돌아와 다시 우체통 앞에 섰을 때, 나는 아까 본 것이 어떤 모습이었는지 다시 차근차근 떠올렸다. 튀어나온 눈알과 오그라든 어깨, 그야말로 이상한 머리통까지. 흡사 외계인이나 괴물로 변해 가고 있는 듯한 모습. 하지만 그게 말이나 되는 소리일까.

'잘못 봤겠지? 내가 조성아 일에 너무 신경 써서 그런가?'

나는 잠시 쪼그리고 앉아서 호흡을 골랐다. 숨도 심장 박동도 점점 안정을 찾았다. 역시 내가 잘못 봤을 거라는 생각이 깊어졌다. 조금 더 시간이 지나자 핫, 하고 헛웃음까지 나왔다. 조성아가 눈이 크기는 하지만 아무리 그래도 어린애 주먹만 할 수가 있을까. 하물며 그렇게 눈알이 튀어나왔다면 조금만 걸어도 눈이 빠져 버릴 것이다. 오그라든 어깨도 어이없긴 마찬가지였다. 아파서 살이 빠진 걸 잘못 본 게 분명했다. 원래 조성아는 핸드폰을 할 때 옆으로 누워서 몸을 웅크리니까 어깨가 더 좁아 보일 수 밖에 없었다. 이마. 하지만 이마는…….

거기까지 생각하고 있을 때였다. 도로에서 날카로운 비명 소리가 들렸다. 어떤 여자가 도로 한복판에서 잔뜩 인상을 쓰고 있는 모습이 보였다. 여자가 입은 흰 블라우스는 커피로 범벅이 되어 있었다.

"아이 씨, 앞 좀 보고 다녀요! 어떡해, 진짜. 지금 친구 만나러 가는데 이거 어쩔 거예요!"

여자와 교복을 입은 남학생이 부딪히면서 일어난 참사였다. 화를 내는 여자의 목소리가 여간 큰 게 아니라서 길을 가던 사람들 몇 명이 두 사람을 슬그머니 바라봤다. 학생은 허리를 90도로 굽히면서 죄송하다고 거듭 사과해도 모자랄 판에 멀뚱히 서 있기만 했다. 여자는 곧 하! 하고 비꼬는 의도가 다분한 웃음을 터뜨렸다.

"이봐요, 학생. 사과 안 해요? 지금 이거 어떻게 할 거냐고! 핸드폰만 보면서 걸으니까 이 사달이 나지!"

여자가 버럭 쏘아붙였다. 하지만 상대는 여전히 눈만 끔뻑였다. 이 상황이 인식되지 않는 사람처럼 가만히 서 있다가 천천히 시선을 옆으로 돌리고 발을 뗐다.

'뭐야, 설마 도망가는 건가? 이대로?'

그러나 여자는 그리 호락호락한 성격이 아니었다. 스윽 지나치려는 학생의 팔을 여자가 확 움켜잡았다. 블라우스에 스며든 커피 자국은 이제 아무리 빨아도 지워지지 않을 것 같았다.

"아니, 뭐라고 말 좀 해 봐요! 사과 안 할 거예요?"

결국 여자가 고함을 쳤다. 그제야 학생은 뭐라고 입술을 움찔거렸다.

"아, 미안…… 미안해요."

그러고는 다시 눈을 느릿느릿 끔뻑거리며 몸을 돌렸다. 주변에서 사람들이 수군거리는 소리가 들렸고, 여자는 맥이 풀린 목소리로 한숨을 쉬었다.

"재수가 없으려니까 정말."

여자가 툴툴거리며 빠르게 자리를 뜨자 문제의 학생은 핸드폰을 다시 눈 가까이에 댄 채로 어기적어기적 반대편으로 걸어갔다. 그 느릿한 모습이 아까 본 것을 떠오르게 했다. 거북이처럼 움츠러든 좁은 어깨와 문장을 이해하지 못하는 듯이 느리게 눈만 끔뻑이던 모습. 어쩐지 저 사람, 눈이 좀 튀어나오지 않았나? 이마도 묘하게 넓지 않았나? 이미 멀어져 가는 뒷모습만으로는 정확히 분별할 수 없었다.

'내가 생각을 너무 많이 한 모양이야.'

갑자기 피로감이 몰려들었다. 눈도 뻑뻑했다. 집에 가서 한숨 자고 일어나면 오늘 일어난 이상한 일들과 쌓이고 쌓인 나의 착각들도 말끔하게 해소될 것 같았다. 그러고 보니 미열이 있는 것 같기도 했다. 나는 이마를 짚어 봤다. 역시나 약간 뜨끈했다.

'혹시 감기 기운이 있나.'

그래서 오늘 말도 안 되는 것들을 생각하고 보는 모양

이었다. 얼른 집에 가서 침대에 누운 채로 동영상 하나 보고 푹 자야지. 그러면 스트레스도 풀리고, 이상해진 사고도 정상으로 돌아올 것이다. 나중에 조성아가 아무렇지도 않은 모습으로 학교에 돌아오면, 나 그때 너를 두고 이런 이상한 생각을 했다고, 신경이 과민했는지 괴상한 환각들도 봤다고 얘기해 줘야지.

집에는 마침 아무도 없었다. 원래는 엄마가 집에 있을 시간이었지만 보이지 않았다. 하지만 피로감에 엄마가 어디에 있는지도 신경 쓰이지 않았다. 아마 마트나 카페에 가지 않았을까. 거실로 들어서자 익숙하고 조용한 우리 집 공기가 느껴졌다. 누우면 바로 잠들 수 있을 것 같았다. 나는 느릿느릿 교복을 벗고 집에서만 입는 늘어난 티셔츠와 반바지를 입었다. 그대로 누워 버릴까 하다가 세수는 해야겠다는 생각에 비칠비칠 화장실로 들어갔다. 세면대에 물을 틀고 빠르게 얼굴과 목을 씻었다. 한번 몰려들기 시작한 졸음은 물이 닿아도 가실 기색이 없었다. 나는 마른 수건으로 얼굴을 툭툭 두드리고 나가기 전에 거울을 봤다. 씻겨 나가지 않은 비누 거품이 머리카락에 조금 남아 있었다.

'너무 대충 씻었나?'

다시 물을 묻혀서 남은 거품을 문지르는데, 문득 이질
감이 들었다.

"어?"

자꾸 내려오는 눈꺼풀을 억지로 치켜들었다.

'키가 조금 컸나?'

나는 거울 가까이 얼굴을 붙였다. 차근차근 찬찬히 살
펴보다가 문득 깨달았다. 키가 큰 것이 아니다.

이마가 조금 길어졌다.

스마트폰 중독은 다른 중독 문제와 달리 중독 때문에 일상이 무너지는 지점이 극적으로 드러나지 않는다. 그 탓에 스마트폰 중독은 '나 요즘 핸드폰을 너무 많이 써. 진짜 문제야.'라는 순간의 푸념으로만 끝나는 경우가 많다. 그러니까 아주 심각하게 받아들이지 않는 것이다. 하지만 우리는 스마트폰 중독이 얼마나 유해한지 더 알 필요가 있다. 스마트폰을 통해서 얻는 정보는 대부분 체계가 없다. 단순하고 자극적이다. 뇌에서 판단, 계획, 논리, 집중력, 언어를 관장하는 부분이 전두엽인데, 인터넷에서 알려 주는 체계 없는 정보를 볼 때면 전두엽은 거의 활동하지 않는다. 이 상태로 뇌가 길들면 긴 글을 읽기가 어려워질 뿐만 아니라 현실 자극에 둔감해지고, 다른 사람의 감정도 쉽게 파악하지 못한다.

나는 이런 스마트폰의 유해를 극대화해서 기괴하지만 매력적인 이야기를 쓰고 싶었다. 〈괴물화 증상〉은 가장 먼저 소재가 떠올랐지만, 가장 어렵게 쓴 작품이다. 부디 독자들이 재미있고 유익하게 읽었기를 바란다.

불꽃 一 도박 중독

일러두기

※ 〈불꽃〉 속 등장인물 '장두오'는 청소년 단편소설집 《세븐 블라인드》
중 나윤아 작가가 쓴 〈두오를 찾습니다〉에 나오는 인물로, 〈불꽃〉의 장
두오 이야기는 〈두오를 찾습니다〉와 연결된다. 〈두오를 찾습니다〉는 장
두오를 통해 도박 중독에 대한 또 다른 이야깃거리를 보여 준다.

불꽃

전형적인 흐린 뒤 맑음이었다. 어제 전국적으로 많은
비가 쏟아진 덕에 오늘은 날씨가 맑고 쨍쨍했다. 지하철
역 근처의 작은 공원은 온통 생기로 가득 찼다. 나뭇잎이
나 꽃잎에 몽글몽글 매달려 있는 빗방울은 강렬한 햇빛
을 받고 반짝거렸다. 토요일 오전이라 역 근처엔 사람이
많았다.

어떤 젊은 커플이 공원 안 벤치에 나란히 앉았다. 두
사람이 벤치에 앉아 한참을 조잘조잘 떠들던 중 남자가
잠시 화장실을 가겠다며 자리에서 일어났다. 혼자 남겨
진 여자는 톡톡 떨어지는 빗방울을 바라보다 톡톡 소리
에 맞춰 끼어드는 이질적인 소리를 느꼈다. 낡은 문이 내
는 소리 같기도 했고, 오도독뼈를 으득으득 씹는 소리 같

기도 했다. 소리가 나는 쪽을 향해 고개를 돌려 유심히 들어 보니 그건 개가 끙끙거리는 소리였다. 여자는 비 맞은 유기견이 있을지도 모른다는 생각에 소리의 근원지를 찾았다. 앉은 벤치 뒤에 있는 수풀 어딘가에서 소리가 났다. 수풀로 몸을 기울이자 시커멓고 커다란 덩어리가 눈에 띄었다. 생각보다 크고 시커먼 짐승의 형체에 여자는 두려운 얼굴을 했다. 그 순간, 검은 덩어리가 꿈틀 움직이며 소리를 냈다.

"으으, 으으윽……."

"아아아악!"

검은 짐승이 앓는 소리를 내며 몸을 움직이자 여자는 그것이 짐승도 개도 아닌 사람이라는 것을 깨달았다. 날카로운 비명이 터져 나왔고, 여자는 서둘러 공원에서 벗어났다. 풀숲의 시커먼 덩어리는 그 뒤로도 계속 똥강아지가 앓는 소리를 내며 흙바닥에 처박혀 있었다. 잔뜩 웅크린 형체가 창백한 손가락을 땅에 대고 몸을 일으킨 시간은 해가 작열하는 정오쯤이었다. 흙구덩이 속에서 솟아난 머리가 두어 번 흔들리자 흙더미가 후드득 튀었다. 햇볕에 드러난 얼굴은 하얗고, 초췌했고, 젊었으며, 얻어터진 흔적이 역력했다. 온통 검은색으로 싸맨 차림새와 불안하고 혼란한 눈빛을 본다면 누구라도 범죄의 냄새가 풍기는 사람이라고 직감했을 것이다. 광대엔 시퍼런 멍이, 입가엔 팥죽 같은 피딱지가 눌러앉은 이 창백한 사람은 스물한 살의 정시헌이었다.

시헌은 자신이 처한 상황이 아직 파악되지 않는지 눈을 깜빡거리면서 계속 주변을 둘러봤다. 그러다가 공원을 거니는 아줌마와 눈이 마주쳐 또 애먼 사람이 비명을 지르게 만들었다. 자신의 상태를 파악하려 애쓰며 시헌은 일단 혀로 입 안을 핥았다. 침인 줄 알고 꿀꺽 삼킨 것은 핏덩어리였다. 다행히 이는 성했다. 그다음엔 손끝부터 조심스럽게 몸이 제대로 움직이는지 살폈다. 관절 하나를 움직일 때마다 살과 근육이 찢길 듯 아팠다. 어딘가 부러진 곳도 있는 것 같았지만 온몸이 아파서 어디가 부러졌는지 짐작하기도 어려웠다.

'개자식들. 사람을 죽일 듯이 패더니.'

시헌은 비열한 듯 비참한 듯 웃었다. 통증이 익숙해지길 기다렸다가 움직여 보려고 했으나 영원히 익숙해질 것 같지 않았다. 결국 시헌은 눈물 콧물을 쏟아 내며 억지로 몸을 일으켰다. 개 떼 같은 양아치 놈들이 온몸을 자근자근 밟아 댄 탓에 핸드폰이며 손목에 찬 시계까지 모두 깨지고 엉망이 되었다. 핸드폰이야 통화만 되면 괜찮았지만 설상가상으로 배터리까지 나가 있었다. 직접 움직이지 않고서는 상황을 해결할 수 없었다. 시헌은 공원 옆 지하철역을 보고서야 자신이 구리역에 있다는 걸 알았다. 시헌의 집은 노원구에 있었는데, 그는 고등학교를 졸업한 뒤부터 집에 잘 들어가지 않았다. 주로 며칠, 때로는 몇 주씩 들어가지 않을 때도 있었다. 그럴 때면 피시방이나 찜질방에서 자거나 친한 친구나 친한 형 집에서 신세를 지기도 했다. 이유는 다양하고 합리적이었다. 부모님은 시헌을 보면 한숨과 잔소리를 아끼지 않았고, 그 안에는 숨길 수 없는 경멸이 담겨 있었다.

시헌은 부모님이 불편해진 지가 이미 오래였다. 시기도 이유도 한 문장으로 정리할 수 없는 애매한 뒤틀림이 있었다. 무엇보다도 1년 전에 시헌은 공부를 제대로 해 보겠다고 주장해서 타 낸 재수학원비를 엉뚱한 곳에 꼬라박은 이력이 있었다. 가뜩이나 꼬여 있는 관계에 지은 죄까지 더해져서 시헌은 더욱 집을 피하게 되었다. 그러나 공교롭게도 최근에 시헌이 집을 들렀던 때는 바로 나흘 전이었다.

나흘 전, 그날의 기억은 이러했다. 시헌은 부모님이 가게에 있을 시간에 슬쩍 집을 찾아갔다. 아무도 마주치지 않겠다고 작정하고 들인 걸음이었는데, 재수 없게도 형이 집에 있었다. 시헌보다 다섯 살 많은 형은 몇 주 만에 나타난 시헌을 보자마자 차분한 인상과는 도무지 어울리지 않는 쌍욕을 날린 뒤에 시헌에게 달려들었다.

"이 개새끼야! 네가 제정신이 있는 놈이냐? 어? 언제까지 그러고 다닐래?"

물론 시헌이 형을 제지하는 것은 쥐 새끼 한 마리를 잡는 것보다 쉬웠다. 쥐 새끼는 빠르기라도 하니까. 다섯 살이나 차이 나는 형이었지만 체구도 시헌이 더 컸고, 체력 역시 비교도 되지 않았다. 시헌은 운동을 좋아했고, 한때는 축구 선수를 꿈꾸었던 반면에 형 시우는 공부 외길 인생이었다. 취미도 독서나 영화 감상처럼 정적이고 차분했다. 꿈꾸는 직업은 선생님, 교수, 연구원 같은 맥락에서 벗어나지 않았다. 다만 특이하게도 왜소한 체구에 대한 반작용인지 성격만큼은 냉정하고 날카로운 구석이 있었다. 거기에 조곤조곤한 면까지 더해져 질서나 규칙을 잘 지키고, 특별히 모나게 행동하는 일이 없었다.

시헌은 어려서부터 호탕하고 모험적인 아이였다. 무엇이든 도전하기를 좋아했고, 사방으로 에너지를 뿌리고 다녔다. 잘 다듬는다면 눈에 띄는 일을 해낼 법한 성격이었다. 하지만 시헌의 부모님은 요란스러운 에너지를 다듬어 줄 만한 기운이나 여유가 없는 형편이었다. 두 사람은 동네에서 제법 큰 곱창집을 운영했는데, 장사는 잘되는 편이었지만 매달 나가는 월세와 각종 공과금, 직원 월급을 생각하면 몸이 닳도록 일해야만 했다. 그래야 간신히 형편을 유지할 수 있었다. 더구나 음식 장사는 상상을 초월하는 바지런함과 노력을 필요로 하는 일이었다. 먹고 사느라 바쁜 것은 죄가 아니었지만, 그 문제 때문에 시헌은 방치되다시피 자랐다.

세상에 치여 바쁜 부모님이 보기에 형 시우는 손이 가지 않고 의젓하며 제 할 일을 알아서 잘하는 될성부른 떡잎이었고, 동생 시헌은 어디로 튈지 모르는 불똥 같은 아이였다. 부모님은 시헌을 야단치고 억누르는 일이 많았으며 곧잘 형과 비교했다. 그렇기에 종종 의도치 않게 시헌을 상처 입혔다.

시헌이 초등학교 4학년 때 일이었다. 시헌과 반장은 유치한 이유로 시비가 붙었다. 서로를 놀리다가 작은 실랑이가 되었고, 시헌이 먼저 반장의 어깨를 툭 쳤다. 반장은 그걸 싸움으로 받아들여서 시헌의 어깨를 더 세게 꽉 때렸다. 그렇게 몇 차례 주먹을 주고받다가 열이 뻗친 시헌이 충동적으로 반장 머리에 우유를 부어 버렸다. 흰 우유가 아닌, 초콜릿 가루를 잔뜩 탄 끈적거리고 단 우유였다. 그 일을 저지르고 나서 시헌은 담임이 올 때까지 반장을 가리키며 "똥물에 젖었대요, 똥물에 젖었대요." 하고 놀렸다. 그 일로 학교에 불려 간 시헌의 엄마는 어린 시헌의 뺨을 후려갈겼다.

"네 형 반만 닮아 봐라, 제발!"

많이 들어 온 말이라도 의미를 달리하는 한 순간이 있는 법이었다. 그때 엄마가 비명을 지르듯이 내뱉은 말은 경멸하는 눈빛과 찢어발기는 듯한 목소리, 후려 맞은 뺨의 통증 같은 것들이 더해지면서 가슴을 짓밟았다. 시헌이 잊을 수 없는 불쾌한 기억 중 하나였다. 시헌은 그때부터 뭔가 약간 어긋난 채로 자라 왔다.

눈에 불을 켜고 달려드는 형을 짐짝처럼 밀쳐 냈을 때, 시헌은 다시 한번 그 다름을 느꼈다. 하지만 볼썽사납게 엎어진 형을 보고도 통쾌한 감정이나 우월감은 들지 않았다. 오히려 자기가 밀려 넘어진 것처럼 깊은 자괴감과

열등감이 일렁였다. 시헌은 형 앞에 무릎을 꿇고 땅에 머리를 박은 채 애원했다.

"형, 나 500만 원만 빌려줘. 내가 형한테 이런 부탁은 한 적 없잖아, 응? 내가 진짜 금방 돌려줄게. 내일. 내일까지 돌려줄 수 있어, 진짜야."

그때 형이 어떤 얼굴을 했더라. 분명 얼굴을 올려다봤을 텐데 시헌은 형의 표정이 기억나지 않았다. 아마도 제정신이 아니었기 때문일 것이다. 머리 위로 긴 침묵이 떨어졌고, 형은 비칠비칠 일어났다. 그러고는 마른 빗자루처럼, 넋이 나간 사람처럼 걸어서 제 방 벽면에 걸어 둔 커다란 거울 앞에 섰다. 형이 거울 뒷면을 뒤적여 꺼낸 것은 은행 카드였다.

"비밀번호 0946."

시헌은 넙죽 엎드려 머리를 다시 땅에 박고 고맙다고 중얼거렸다. 누가 봐도 수치스러운 장면이었으나 시헌은 하나도 부끄럽지 않았다. 그가 수치를 모르는 인간이어서가 아니라 그저 내일 두 배, 세 배로 갚아 주면 된다고 생각했기 때문이었다. 그렇게만 한다면 이번엔 형이, 아니 형뿐만이 아니라 자신을 집안의 해충처럼 여겼던 모든 가족이 다 자신에게 고개를 숙일 것이었다.

"절연금이야."

그래서 시헌은 뒤통수 위로 형의 차가운 음성이 뚝 떨어졌을 때도 전혀 개의치 않았다.

"그 돈, 네가 원하는 대로 꼬라박고 다시는 집에 찾아오지 마. 이걸로 우리 가족이랑 연 끊는 걸로 하자고."

절연금(絕緣金)? 뭐, 상관없었다. 수십 년 동안 끊어진 인연도 현찰 수백만 원에 회복되는 경우가 허다했다. 시헌은 기꺼이 기쁘게 카드를 들고 나왔다. ATM에 가서 조회하니 정확히 472만 원이 들어 있었다. 형이 이 돈을 어떻게 모았을지는 전혀 궁금하지 않았다. 이번에도 상관없는 일이었다. 어차피 곧 두 배, 세 배로 불어날 돈이었으니까. 시헌은 그 돈을 몽땅 어딘가로 이체하면서 생각했다. 총알이 장전되었으니 이기는 일만 남았다고. 몇 번 패배한 전투들은 이번 승리를 위한 초석이었을 뿐이라고. 생각하면 생각할수록 이건 운명이었다. 수호천사가 은밀하게 안배해 놓은 구원이었다. 형에게 마침 꿍쳐 놓은 돈이 있었던 것이며, 그 액수도 자신이 정했던 500만 원에 근접한 것이나 방금 우연히 쳐다본 상점 안 시계가 행운의 숫자 러키세븐(Lucky Seven)인 7시 정각을 가리키고 있었던 것까지 전부 승리의 기운으로 느껴졌다. 가슴 안에서 의심할 수 없는 행운의 에너지가 불타올랐다. 시헌은 그 모든 것이 단순한 착각이며, 도박자의 흔히 있는 오류임을 알지 못했다. 그러나 알았다고 한들 코웃음을 쳤을 것이다.

결과적으로 시헌은 그날, 형의 돈 472만 원을 모두 잃었다. 그가 푹 빠져 있는 온라인 도박이 시헌을 제대로 털어 갔다. 수호천사가 안배해 두었다고 생각한 구원이 실은 악마의 계략이었다. 그러나 시헌은 가장 먼저 아까워서 미치겠다고 생각했다. 잃은 돈이 아니라 일확천금의 기회, 역전의 기회가 총알 부족으로 날아간 것처럼 느껴졌다. 딱 100만 원만 잘 걸면 역전할 수 있을 것 같았다. 슬롯이 한 방 터지면 300만 원을 벌 수 있었고, 불법 스포츠 토토에선 잘만 찍으면 열 배 이상의 배당금도 얻을 수 있었다.

시헌은 기회를 놓칠 수 없었다. 여기서 멈추면 그야말로 생돈을 버리는 거였다. 가족과 절연하는 것이었으며 패배자로 남는 것이었다. 그런데 어느 누가 여기서 멈추겠는가. 시헌은 그런 놈이야말로 천하의 바보 멍청이며, 승리의 뱃머리를 바라볼 자격조차 없는 놈이라고 생각했다. 실제로 시헌은 200만 원 정도는 한 번에 딸 때가 있었다. 행운의 여신이 후, 불어 준 입김을 타고 기적 같은 연승을 올려서 300만 원까지 따는 승리를 맛본 순간도 있었다. 시헌은 그게 불법 도박 사이트를 운영하는 자들이 뿌린 미끼라는 것을 생각할 여유가 없었다.

'적어도 원금은 찾아야지.'

그 생각이 머릿속을 떠나지 않았다. 그래서 시헌은 472만 원을 잃은 지 3일 만에 제3금융권을 찾아갔다. 도박자가 거침없이 빠져드는 나락의 길을 똑같이 걸어가고 있었다. 그런 사람들이 다 그러하듯 '나는 괜찮아.', '나는 금방 터질 거야. 오늘 안에라도 갚을 수 있지.'라는 도박자의 또 다른 오류를 답습하면서.

제3금융권에서 시헌이 대출받은 돈은 350만 원이었다. 오로라캐쉬에서는 복리를 적용한 39퍼센트의 이자가 발생한다고 설명했다. 법정금리를 훨씬 넘어서는 것은 둘째치고, 이자가 이자를 낳는 복리의 특성까지 감안한다면 헛웃음이 나올 만큼 심한 폭리였으나 불법을 일삼는 사람들은 호구를 귀신같이 알아보는 법이었다. 급전이 필요한 사람에게, 특히 이미 이성적인 사고가 불가능한 도박자에게 기가 막힌 폭리는 눈에 보이지 않았다. 어차피 바로 갚을 돈이었으므로.

오로라캐쉬가 있는 낡고 허름한 건물을 빠져나오면서 희끄무레한 불안이 시헌을 어름어름 덮쳐 왔다. 하지만 시헌은 애써 그것을 무시하고는 머릿속을 원금 회복의 꿈과 이번에야말로 뭔가를 터뜨릴 수 있다는 확고한 기대로 덮었다.

하지만 모든 것이 다시 무너지는 데는 그리 오랜 시간이 걸리지 않았다. 두 시간. 시헌은 두 시간 만에 350만 원을 고스란히 빚으로 떠안았다. 대출로 충전한 마지막 총알이 떨어지는 순간, 시헌의 머릿속에선 종이 울렸다. 잠시 멍하게 천장을 쳐다보던 시헌은 흐릿한 전등이 살짝 깜빡이는 찰나에 핸드폰을 내던지고 화살 맞은 짐승처럼 울부짖었다. 시헌이 마지막으로 걸었던 것은 배당이 높게 나온 사다리였다. 여섯 개의 사다리 중 '대박'을 맞히면 집어넣은 돈에 여섯 배를 돌려줬다. 그때까지 10이나 20 단위로 소심하게 걸던 시헌은 총알이 고작 50만 원 남자 더 이상 방법이 없다는 걸 알았다. 총알을 500 아니, 천만 원 정도는 충전했어야 했다고 후회하면서 그는 남은 돈을 한 번에 걸었다. 그리고 그렇게 빌린 돈의 마지막 10원까지도 몽땅 잃었다.

"으아아악!"

까무러칠 듯한 절규가 싸구려 모텔 방에서 흘러나왔다. 시헌은 울었다. 스스로를 향한 과격한 비난들이 머릿속에 가득 찼다. 한 시간 넘게 바닥을 기며 울다가 문득 시헌은 생각했다.

'복리 적용 39퍼센트? 미친 새끼들. 아무리 그래도 그건 너무하잖아. 불법 중에 불법이야. 안 되겠어. 이거는 가서 조정을 좀 해야겠어. 금리를 조금만 낮춰 달라고 하는 거야. 뭐 어때, 어차피 몇 시간 안 지났잖아.'

그야말로 멍청한 생각이었지만 시헌은 이미 제대로 된 사고를 할 수 없는 지경이었다. 그는 대출 상담을 진행했던 젊은 여자의 친절한 미소를 떠올리며 자리에서 일어났다. 오로라캐쉬는 제법 알려진 제3금융권이었다. 가끔 어디선가 광고도 나왔고, 멀끔한 인물들이 여성 우대, 양심적인 대출, 청년 우대 등의 단어를 들먹이며 방긋방긋 웃는 유튜브 영상도 본 것 같았다. 인터넷 방송 BJ 중 한 명이 오로라캐쉬 광고를 찍기도 했다.

시헌은 눈물 자국이 가득한 눈으로 오로라캐쉬를 다시 찾아갔다. 결과는 뻔했다. 웃는 낯으로 시헌을 응대하던 직원은 어디론가 전화를 걸었고, 이내 좁은 사무실로 정장을 입은 건장한 남자들이 들어오더니 시헌을 지하의 다른 사무실로 안내했다. 거기서 시헌은 정말 고기가 다져지듯 잘근잘근 두드려 맞았다. 지하실 남자들이 '실장님'이라고 부르는 30대 중반 정도의 얍실한 남자는 시헌이 맞는 모습을 흐뭇하게 바라보다가 잠깐 손을 흔들어서 발길질을 멈추게 했다. 그는 허허, 웃으며 말했다.

"어디서 병신 중에 병신이 들어왔네. 이미 서류에 사인 다 하고 돈까지 받았잖아. 자기가 몇 시간 만에 다 날려 놓고는 갑자기 불법이 어쩌고, 부당이 어쩌고, 폭리가 어쩌고? 하기야 그렇게 멍청하니까 도박을 했지."

시헌은 처음 보는 실장이 자신이 돈을 어디에 처박았는지 정확히 안다는 것에 놀랐다. 실장은 낄낄 웃었다.

"뻔하지, 안 그러냐? 봐라. 요즘 사채 쓰는 놈들 중에서 젊은 놈들, 특히 너 정도로 어린놈들은 대부분이 불법 도박이야. 고등학생도 불법 도박 때문에 자기 돈 홀라당 까먹고, 친구 돈도 까먹고, 부모 돈도 까먹고. 그래도 못 끊어서 이쪽으로 온다고. 요즘 SNS에 돈 빌려준다는 양아치들 많지? 아, 정말 걔들이 진짜 악질이지. 세상 물정 모르는 애기들한테 엄청난 이자 때려 가면서, 응? 그 어린놈들이 필사적으로 준비해 온 허접한 가짜 신분증이며 가족관계증명서며 하는 것들에 일부러 속아 주고 대출해 준다니까. 금리를 40퍼센트나 먹여 가면서 말이지. 하여튼 도박에 빠진 놈들은 머리에 뭐가 하나 빠져서 정상적인 사고나 생각을 못해. 그러니까 너 같은 놈들이 이렇게 우리에게 소중한 고객이 되는 거 아니겠냐.”

실장은 말을 마치며 시헌의 배를 발로 걷어찼다. 허억, 숨을 들이켜고는 곧 벌레처럼 몸을 웅크리는 시헌을 그는 가만히 지켜봤다. 그러고는 발끝으로 시헌의 턱을 들어 얼굴을 면밀히 살폈다. 하얀 조명이 시헌의 얼굴을 그대로 비춰 속 쌍꺼풀이 옅게 진 눈매나 매끈한 턱선이 더욱 도드라져 보였다. 그 얼굴에서 잃어버린 뭔가를 찾기라도 하듯, 혹은 이 멍청한 청년이 돈을 갚지 못할 경우 어떻게 팔아 버릴 수 있을지 점검이라도 하듯 시헌을 집요하게 들여다보던 실장의 눈이 잠깐 번뜩였다. 곧 실장은 흥미로운 감탄사를 호오, 뱉었다.

“뭔가 익숙하다 싶었는데. 너, 내가 어릴 때 아끼던 동생을 닮았구나.”

딱 그 말을 하고 그는 인상을 찡그리며 고개를 갸웃거렸다.

“허허, 거참.”

실장은 자리에 선 채로 기막힌 듯 뭔가를 중얼거리다

가 다시 한번 시헌을 내려다봤다.

"걔가 딱 너처럼 허우대만 멀쩡했지. 여자애가 예쁘장했는데 너무 즉흥적인 게 흠이었어. 그래도 난 걔가 좋았어. 나름 귀여웠거든."

실장은 추억에 잠긴 사람처럼 눈을 가늘게 뜨고는 팔짱을 낀 채로 낡은 의자에 앉았다.

"근데 참, 사람 인상에 뭐가 있긴 있나 봐. 걔랑 너랑 얼굴만 닮은 게 아니라 인생 말아먹는 것까지 닮았으니까. 이게 관상이라는 건가?"

들으라고 하는 말인지, 아니면 혼잣말인지 알 수 없었다. 그는 시헌과 닮은 어떤 여자에 대해 계속 말했다.

"그땐 나도 걔한테 꽤 진지했지. 심각한 건 아니었지만 보고 있으면 귀엽기도 하고, 괜히 뭐라도 챙겨 주고 싶고 말이야. 근데 걔가 언제부턴가 안 보이는 거야. 나도 꽤 찾아다녔지. 집에도 찾아갔는데 걔 엄마가 그러더라, 괜찮은 조건으로 일자리가 났는데 거기가 강원도라서 강원도로 내려갔다고. 난 그때 걔한테 무슨 일이 생겼다는 걸 알았어. 그 말을 하는 걔네 엄마 얼굴이 불안을 애써 누르는 얼굴이었거든. 그러니까 걔네 엄마도 걔가 일을 하러 강원도에 내려갔다는 걸 못 믿는 눈치였다,

이 말이야. 그래서 내가 후배 몇을 데리고 강원도로 내려 갔고, 거기서 가장 먼저 뒤진 곳이 강원랜드였어. 카지노 말이야. 왜냐고? 걔가 사라지기 전에 여러 명한테 돈을 빌렸다는 얘길 들었거든. 사실 나도 걔한테 200만 원 정도 빌려줬지. 여기저기서 들리는 말을 종합해 보니 천만 원 정도 챙겨서 난 모양이더라고."

그는 거기까지 얘기하고 담배에 불을 붙였다. 시헌은 심해지는 통증에 까무러칠 것만 같아서 억지로 숨을 끌 어올렸다. 그런 시헌의 머리 위로 실장은 길게 연기를 뿜 었다.

"카지노 안에서 걔를 봤어. 예상이 맞았던 거야. 바카 라 앞에 앉아 있었는데, 내가 바로 등 뒤까지 갔는데도 모르더라고. 시선이란 게 실체가 있다면 걔 시선은 틀림 없이 바카라 판 위에 못처럼 박혀 있었을 거야. 내가 온 갖 양아치 짓을 다 하고 다녀도 도박판에 손을 안 대는 이유는 그때 본 걔 몰골이 하도 엿 같아서야. 그 판이 끝 나고 걔는 그 자리에서 30만 원을 땄어. 의기양양하게 웃는 그 애를 두어 번 툭툭 치고서야 걔가 날 발견했어. 그때 걔가 날 보고 뭐라고 말했는지 알아?"

시헌은 알 턱이 없었으나 설령 알았다 하더라도 아무

말도 하지 못했을 것이다. 입을 열면 핏덩어리가 쏟아져 나올 상태였으므로.

"이렇게 말하더라. '실장님, 웬일이에요? 돈 받으러 왔어요? 잠깐만 기다려요. 저 지금 막 따기 시작했거든요. 일단 이거 30부터 먼저 받아요. 곧 빌렸던 돈 다 갚아 줄게요.' 난 그렇게 확신에 찬 눈빛은 처음 봤어. 나도 모르게 한 걸음 뒤로 물러났지. 그리고 그 애는 그 판에서 50만 원을 땄고, 다음 판에서는 바로 90만 원을 잃었어. 거기 있는 사람들은 다 미친 것처럼 보였고, 이상한 열기가 그 공간을 지배하고 있었어. 난 걔가 수십만 원을 더 잃고서야 겨우 이야기를 나눌 수 있었지. 알고 보니까 몇 달 전에 자기 친구들이랑 강원랜드 호텔에 놀러 왔던 거야. 좋은 룸에서 샴페인도 터뜨리고, 워터파크에서도 놀다 보니 여기까지 온 김에 카지노도 가 보자 싶었던 거지. 그날은 20만 원 정도 배팅하면서 즐겁게 놀았던 모양이야. 그리고 다음 날, 자기 친구가 슬롯 잭팟을 터뜨리면서 30만 원 따는 걸 보고 자기도 본전만 찾자는 생각으로 슬롯을 당겼던 거지. 그리고 거기서 또 터졌어. 그때 모든 게 끝났으면 즐거운 청춘의 이야기였겠지만, 사실은 그날 걔 슬롯머신에서 잭팟이 터졌던 게 나락의 시작이었어. 걔 말에 의하면 돈을 딴 순간, 머리에서 불꽃이 터지는 것 같았대."

실장은 자신의 발아래에 죽은 듯이 엎드린 시헌을 지그시 바라보다가 쪼그려 앉았다. 그는 시헌의 머리카락을 뽑을 듯이 움켜쥐고 강제로 고개를 들어 올렸다. 실핏줄이 터져 붉어진 시헌의 눈과 실장의 눈이 마주쳤다.

"그게 마지막이었어. 씨발, 그게 마지막이었다고."

실장의 눈에는 시퍼렇게 날이 서 있었다. 하지만 시헌은 너무 아파서 잠시도 두렵지 않았다. 얼굴도 모르는 여자의 최후나 깡패의 추억엔 관심도 없었고, 머리에 잘 들어오지도 않았다. 물론 실장도 시헌의 심경 따위에는 전혀 관심이 없었다.

"이젠 걔가 어떻게 됐는지 알 수가 없어. 근데 아마 잘 풀리진 않았을 거야. 안 봐도 알 수 있는 끝이란 게 있거든. 너, 우리 같은 업체가 여성 우대를 왜 해 주는 줄 아니? 여자가 뽑아낼 수단이 더 많아서 그래. 원금을 훨씬 웃도는 이자도 어떻게든 쥐어짤 수 있거든. 마른오징어에서 물 짜내듯이. 아마 걔도 그렇게 쭉쭉 짜여 나갔을 거야. 어떤 방식으로든."

시헌은 어지러워서 눈을 감았다. 시야가 닫히기 전, 남자의 입술이 찢길 듯 위로 솟는 걸 봤다. 마른오징어. 그 말을 하면서 실장은 눈을 찡긋했다. 그는 시헌의 머리를 툭 밀어내고 시헌의 바지를 뒤져 지갑을 꺼냈다. 그러고는 신분증을 확인한 뒤 제법 다정한 목소리로 말했다.

"정시헌. 시헌아, 너는 이름도 그 애를 닮았다. 걔 이름이 장세연인가 그랬을 거야. 엿 같지 않니? 몇 년이 지났는데도 안 잊혀. 시헌아, 너는 걔를 닮았으니까 내가 특별히 말해 줄게. 도박 끊고 부모님한테 말해서 여기서 빌린 거 갚아. 하루라도 빨리. 사채를 쓰면 말이다, 정말로 1분 1초가 돈이고 황금이야. 그러니까 어떻게든 빨리 갚아. 안 그러면 너 진짜 생지옥이 뭔지, 사람 피 마르는 게 뭔지 알게 될 거야. 우리가 불법 추심 시작하면 답 없다? 네가 영화에서 보던 거 우리는 다 해. 시헌아, 너 진짜 나한테 고마워해야 해. 우리 원래 이런 거 말 안 해 줘. 형이 지금 엄청 서비스해 주는 거야, 네가 걜 닮아서. 우리가 이런 거 왜 말 안 하는 줄 아니? 우린 너같이 도박에 미친놈들 등골을 빼먹고 그것도 모자라 사골까지 우려내서 먹어야 하거든. 물론 그 방법도 잘 알지. 봐, 이제 넌 상환 날이 되면 당연히 돈을 못 갚을 거야. 왜냐고? 도박에 빠졌으니까. 밑 빠진 독에 계속 돈을 갖다 부을 거라고. 그거 아니면 지금까지 잃은 돈, 배신한 친구랑 가족들, 잃어버린 시간 같은 걸 만회할 방법이 없거든. 그리고 네 머릿속이 계속 한 번만 더 하면 딴다고 외칠 거거든. 안 그럴 것 같지? 다 그래. 솔직히 말해 봐, 너도 알잖아. 그러니까 어린놈이 이 지경까지 왔지. 상환하는 날, 네가 돈을 못 구하면 우리가 어떻게 하게?"

실장은 잠시 말을 멈췄다. 시헌은 당연히 대답할 수 없었지만 그는 그런 것 따위는 안중에도 없었다.

"폭행? 협박? 고문? 에이, 아니야. 요즘 시대가 어느 시댄데. 바로 그렇게 매너 없이 하겠어? 우리는 기회를 줘. 그래, 기회를 준다니까? '아이고, 선생님. 이러시면 저희도 곤란해요. 이게 다 신용으로 하는 장사 아닙니까. 저희는 필요한 급전을 빌려드리고, 선생님은 약속한 날짜에 주시고, 예? 그런데 상환이 어려우시다니, 이거 참. 그런데 사정이 딱하긴 딱합니다. 그래요, 인생 사는 게 마음대로 되는 것도 아니고. 그러면 선생님, 이렇게 합시다. 저희가 500만 원 정도 더 당겨 드릴게. 선이자 10퍼센트 떼고, 450만 원 드릴게요. 그러면 거기서 일단 처음 빌린 돈의 이자부터 해결하고, 원금도 조금 갚읍시다. 상환 기간도 길게 잡아 드릴 테니까.' 하하, 웃기지? 이런 말도 안 되는 개소리에 사람들이 오케이 한다는 게? 근데 그렇게들 해. 여기까지 오면 다들 제정신이 아니거든. 자, 그럼 그다음 상환 날에 어떻게 될까? 당연히 못 갚아. 그럼 그다음엔 또 800만 원 정도를 당겨 주는 거야. 그렇게 빚을 잔뜩 내게 만들지. 그때부턴 지옥 시작이야. 불법 추심, 회수, 상환, 수금…… 이런 거 말이야. 우리는 정말 돈이 없는 놈한테도 돈을 만들어 내는데, 너 같은 놈들은 심지어 돈이 없는 놈도 아니거든. 왜? 어리고 철없는 너를 차마 내치지 못하는 가족이란 게 있거든. 가족. 얼마나 아름다운 공동체니, 안 그러냐?"

그 순간, 시헌의 머리를 스쳐 간 것은 형이 내던져 준 '절연금'이었다. 자신이 절연당한 몸이라는 걸 이 남자가 알 리는 없었다.

"가끔 신고한다는 놈들도 있지. 불법이라고 들먹이면서. 근데 깡패가 어디 나 하나겠어? 여기서 절반이 감옥에 가도 수금할 연결 고리는 도처에 깔렸거든. 그 누구도 수금에 보복까지 당하길 원치 않지. 그건 정시헌 너도 마찬가지일 거고."

"안 그래?" 하고 실장은 다시 다정하고 나긋하게 웃었다. 눈을 감은 시헌은 그 얼굴을 보지 못했다. 그저 의식이 어물어물 흐려진다는 것만 느낄 수 있었다. 시헌은 그렇게 정신을 잃은 채로 구리역 옆 공원에 버려졌다.

✦

전날 일을 모두 떠올리자 통증이 더욱 선명해졌다. 시헌은 벽을 붙잡고 신음을 흘렸다. 요즘 같은 시대에 서울에서 그런 불법과 폭력이 어떻게 일어날 수 있단 말인가. 시헌은 자기가 당한 일이 믿기지 않았다.

"으으으."

시헌은 배로 몰려오는 심한 통증을 이기지 못하고 쪼그려 앉았다.

'개새끼들. 분명 어디 하나가 잘못된 거야. 갈비뼈가 부러졌나?'

역 앞을 지나가던 남자가 시헌을 힐끔거렸다. 남자는 귀에 꽂았던 이어폰 한쪽을 빼고 당혹스러운 얼굴을 보였다. 시헌과 비슷한 또래로 보이는 그가 점점 무너져 가는 시헌의 어깨를 붙들었다.

"저기요, 괜찮아요? 119 불러 드릴까요?"

시헌은 절실하게 고개를 끄덕였다. 그 순간, 앞으로 청구될 병원비와 절연금이라며 카드를 내줬던 형 얼굴, 늘 자신을 한심하게 생각했던 부모님 얼굴이 차례로 스쳐 갔지만 어쩔 도리가 없었다. 일단 살아야 했다.

✦

   종합병원 원무과 직원인 김미연은 오늘만 세 번이나 301호 병실을 찾았다. 원무과 직원이 깡패도 아닌데 왜 직접 병원비 미납자를 닦달하러 다녀야 하는지 의문이었 다. 환자들은 '선생님, 현재까지 미납된 병원비가 얼마이 며, 퇴원 전에는 전액을 납부해 주셔야 합니다.'라는 간 단하고 예의 바른 말에도 거품을 물었다. 물론 어쩔 줄 몰라 하며 꼭 퇴원 전까지 납부하겠다고 공손하게 대하 는 환자들도 있었지만 반대로 '나를 거짓말쟁이 취급하 느냐, 내가 꼭 내겠다고 하지 않았냐, 내가 돈이 없어서 안 내는 게 아니라 나도 들어올 돈이 아직 안 들어와서 못 주는 거다.'라면서 매우 불쾌해하고 호통치는 환자들 도 많았다. 가끔은 때려치우고 싶은 생각도 들었지만 카 드값을 떠올리면 자신도 몰랐던 인내가 발휘되었다. 더 구나 최근에는 중학생 딸이 사고를 쳐서 직장을 그만둔 다는 것은 더욱 말이 안 됐다. 미연은 얼마 전 딸이 고백 할 게 있다며 제 앞에 무릎을 꿇었던 일을 떠올렸다.

"그냥 애들이 다 하길래 나도 한번 한 건데 이렇게 될 줄은 진짜 몰랐어. 재미로 시작했는데 갑자기 막 10만 원도 따고 그러니까 나도 모르게 계속하고 있더라고. 진짜 잘못했어요, 엄마. 나 이번만 도와주면 다시는 안 할게. 내가 애들한테 빌린 돈 50만 원만 갚아 주면 진짜 다시는 안 할게. 핸드폰도 엄마한테 맡길게."

중학생이 어떻게 하면 50만 원이나 되는 빚이 생길 수 있을까. 미연은 지금 생각해도 머리가 찌릿했다. 뉴스에서 요즘 스마트폰이나 인터넷을 이용한 청소년 불법 도박이 심각하단 얘기를 듣기는 했지만, 그게 자기 딸 이야기일 거라고는 한 번도 생각한 적이 없었다. 아이는 착실한 편이었고, 공부도 곧잘 했으며, 심지어 내향적이었다.

'어휴, 진짜 세상이 어떻게 되려고.'

미연은 한숨을 푹 쉬고 301호실 안으로 들어갔다. 이미 아침에 한 번, 점심에 한 번 봤던 정시헌 환자는 다른 환자들과 함께 팔자 좋게 텔레비전을 보고 있었다. 미연이 침대 앞에 가까이 가자 시헌은 그제야 미연을 알아보고 허둥거렸다.

"어, 어, 또 오셨네요?"

"환자분, 가족과 통화되셨어요?"

시헌은 지금 카드도 현금도 없으니 가족에게 연락해서 병원비를 해결하겠다는 말을 이미 일주일 전부터 했다. 그러나 오늘 점심까지도 가족과 연락이 됐다는 소식이 없었다.

"아…… 그게, 아무래도 가족들이 여행을 간 것 같아요. 중국이나 일본 쪽으로."

미연은 짜증이 치밀었다. 이 개털은 이걸 변명이라고 하는 건가. 왜 내가 여기서 이런 말을 들어 주고 있어야 하지. 미연의 표정이 잔뜩 굳어지자 시헌의 목소리가 점점 작아졌다.

"아마 다음 주면 연락이 될 것 같은데."

"다음 주에 퇴원하시면서 다음 주에 연락이 되면 어떡합니까? 퇴원 전까지는 전부 납부해 주셔야 한다니까요. 그렇게 대단한 돈도 아닌데 왜 그러세요."

물론 지금의 시헌에게는 대단한 돈이었다. 그러나 시헌의 사정을 알 리 없는 미연은 눈앞의 환자가 짜증스러울 뿐이었다. 시헌은 눈을 내리깔고 최선을 다해 죄송한 목소리를 만들었다.

"네, 그럼 이번 주까지 어떻게든 연락을 취해 볼게요."

"내일까지 가족분들이랑 연락 안 되면 원무과에서 직

접 연락드릴 거예요."

미연은 당혹스러워하는 시헌을 휙 째려보고 몸을 돌렸다. 젊은 청년이 대체 무슨 문제가 있어서 그러는지 이해할 수 없었다. 하기야 세상에 이해할 수 없는 일이 어디 한둘이던가. 지금 미연에게 가장 이해할 수 없는 것은 딸의 도박 문제였다. 그걸 생각하면 가족 사이의 관계가 걱정되는 병원비 미납자 일은 별것도 아니었다.

원무과 직원이 병실을 나가자 시헌도 여전히 아픈 몸을 억지로 일으켜서 복도로 나왔다. 갈비뼈에 금이 가고, 탈장까지 갔던 것을 생각하면 회복은 빠른 편이었다. 복도 안쪽 휴게실에는 사람이 별로 없었다. 시헌은 가장 구석진 자리에 앉아서 지금까지 일어난 일을 다시 한번 정리해 봤다. 여전히 꿈 같았다. 정확히는 미친 악몽 속에 있는 것 같았다. 탈장 수술을 하고, 갈비뼈를 수리하고, 곳곳에 난 타박상과 손가락 골절을 치료하는 동안 머리에서 빠져나갔던 부품도 제자리를 찾은 듯했다.

'그래, 내가 정신이 나가도 단단히 나갔었구나.'

후회와 의심은 아주 오래전 기억부터 시작되었다. 도박을 처음 했던 기억부터.

시헌은 고등학교 2학년 때 처음으로 온라인 도박에 손

을 댔다. 그런 게 있다는 건 중학생 때부터 알았지만 직접 해 본 것은 고등학생 때였다. 주변에는 대놓고 도박을 하는 애들이 이미 많았다. 핸드폰으로 너무 쉽게 접속할 수 있었고, 링크 공유는 더 쉬웠기에 아이들 사이에서 불법 도박은 가을날에 불 번지듯이 번져 갔다. 실제로 쉬는 시간이면 불법 도박 사이트 접속률이 확 늘었다. 도박이 나쁘고 위험하다는 건 모두가 알았지만, 친구가 바로 옆에서 한 번에 10만 원, 20만 원씩 따는 모습을 보면 혹하는 것도 당연했다. 주말에 편의점 아르바이트를 성실하고 또 성실하게 해 봐야 한 달에 50, 60만 원을 벌까 말까 했는데, 도박으로 5분 만에 그 돈을 따는 걸 보면 혹하지 않을 수 없었다. 아등바등 일하는 어른들이나 아르바이트로 연명하는 자신이 한심하게 느껴지기도 했다. 학생들 사이에서 불법 도박은 스릴 넘치는 위험한 놀이였고, 유행이었다. 어른들만 그 사실을 모르고 있었다.

　도박이 어느 정도로 유행했냐면, 시헌의 학교에는 암암리에 불법 도박 동아리가 있을 정도였다. 당연히 정식 동아리는 아니었고, 몇몇 애들이 쉬는 시간이나 점심시간에 둥글게 모여 앉아서 도박을 하고 정보를 공유하는 게 커져서 동아리 비슷한 뭔가가 되었다. 그 위험한 동아리의 중심은 도박을 잘 꿰고 있던 '장두오'였다. 같은 반은 아니었지만 시헌 역시 그 녀석을 알고 있었다. 까무잡잡하고 훤칠하게 생긴 애였는데 표정이 늘 무뚝뚝하고 어딘지 어두운 기색이 있어서 또래 애들도 편히 다가가지는 못했다. 세상이 참 무료하다는 표정으로 지내던 애였던 게 지금까지도 기억이 났다. 특이한 건 그런 주제에 특별히 사고를 치고 다니는 놈은 아니었다는 점이다. 그래서 시헌도 그 애가 불법 도박을 꿰고 있다는 얘기를 들었을 때, 참 의외라고 생각했다. 물론 지금 생각해 보면 그 애의 덤덤함이나 어두운 분위기는 분명 문제가 될 만한 불운의 소지가 있었다.

그러나 그때 또래 애들에게는 그게 의외로 동경할 만한 거리였다. 시헌도 내심 저런 녀석이랑 어울리고 싶다거나 닮고 싶다고 생각했다. 어쩌면 그것이 가뜩이나 낮아진 불법 도박의 문턱을 더욱 낮췄을지도 몰랐다. 그렇게 시헌은 장두오라는 아이의 매력과 또래 사이에서 미친 듯이 번지는 유행 때문에 슬쩍 도박에 발을 들였다.

'장두오. 그놈은 어떻게 됐다더라?'

거기까지 생각하자 머리가 지끈지끈 아팠다. 시헌은 소파에 앉아 관자놀이를 주먹으로 꽉 누르면서 몇 년 전에 얼핏 들었던 소문을 기억에서 끄집어냈다. 장두오는 고등학교 2학년 겨울방학이 지나고 학교로 돌아오지 않았다. 전학을 간 것도 아니었고, 자퇴를 한 것도 아니었다. 그냥 홀연히 사라져 버렸다. 그때 학교에서 무성한 소문이 돌았다. 도박 빚이 너무 많아서 잠수를 탔다느니, 사채업자한테 끌려가서 소 돼지처럼 도축을 당했다느니, 아예 도박업으로 파고들어서 양아치 짓을 하고 다닌다느니, 피시방에 박혀서 도박 폐인이 되었다느니. 많은 소문이 있었지만 무엇이 진실인지는 누구도 몰랐다. 다만 그 애의 홀연한 실종이 학교에 불었던 도박 열풍을 아주 잠깐 주춤하게 했을 뿐이었다.

'하아. 내가 미쳤지, 진짜.'

처음 도박을 시작했던 때부터 벌써 4년 정도가 흘렀다. 이제 와서 돌이켜 보니 남은 것이라고는 사채와 끊어진 관계, 잃어버린 일상, 파괴된 미래뿐이었다. 그동안 급전을 당길 수 있는 고된 아르바이트를 거듭한 탓에 몸도 상했다. 물론 그렇게 번 돈은 또다시 전부 도박으로 들어갔다. 재수학원을 다니겠다고 거짓말해서 부모님 돈을 몇백이나 도박에 부었던 스무 살 때도 생각났다. 기억을 하나하나 떠올리니 더욱 끔찍했다.

"그런데 내가 어떻게 전화를 하냐고."

죽을까. 차라리 그게 제일 깔끔할지도 몰랐다. 시헌은 힐끔 창밖을 내다봤다. 3층은 생각보다 그리 높지 않았다. 여기서 떨어지면 죽기는커녕 몸만 더 망가질 것 같았다. 옥상이라도 가 볼까, 문이 열려 있을까. 고민하는 중에 갑자기 핸드폰이 지이잉 울렸다. 기가 막힌 타이밍에 너무 놀라서 심장이 뜨끔했다.

"어?"

액정을 확인한 시헌은 비명 같은 의문을 터뜨렸다. 형의 전화였다. 시헌은 저도 모르게 입술을 오물거렸다. 형이 먼저 전화하다니. 절연금이라고 던져 줬던 카드만큼이나 딱딱한 얼굴을 했던 주제에. 무슨 일이 있나? 혹시 오로라캐쉬에서 벌써 가족한테 연락했나? 그것도 아니면 아까 그 직원이 내려가자마자 가족한테 통보했나? 그 사이에 전화는 이미 여러 번 울렸다. 시헌은 전화가 끊길까 봐 덜컥 겁이 났다. 어차피 아쉬운 건 자신이었다. 시헌은 홀린 듯이 통화 버튼을 눌렀다.

"……여보세요."

전화 너머로 끓어오르는 한숨 소리가 들렸다. 침묵이 계속되었다. 형은 한참 만에 입을 열었다.

"어디냐."

"병원."

"병원? 벌써? 아버지가 연락했냐?"

이건 또 무슨 소리지? 영문을 알 수 없는 말이었다. 시헌은 연달아 덮쳐 오는 불운의 그림자를 느꼈다.

"그게 무슨 말이야, 형?"

"병원에 있다며."

"어, 내가 좀 상황이 안 좋아서."

그러자 핸드폰 너머로 다시 고요가 찾아왔다. 씨근덕거리는 숨소리에서 이 고요가 자신을 향한 걱정이나 당황이 아니라 화를 삭이는 시간이라는 걸 알 수 있었다.

"또 무슨 지랄을 하고 다녔길래 상황이 안 좋아?"

"아니, 별건 아니고. 어쩌다 시비가 걸려서."

"너 또……."

'도박하다가 사고 쳤냐?'라고 말하고 싶었을 것이다. 그러나 시우는 말을 삼켰다. 절연금까지 내준 마당에 구태여 자세히 알 필요도 없다고 생각했다.

"무슨 일인데, 형."

"형이라고 부르지도 마, 새끼야. 우리 472만 원으로 정리된 사이다."

"무슨 일인데."

"내가 절연금까지 받고 나간 도박 중독자 새끼한테 이 소식을 알리는 게 치가 떨리지만, 부모님 때문에 말해 준다. 엄마 쓰러지셨어."

그 순간, 골절된 손가락이 몹시 쑤셨다. 시헌은 하마터면 핸드폰을 떨어뜨릴 뻔했다.

"그게 무슨 말이야?"

엄마한테 무슨 징조가 있었나. 돌이켜 봤지만 떠오르는 게 없었다. 그동안 시헌은 도박에만 온 신경을 기울이고 있었다. 엄마의 안색이나 생활 방식, 동선을 생각할 수 있을 리가 없었다. 시우는 엄마가 이틀 전 급성 뇌경색으로 쓰러졌다고 말했다. 익히 알고 있는 단어가 낯설게 느껴져 시헌은 당혹스러웠다. 엄마는 다행히 하루 만에 깨어났지만 한쪽 다리에 온 마비가 아직 안 풀렸고, MRI는 내일 오전에 바로 찍을 예정이라고 했다.

시헌은 부모님이 평생 운영한 곱창 가게가 떠올랐다. 엄마는 일하면서 끼니를 거의 가게 곱창에 밥을 비벼 먹는 것으로 때웠다. 소나 돼지의 내장에 붙은 곱이 엄마의 혈관을 점차 좁혔을 가능성은 몇 프로나 될까. 그러다가 문득 작년 중순, 자신이 재수학원비로 도박을 했다는 사실을 알게 된 엄마의 반응도 떠올랐다. 엄마는 드라마에서 본 장면처럼 목덜미를 잡고 "어이고, 어이고." 하고 소리를 냈다. 급성 뇌경색에 더 큰 영향을 준 것은 엄마가 일평생 먹어 온 곱창일까 아니면 자신일까.

시우는 엄마가 입원한 병원과 병실을 알려 주고 내일이나 모레까지는 오라고 말했다. 말투에서 내키지 않는 기색이 역력했지만 언뜻 누그러진 듯한 느낌도 있었다. 엄마가 쓰러진 일로 마음이 약해졌을까. 그래서 쓰레기 같은 형제일지라도 약간의 위로가 되었던 것일까. 그러나 시헌은 누그러진 말투가 싫었다. 그 말투가 무겁게 마음을 짓눌렀다. 전화를 끊고 나니 현실이 더욱 꿈 같았다. 시헌은 멍한 머리를 벽에 기대고 눈을 감았다.

'네 형 반만 닮아 봐라, 제발!'

소리치던 엄마의 모습이, 경멸하는 눈빛과 한심하다는 표정이 다시 한번 시헌을 쓰레기로 만들었다.

"도박이라니, 도박이라니! 너 재수한다며. 마음잡고 공부 한번 해 보겠다며! 너, 너 어떻게 그럴 수가 있어? 학원비라고 보내 준 돈이 500만 원은 족히 넘을 거야. 근데 그 돈을 몇 개월 동안 도박, 도박에…… 어이고, 세상에! 어이고!"

재수학원에 다닌다는 아들 말을 철석같이 믿고 제법 기특하게 여겼을 엄마의 원망 어린 눈망울이 어땠더라. 아니다, 눈망울보다는 어쩌다가 거짓말을, 도박을 들켰던가. 시헌은 그날을 가만히 떠올렸다.

그날 엄마는 노량진 근처 여의도에서 친구를 만났다. 1년에 한두 번 정도는 꼭 만나는 오랜 동창이었고, 사는 형편도 사연도 비슷해서 통하는 게 많은 친구라고 했다. 친구를 만나러 나갈 준비를 하는 엄마의 얼굴이 밝았다. 전쟁과 같은 자영업 세계에서 살아남은 사람한테서 보이는 피곤이나 고단함은 잠시 걷힌 얼굴이었다. 엄마는 친구를 만나서 즐거운 한때를 보냈다. 비록 저녁에 가게를 돌봐야 하는 형편이라서 일찍 만남을 마무리했지만, 잠깐의 여유도 즐거웠다.

들뜬 탓이었을까. 지하철을 타던 엄마는 문득 둘째 아들이 다닌다는 유명한 재수학원이 노량진에 있다는 것이 생각났다. 엄마는 늘 미덥지 않았던 둘째 아들의 변화가 내심 기특했고, 아들이 공부한다는 학원을 직접 보고 싶었다. 엄마가 노량진에서 내려서 그 학원을 찾아간 것은 당연한 순서였다. 아들이 말한 대로 학원은 유명한 듯했다. 건물이 우뚝 솟아 있었고, 시설이며 강사가 제법 꽤

찮아 보였다. 마음잡고 공부하면 지방대라도 가겠구나 싶었다. 조금 감격스러운 마음도 들었다.

'그래, 우리 둘째 아들이 뭐라도 하겠다는데 남은 학원비도 아예 전부 납부해 줘야겠어.'

엄마는 생각을 굳히고 접수처에 가서 아들 이름을 댔다. 접수처 직원은 컴퓨터로 검색을 몇 번 하더니 고개를 갸우뚱했다. 직원은 세 번이나 더 아들 이름을 되묻고는 직접 손으로 써서 '정시헌'이 맞냐고도 물었다. 심지어 핸드폰 번호까지 물어봤다.

"이상하네요. 그런 학생은 여기 등록한 적이 없는데요. 정보가 아예 없어요."

직원은 난감하다는 말투로 말했다. 엄마는 자기가 학원을 잘못 찾았나 싶었지만 아들은 분명 노량진에서 가장 유명한 재수학원이라고 말했다. 그때 갑자기 직감, 인생을 겪을 만큼 겪은 중년의 센서가 발동했다. 미덥지 못한 아들의 껄렁껄렁한 태도, 평생 공부와 담을 쌓고 살았던 아이의 갑작스러운 변심 등이 의구심을 부추겼다. 시헌은 집에 돌아온 엄마의 추궁에 제 발이 저려 과민하게 반응했고, 엄마는 그 반응에 아들이 자신의 돈을 엉뚱한 곳에 썼다는 걸 확신했다. 추궁은 더욱 격렬하고 감정적으로 흘러갔고, 원래도 욱하는 기질이 강했던 시헌은 버럭 성질을 냈다.

"그래. 내가 도박하는 데 다 갖다 썼다! 그까짓 500만 원이 뭐 그렇게 대단하다고!"

시헌은 엄마가 목을 잡고 눈꺼풀을 바르르 떨었던 것을 정확히 기억했다. 역시 엄마의 급성 뇌경색은 가축 곱 때문에 생긴 게 아닌 것 같았다. 불현듯 눈물이 터졌다. 시헌은 누가 보든 말든 신경 쓰지 않고 신음 같은 소리를 내며 흐어어, 울었다. 뚝뚝 떨어지던 눈물은 어느새 줄줄 흘러내렸고, 벽에 기댔던 머리는 무릎으로 내려갔다. 시헌은 겸손하고 간절하게 양손을 모았다. 그는 도박판에서 필요한 행운의 신 말고는 세상 그 어떤 신도 믿지 않았지만, 지금은 어딘가에 연민이 가득한 신적 존재가 있기를 간절히 바랐다.

'신이시여 제발, 제발 한 번만 도와주세요. 제가 도박을 몰랐던 때로 돌아가게 해 주세요. 저 이제 진짜 도박 안 할게요. 진짜 끊을게요. 진짜로 착실하고 건실하게 살게요. 그러니까 한 번만 도와주세요.'

이 상황에서 자신을 구해 준다면 그게 원숭이 신이라도 믿을 수 있었다. 복도를 오가던 다른 환자들은 시헌의 속도 모르고 죽을병에 걸린 청년이라고 생각하여 안쓰럽다는 눈빛을 보냈다. 시헌은 피곤에 절어 있는 당직 간호사가 사무적인 말투로 "환자분, 이제 병실로 들어가셔야 해요." 하고 말을 건네자 비로소 울음을 그쳤다.

온갖 후회와 절망 속에서 잠이 든 시헌은 꿈을 꿨다. 거대한 하얀 호랑이가 나오는 범상치 않은 꿈이었다. 꿈속에서 시헌은 돼지 농장의 주인이었다. 족히 100평은 될 것 같은 축사에 번호표를 단 돼지들이 득시글거렸다. 돼지콜레라나 구제역 같은 전염병만 돌지 않으면 모두 돈이 될 귀한 녀석들이었기에 돼지 엉덩이만 봐도 기분이 좋았다. 시헌은 느긋하게 축사를 돌았다. 축사 끄트머리까지 다 돌았을 즈음, 갑자기 앞쪽에서 소란이 일어났다. 돼지들이 꾸르르, 꿀꿀 울기 시작했다. 이상한 분위기에 등의 솜털까지 바짝 서는 듯했다.

축사 문이 천천히 열렸다. 평화로운 축사 안으로 들어온 것은 놀랍게도 하얀 호랑이였다. 그것도 아주 거대한. 경이롭고도 두려운 존재는 날렵하고 정확하게 돼지를 죽이기 시작했다. 하나, 둘, 셋, 넷……. 귀한 돼지들이 사

체로 쌓여 가는데도 시헌은 절망이나 두려움을 느끼지 않았다. 너무나 신비한 짐승의 도륙에 넋을 빼앗긴 채로 그걸 지켜만 봤다. 그러다 천천히 눈을 떴다.

시헌은 병원 이불의 저렴한 촉감을 느끼며 몸을 일으켰다. 갈비뼈 부근이 찌르듯이 아팠다.

'뭐야. 이건 또 무슨 꿈이야.'

돼지와 백호라. 범상치 않은 꿈이 분명했다. 꿈에서 느꼈던 기묘한 감각이 아직 남아 있었다. 시헌은 지갑에 남아 있던 푼돈 6천 몇백 원을 떠올렸다.

"복권이라도 사야 하나."

농담처럼 중얼거렸지만, 입 밖으로 내뱉는 순간 그게 얼마나 절실한지 깨달았다. 마침 병원 근처에 복권을 파는 데가 있었다. 시헌은 스르르 몸을 일으켰다. 구체적으로 뭔가를 생각하기도 전에 몸이 먼저 움직였다. 걸음을 내딛을 때마다 느껴지는 통증과 접수처를 지나칠 때 자신을 흘겨보는 원무과 직원의 눈빛은 조금도 신경 쓰이지 않았다. 그보다는 꿈의 감각이 조금씩 흐려지는 게 더 신경 쓰였다.

복권 가게에서 눈에 띈 것은 두 가지였다. 평범한 즉석복권과 그야말로 일확천금의 기회인 로또. 시헌은 돼지가 달고 있던 번호표를 몇 개라도 떠올려 보려고 노력했지만 아무것도 생각나지 않았다. 그렇다면 번호를 먹이는 것보다 그냥 긁고 확인하는 단순한 즉석복권이 나을지도 몰랐다. 무려 30분을 고민하고서 선택한 것은 역시 즉석복권이었다. 스피또2000과 스피또1000을 각각 두 장씩 샀다. 시헌은 복권을 소중히 품에 안고 병원으로 돌아갔다. 밖에서 긁다가 바람에 날아가기라도 하면 큰일이었다.

'신이시여, 이게 제 마지막 도박입니다. 제발 한 번만 도와주세요.'

시헌은 3층 화장실 맨 안쪽 칸에 앉아서 기도했다. 그러고는 100원을 들었다가 다시 500원짜리 동전으로 바꿔 들었다.

'괜히 100원으로 긁었다 부정 탈라. 긁으려면 100원보다는 역시 500원이지.'

손이 가늘게 떨렸다. 시헌은 몇 번이나 동전을 고쳐 잡고서 은박 부분을 살살 긁어냈다. 먼저 긁은 스피또2000 한 장은 꽝이었다. 시헌은 지체 없이 다음 스피또2000을 긁었다. 또 꽝이었다. 스피또1000을 집었다. 동전을 잡은 손이 이젠 눈에 보이도록 덜덜 떨렸다. 시헌은 동전을 한 번 떨어뜨렸다. 인생의 마지막 도박이니 우주의 누군가가 한 번쯤은 자기편이 되어 주리라는 상상 같은 믿음을 되새기며 마음을 다잡았다. 지난밤에 꾼 꿈은 틀림없이 대박의 꿈이었다. 살살 긁혀 나가는 틈으로 그림이 보였다. 네 개의 라인이 있고, 라인마다 두 개의 그림과 함께 당첨금이 써 있었다. 두 개의 그림이 같으면 그 라인에 쓰여 있는 당첨금을 받을 수 있었다. 시헌은 세 번째 라인에서 동전을 멈췄다. 트로피 그림 두 개가 있었다. 당첨금은 2천만 원이었다.

"아, 아아아."

온몸에 전기가 흐르면서 눈물이 고였다. 문득 오로라 캐쉬의 실장이 자신과 닮았다는 어떤 여자에 대해 했던 말이 생각났다.

'머리에서 불꽃이 터지는 것 같았대.'

시헌은 그것을 너무나 절실히 느꼈다. 물론 예전에 온라인 도박에서 돈을 딸 때도 불꽃이 터지는 듯했다. 하지만 지금은 2천만 원이었다. 6천 원으로 2천만 원을 딴 것이다. 배율이 몇 배인지도 계산이 안 됐다. 머리에서 터지는 불꽃의 크기가 차원이 달랐다.

"대박이다."

지난밤 꿈이, 혹은 기도가 대박을 터뜨렸다. 시헌은 당첨된 스피또를 몇 번이고 들여다보다가 품에 넣었다. 때마침 밖에서 노크 소리가 들렸다. 시헌은 안에서 문을 똑똑 두드리고는 서둘러 남은 한 장의 스피또를 긁었다. 그건 꽝이었다. 그러나 조금도 아쉽지 않았다.

✦

시헌은 형이 가져온 남색 셔츠와 베이지색 슬랙스로 옷을 갈아입고 병원을 나왔다. 나오는 길에 우연히 미연을 마주쳤다. 그녀는 여전히 차트를 품에 안고 미납자들을 닦달하러 돌아다니고 있었다.

"고생이 많으십니다. 수고하세요."

시헌이 유쾌하게 인사를 건네자 미연은 떨떠름한 얼굴로 고개를 끄덕였다. 병원 건물 밖에서 마주하는 햇살은 어느 때보다 맑았다. 따뜻하고 부드러웠다. 한창 도박에 빠졌을 때는 느낄 여유가 없던 상쾌함이었다. 시헌은 잠시 그 기분을 만끽하느라 눈을 감고 하늘을 향해 손을 뻗었다. 그러고는 폐 깊은 곳까지 숨을 들이마셨다. 그때 뒤에서 빵, 하고 차 경적 소리가 들렸다.

"정시헌! 빨리 타, 임마."

시우였다. 시헌은 반갑게 손을 흔들고 형 차 앞으로 팔랑팔랑 뛰어갔다. 한때는 절연금을 주고받았던 형제 사이였지만 이미 그건 지나간 옛날 일이었다. 마이너스로 치닫던 과거를 0으로 돌릴 수 있는 기회가 생긴 지금이라면 가족 관계도 얼마든지 새로워질 수 있었다. 물론 시헌은 형이 아직 자신을 껄끄러워하는 것을 느꼈지만, 그건 앞으로 시간이 해결해 줄 수 있는 문제였다.

"너, 그건 잘 보관하고 있지?"

시우는 차에 오르는 동생을 보며 조심스럽게 물었다. 누가 듣기라도 할까 봐 걱정되는지 목소리는 속삭이는 것처럼 작게 들렸다. 시헌은 운동화를 벗어 밑창에 깔아 놓은 당첨 복권을 형 눈앞에서 팔락거렸다.

"걱정 마시고 얼른 내비나 찍으세요."

시우는 픽 웃으며 엄마가 입원한 병원을 가는 길에 있는 농협중앙회를 찍었다. 그곳에서 함께 당첨금을 수령하고 엄마에게 들를 생각이었다. 시헌의 병원비는 퇴원 전에 형이 일시불로 처리해 줬다.

"형, 점심 아직 안 먹었으면 은행 근처에서 뭐라도 좀 먹자."

시우가 고개를 끄덕였다. 동생과 단 며칠 사이에 관계

가 급변했다. 시우는 태연한 척하고 있었지만 사실 마음이 복잡했고 신경은 날카로웠다. 그 탓인지 허기가 졌다. 하지만 이왕 이렇게 된 거 밥이라도 먹으면서 거북한 감정을 풀어야겠다고 생각했다.

둘은 농협중앙회 근처의 코다리냉면집으로 갔다. 형제는 한동안 '냉면 맛있네', '만두도 시킬까?', '수육은 어때?'와 같은 시답지 않은 말을 주고받았다. 결국 지은 죄가 있는 시헌이 먼저 물꼬를 텄다.

"형, 당첨금 받으면 가장 먼저 형한테 빌린 돈이랑 나 재수한다고 거짓말하고 타 낸 돈부터 갚을게. 그리고 남은 건 엄마 병원비에 보탤 거야."

오로라캐쉬에서 빌린 미친 사채 얘기는 하지 않았다. 시우는 떨떠름하게 고개를 끄덕였다.

"그래. 그리고 이제부터 정말 도박은 쳐다도 보지 마. 절대로."

"응. 내가 그동안 정말 등신이었어. 머릿속에 안개라도 낀 것처럼 내가 그렇게 심각한 상태라는 걸 전혀 모르겠더라. 꼭 뭐에 씌고 홀린 사람처럼 제정신이 안 들더라고. 이게 진짜 늪이야, 늪. 그때는 모든 실수가 어떻게든 도박으로만 해결할 수 있는 것처럼 보이니까 계속 빠져

드는 거지. 왠지 다음번에는 꼭 큰 거 한 방이 터질 것 같다는 생각이 끊이질 않아서 어떻게든 한 판 당겨야겠다 싶더라니까. 뭐, 결국은 즉석복권으로 크게 한 방 터뜨려서 해결했으니까 그 직감이 아주 틀리지도 않았지만."

"이 새끼가 아직도 정신 못 차리고."

시우가 인상을 확 찌푸렸다. 시헌은 능글맞게 웃으며 손사래를 쳤다.

"농담이야. 이제 도박 진짜 안 해. 내가 이번에 형이 준 돈까지 다 날리고 중간에 어떤 양아치 새끼들한테 시비까지 털리니까 인생을 다시 보게 되더라고."

양아치 새끼들은 역시 오로라캐쉬였다. 실장 얼굴과 그가 설명했던 불법 추심에 대한 끔찍한 이야기들은 지금 생각해도 치가 떨렸고 오금이 저렸다.

"거기에 형 전화로 엄마 소식까지 듣는데 진짜…… 완전 카운터펀치를 맞는 느낌이었지. 물론 엄마가 나한테 아주 좋은 엄마는 아니었지만, 사실 나는 도박에 손댄 순간부터 쓰레기 같은 자식이었잖아. 그때만큼 인생이 후회스러웠던 순간이 또 있을까 싶어."

시우는 중간중간 고개를 끄덕였다. 시헌이 말을 끝내자 시우는 잠시 동안 시헌의 얼굴을 빤히 바라봤다. 얼굴에 교묘한 속임수가 있는지 판단하려는 것처럼. 시헌은 눈빛에서 형의 의도를 읽었지만 그냥 어깨를 으쓱하고 만두를 집어 먹었다.

식당을 나와서는 모든 게 일사천리로 진행됐다. 농협 중앙회에 들어가서 복권 당첨금을 수령하러 왔다고 말하니 직원이 다른 층에 있는 사무실로 두 사람을 안내했다. 거기서 신분증과 당첨 복권을 보여 주고 세금 22퍼센트를 뗀 약 1천 5백만 원가량을 형 계좌로 입금받았다. 고약한 세금이었다. 시헌의 머릿속이 빠르게 돌아갔다. 사채, 절연금, 재수한다고 거짓말한 돈을 모두 갚으면 오히려 마이너스였다. 엄마 입원비까지는 가지도 못했다. 입술이 저절로 삐죽 나왔다.

"개새끼들. 세금을 왜 이렇게 많이 떼. 병원비는 나오지도 않겠다. 남는 게 없겠어."

시우는 고개를 끄덕이면서도 냉정하게 대꾸했다.

"그래도 이 돈이 어디냐. 뭐든 급한 불은 끄겠지."

시헌은 여전히 투덜거렸지만 그래도 형이 어째서 남는 게 없냐고 캐묻지 않아 다행이라고 생각했다. 사채까지 있는 걸 알면 가까스로 회복된 분위기가 다시 반전될 게 뻔했다. 시헌은 한숨을 푹 쉬면서 생각을 달리했다. 어쨌

건 지금까지 보여 줬던 어리석음을 만회할 기회가 생겼다는 게 중요했다. 시우는 과일과 아버지가 드실 음식을 사 가자고 했다. 어머니가 쓰러진 뒤, 아버지는 식사도 제대로 못했다고 덧붙였다. 근처 시장으로 차를 돌리고 가는데 시우가 에어컨을 껐다. 좀 서늘하지 않냐고 중얼거리던 시우는 안색이 나빠지더니 어느새 얼굴이 창백하게 질려 갔다. 시우는 결국 어딘지 모를 골목 어귀에 차를 세웠다. 그사이 숨소리도 거칠어져 있었다.

"야, 나 아무래도 아까 먹은 게 잘못됐나 봐."

하룻밤 사이에 절체절명에서 벗어난 시헌은 편하다 못해 흐물거리는 마음으로 식사를 마쳤지만 시우는 무엇 때문인지 모를 묘한 기시감과 동생에게 은근하게 남은 괘씸함 때문에 식사가 아주 편하지는 않았다. 그 탓에 급체가 온 것이다. 시우는 급히 안전벨트를 풀었다.

"안 되겠다. 근처 화장실 좀 갔다 올게. 토해야 할 것 같아."

시헌은 차에서 나가는 형에게 약이랑 물도 사 오라고 말했다. 시우는 비칠비칠 상가 건물로 들어갔다. 시헌은 걱정스러운 얼굴로 형의 뒷모습을 보다가 눈을 감았다. 창문으로 들어오는 여름 햇빛이 너무 강했다. 시간이 좀 걸릴 것 같으니 잠이라도 한숨 잘까 싶었다. 눈을 감고 숨을 들이쉬는데 잠은커녕 잡생각이 불쑥 들었다. 차 안이 너무 고요한 탓이었다.

'아무리 생각해도 너무하단 말이지. 복권 당첨금에 세금을 무슨 22퍼센트나 떼냐고.'

자신도 모르게 주먹을 꽉 쥐었다. 나라가 나에게 해 준 게 뭔데 세금을 그따위로 떼어 가냐는 생각이 끊이질 않았다. 시헌은 몸을 이리저리 뒤척였다. 하지만 그럴수록 속은 더 타들어 갔다. 창 안으로 스미는 햇빛이 마음까지 데우는 것 같았다.

'엄마 병원비는 얼마나 나오려나. 입원비며 검사비에, 이것저것 다 합치면 그래도 몇백은 나올 텐데. 엄마가 보험은 들어 놨을까.'

생각해 보니 엄마보다 일곱 살 연상인 아버지의 몸도 걱정이었다. 몇 년 전부터 부쩍 목덜미가 당긴다거나 괜히 속이 매슥거린다는 말을 많이 했다. 시헌은 갑자기 그동안 한 번도 느끼지 못했던 책임감 같은 것을 느꼈다. 그건 매우 무거웠고 가슴을 벅차오르게 했다. 그러나 지금은 그 책무를 감당할 방법이 없었다. 당첨금 2천만 원아니, 세금을 떼고 받은 1천 5백만 원으로는 그동안 저

지른 일의 대가를 치르는 일밖에 감당할 수 없었다. 그
순간 시헌의 눈에 기어 옆에 올려놓은 형 카드가 들어왔
다. 복권 당첨금을 이체한 농협 카드였다. 그러나 그게
어쨌단 말인가. 시헌은 자신이 왜 그 카드를 뚫어져라 바
라보고 있는지, 왜 눈을 뗄 수 없는지 이해할 수 없었다.
카드에서 억지로 시선을 떼고 창밖을 바라봤다. 형은 아
직도 돌아올 기미가 보이지 않았다.

'비밀번호 0946.'

머릿속에 형 목소리가 스쳤다. 절연금이 든 카드를 줄
때 형이 했던 말이었다. 물론 그 카드는 농협 카드가 아
니었다. 하지만 카드 비밀번호는 보통 통일해서 쓰지 않
던가. 아니, 그런데 정말이지 그게 어쨌단 말인가.

차 근처로 교복을 입은 남학생들이 지나갔다. 고등학
생이거나 중학교 3학년 정도 되어 보였다.

"어제 토토로 30만 원 벌었다. 인생 개꿀."

한 학생이 말하는 소리가 차 안으로 들렸다.

"야, 내가 신은 에어는 사다리 타기로 샀어."

"와, 미치겠다. 나는 어제 죽 쒔는데. 진심 5분 만에
10만 원 잃었다."

"병신아, 너는 총알도 없는 애가 한 번에 10을 걸었

냐? 그냥 나처럼 야금야금 걸면서 얇게 가자."

낄낄 웃는 애들의 목소리가 뭔가를 부추기고 있었다.
시헌은 지난날 병원에서 꿨던 꿈을 생각했다. 거대한 백
호. 그 영물이 찢어 죽인 토실토실한 돼지가 몇 마리였
더라. 다시 생각해 보니 2천만 원짜리 꿈은 아닌 것 같았
다. 그건 아무래도 수지가 맞지 않았다. 차라리 2천만 원
을 총알로 삼아 돈을 몇 배로 불릴 수 있다면 모를까. 그
래, 그편이 그 정도 길몽에 마땅한 추측이었다.

시헌은 목이 말랐다. 다시 한번 창밖을 바라봤다. 형은
여전히 보이지 않았다. 시헌은 자신도 모르게 옆에 있는
카드를 손에 쥐었다. 플라스틱 카드의 감촉이 느껴지는
순간, 가슴이 빠듯하게 차올랐다. 시헌은 차 문을 열었
다. 뜨거운 여름 공기와 햇빛이 훅 쏟아졌다. 머리가 아
찔했다. 눈을 가렸지만 어지럼은 가시지 않았다.

시헌은 형이 사라진 방향과 반대로 걸음을 옮겼다. 발
은 점점 빨라졌다. 어느 순간부터는 뛰었다. 입에서 뿜어
져 나오는 뜨거운 열기와 부서져 내리는 햇빛과 눈앞의
일렁거림.

그건 영원히 꺼지지 않는 불꽃이었다.

다른 중독들은 대부분 '나'만 망치지만 도박은 내 주변의 모든 사람을 망친다. 가정이 박살 나고, 주변 사람의 피가 마른다. 그렇기에 도박은 더욱 시작조차 하지 않는 것이 옳다. 그러나 스마트폰이 등장하면서 온라인 불법 도박에 접근하기가 정말 쉬워졌다. 광고 배너가 인터넷 곳곳에 있고, 클릭 한 번에 접속이 가능할 뿐만 아니라 가입도 어렵지 않다. 도박은 방법도 결과도 직관적이고 즉각적이다. 손짓 하나에 돈을 걸고, 따고, 잃을 수 있다. 잃는 자극도 강렬하지만, 따는 자극은 더 강렬하다. 불꽃이 터지는 것처럼 강렬한 자극을 어떻게 쉽게 뿌리칠 수 있을까.

한국도박문제관리센터에서 조사한 바에 의하면 '문제성도박군(도박중독자)'으로 분류된 청소년이 지난 5년 사이에 10배나 급증했다. 아찔하고 안타까운 일이다. 〈불꽃〉을 쓰는 내내, 우리 현실에 더 이상 정시헌 같은 사람이 나와서는 안 된다는 마음이 간절했다. 도박 중독의 현실은 이 소설보다 더 처참할 것이기에 더욱.

4

고답이

— 알코올 중독

고
답
이

동민(冬旻). 겨울 동에 하늘 민. 유난히 하늘이 푸르고 서늘했던 겨울의 어느 날에 태어났으니, 그 하늘처럼 맑고도 단단하게 살아가라고 붙은 이름이었다. 하준, 시우, 지후 등 온갖 세련된 이름들에 비하면 어감이 조금 무던한 느낌은 있었으나 특별히 불만을 가진 적 없는 소중한 이름이었다.

문제는 가족만큼이나 이름을 많이 불러야 할 친구들이 나를 김동민이라고 부르지 않는다는 거였다. 친구들은 부르라고 있는 이름보다 자기들이 멋대로 갖다 붙인 별명을 주로 불렀다. 고답이와 아저씨. 어떻게 들어도 촌스럽고 또 촌스러운 두 단어가 내 별명이었다. '고답이'는 중학생 때부터 친구인 이상우가 붙인 별명이었다. 퍽퍽

한 고구마를 한껏 먹어서 가슴이 꽉 막힌 것처럼 답답하다는 '고구마 답답이'를 줄여 부르는 말인데, 이 별명의 탄생 비화는 이러했다.

중학교 졸업식을 마치고 나와 상우, 그리고 특별히 절친한 친구들 네 명이 함께 모여서 뒤풀이를 했다. 졸업식 뒤풀이라고 해서 색다르진 않았다. 같이 고기 뷔페로 몰려가서 고기를 먹고 피시방을 갔다가 상우 아빠가 1박 2일 출장을 갔다고 해서 그 애 집에 놀러 간 게 고작이었다. 그때 평소처럼 컴퓨터로 영화나 한 편 보고 축구 경기까지 이어서 봤으면 됐을 텐데, 상우가 집에 있는 소주를 슬그머니 가져왔다. 걔네 아빠가 쌓아 놓고 마시는 술이었다. 아저씨는 상우가 다섯 살 때, 걔네 엄마가 교통사고로 돌아가신 이후부터 매일 술을 마신다고 했다.

"야, 졸업 기념으로 한 잔씩 하자."

우리 여섯 명 중에서 상우를 포함한 세 명은 술을 진작에 경험한 애들이었고, 나를 포함한 남은 세 명은 마셔 본 적 없는 애들이었다. 그러나 음주 경험이 없는 세 명 중에서 술을 마시고 싶지 않은 사람은 나 혼자뿐이었다. 내가 마시고 싶지 않은 이유는 별거 아니었다. 일단 미성년자니까 당연히 꺼림칙했고, 일찍부터 술을 배워 봐야 간에 안 좋기만 하다고 생각했다. 우리 집은 유전적으로 간이 안 좋았기에 엄마는 종종 아빠 안색을 살피면서 "얼굴이 좀 거뭇한데 간에 이상 있는 거 아닐까?" 하고 걱정하곤 했다. 큰아버지 두 분은 태어날 때부터 간이 약했는데도 고향에서 알아주는 주당이었다. 그 결과, 한 분은 술에 취한 상태로 산에 오르다 발을 헛디뎌서 낙사(落死)로 돌아가셨고, 다른 한 분은 숙취로 비틀비틀하며 화장실을 가다가 뒤로 넘어지는 바람에 머리가 다쳐 돌아가셨다. 이런 비화가 있다 보니까 나는 술이 달갑지 않았다. 물론 친구들은 이해해 주지 않았다.

"야, 미성년자가 무슨 술이냐."

내가 말하자 그 녀석들은 다 같이 으하하 웃었다.

"이 새끼, 왜 이래?"

"얼굴은 제일 잘 마시게 생긴 놈이."

"너 조선 시대에서 왔냐? 우리가 뭐, 마약 해?"

그래도 나는 꿋꿋하게 마시지 않았고, 대신 영광스러운 별명 고답이를 얻었다.

'아저씨'라는 별명은 출처가 정확하지 않았다. 초등학교 때부터 자연스럽게 붙은 별명이었다. 유난히 크고 두꺼운 몸과 아빠를 닮아서 험악한 얼굴 때문에 생긴 별명인데, 거울을 보면 수긍이 가기는 했다. 타고난 거친 피부와 남들보다 조금 더 큰 듯한 얼굴, 위로 사납게 쭉 찢어진 눈, 그 와중에 존재가 확실한 광대와 두꺼운 목이 나를 원래 나이보다 훨씬 더 들어 보이게 했다.

나이 들어 보이는 얼굴은 나름대로 확실한 장점과 단점이 있었다. 장점은 누구도 쉽게 시비를 걸지 않는다는 거였다. 만만해 보이지 않는 것은 여러모로 학교생활을 편하게 만들어 줬다. 이제까지 살면서 무시를 당하는 일은 거의 없었는데, 그건 순전히 내 외모 덕분이었다. 단점은 두 가지였다. 일단 첫 번째는 도무지 연애를 할 수가 없다는 거였다. 한번은 상우에게 진지하게 왜 나는 썸도 못 타냐고 물어봤는데, 상우는 조용히 내 손에 거울을 들려 주면서 "이유가 뭐겠니?" 하고 되물었다. 두 번째 단점은 친구들이 자꾸 나를 이용하려 든다는 거였다. 고등학생이 되고 나서 친구들은 담배나 술을 뚫고 싶을 때 항상 내게 부탁했다.

"동민이 네 얼굴이라면 뚫을 수 있어."

친구들은 달갑지 않은 말을 대단한 특권인 양 속삭였다. 요즘은 신분증을 확인한다고 말해 봐야 씨알도 먹히지 않았다. 오히려 어디선가 자기 가족의 주민등록증을 가져와서는 넌 워낙 삭아서 대충 출생 연도만 확인하고 기꺼이 팔 거라고 떠들어 댔다. 자꾸 조르는 게 여간 귀찮은 게 아니었다. 그래서 한번은 차라리 시도해 보고 막히면 더 이상 부탁하지 않으리란 마음으로 요구를 들어 줬다. 그런데 놀랍게도 별 무리 없이 담배와 술을 살 수 있었다. 그 뒤로는 오히려 '김동민은 술 담배 프리패스 얼굴이다.'라고 소문이 나서 부탁이 더 잦아졌다.

반 애들이 다 그렇지는 않았지만, 나랑 친한 친구들은 이상하게 유독 술과 담배를 좋아했다.

"네 얼굴이 프리패스라서 본능적으로 꼬이는 거야."

내가 툴툴거리면 상우는 말도 안 되는 소리를 했다. 물론 그럴 리가 없었다. 나는 나대로 상우 때문이라고 짐작했다. 상우가 반의 주당들을 귀신같이 골라 모아서 무리를 만든 게 아닐까. 나는 그런 이상우의 친구라는 이유만으로 무리에 끼어 있는 거고.

이런 이유들로 나는 '동민'이라는 이름보다 '고답이'나 '아저씨' 같은 별명으로 불리게 되었다. 특히 상우가 앞장서서 신나게 불러 재꼈는데, 전교에 꼭 내 별명을 퍼뜨리고 말겠다는 소명이라도 가진 애 같았다. 아저씨와 고답이 중 상우가 선호하는 별명은 고답이였다. 자신이 만든 별명이라서 더 애착이 간다는 끔찍한 소리를 하면서 "고답아, 고답아." 하고 노래를 불렀다. 고답이 소리가 듣기 싫어서 술을 마셔야겠다고 진지하게 고민한 적도 몇 번 있었다. 가끔은 정말 상우가 고답이라고 부르기만 해도 속이 울렁거렸다.

"고답아. 야, 고답! 정신 좀 차려 봐."

지금처럼 말이다. 처음에 상우 목소리는 웅얼거리듯이 들리다가 그다음에는 천둥이 치는 것처럼 머릿속에서 와장창 울렸다. 곧 속이 울렁거려서 참을 수가 없었다. 나는 반사적으로 눈을 뜨고 우욱, 소리를 내면서 몸을 일으켰다. 그러고는 눈앞에 있는 덩어리를 밀치고 무작정 앞으로 달려 나갔다.

"야! 화장실로 가, 화장실로!"

내가 밀친 덩어리가 상우 목소리로 소리쳤다. 눈에 보이는 모든 것이 블루스를 추듯이 꿀렁거렸지만, 이곳이 상우 집이라는 건 알 수 있었다. 중학생 때부터 뻔질나게 드나들던 집이었으니까. 나는 본능적으로 화장실을 찾아서 들어갔다. 변기를 잡고 토악질을 여러 번 거듭하고 나서야 비로소 속이 좀 괜찮아졌다. 잔뜩 게워 내고 터덜터덜 방으로 돌아오자 상우가 기가 찬 표정으로 나를 쳐다봤다.

"너 어제 많이 마셨어. 처음 먹는 술을 저렇게 넙죽넙죽 받아 마셔도 되나 싶을 정도로 마셨다니까? 보라 누나가 주니까 마다 안 하고 먹던데. 그렇게 쉽게 마실 거 뭐 하러 고답이 소리까지 들으면서 여태 버텼냐?"

머리가 찌릿찌릿해서 대꾸할 힘도 없었다. 내가 아무 말 없이 침대에 도로 눕자 상우가 눈에 불을 켜고 달려들었다.

"새끼야, 너 방금 토했잖아! 어딜 누워!"

"씻었어."

"이불에 입 문대지 마! 야, 입! 입!"

상우는 발작하듯이 내 머리를 잡아당겼다. 억지로 고개가 들렸다. 상우는 그대로 나를 침대에서 일으켰다. 내 체구가 훨씬 큰데도 나는 상우가 당기는 대로 끌려다녔다. 몸에 힘이 하나도 없었다. 상우는 이제 곧 아빠가 온다면서 어떻게든 네 집으로 돌아가라고 매정하게 굴었다. 그러나 내가 꼼짝도 하지 않자 집 근처 콩나물국밥집에 가서 아침이라도 먹자고 했다. 그러면 집에 갈 기력이 생길 거라면서.

상우네 빌라 단지를 나와서 바로 보이는 큰길 맞은편

에는 제법 큰 콩나물국밥집이 있었다. 나는 아저씨처럼 생겼어도 입맛은 어린애였기에 오가면서 보기만 하고 한 번도 관심을 가진 적 없는 식당이었다. 상우는 국밥은 무슨 국밥이냐고 힘없이 중얼거리는 내 의견을 묵살한 채로 나를 식당으로 끌고 들어갔다. 자리에 앉기가 무섭게 콩나물국밥이 나왔다. 냄새는 고소하고 시원했다. 상우가 나를 툭 쳤다.

"먹어. 속이 좀 풀릴 거야. 우리 아빠는 맨날 여기서 해장하고 출근해."

쓰린 속을 부여잡고 억지로 국물을 한 입 떠먹는데 확실히 효과가 있는 듯했다. 뜨끈한 국물이 부드럽게 식도를 타고 넘어가더니 쓰라린 위장을 따뜻하게 감쌌다. 몸이 부르르 떨렸다. 몇 수저 더 입에 넣고 나자 조금씩 어제 있었던 일들이 떠올랐다.

어제는 금요일이었고, 상우와 나는 학교가 끝난 뒤 피시방에 들렀다. 게임을 몇 판 하고 나올 즈음에는 이미 저녁 7시 무렵이었다. 모니터를 오래 봐서 그런지 눈이 침침하다고 생각하는데 상우 핸드폰이 울렸다.

"어, 형."

상우는 자기 친형의 전화를 귀찮은 기색이 역력한 투

로 받았다. 하지만 몇 마디 주고받더니 곧 표정이 밝게 펴졌다.

"잘됐다. 마침 김동민이 옆에 있어. 집에 있는 거 가져 갈 필요 없이 이 앞에서 사서 갈게. 형, 그럼 진짜 이번에 그 운동화 나 주는 거지?"

무슨 말을 하는 건가 싶어 물끄러미 쳐다보자 전화를 끊은 상우가 갑자기 의외의 이름을 툭 꺼냈다.

"형 노는 곳에 보라 누나 있다는데, 갈래?"

보라. 그 이름을 듣자마자 숨이 턱 막혔다. 짧은 단발머리와 갸름한 턱, 긴 목, 왕도토리처럼 생긴 눈이 차례대로 떠올랐다. 누나가 차근차근 부르던 짧은 노래도 한 소절 생각날 즈음, 나는 천천히 고개를 끄덕이고 있었다. 상우는 그럴 줄 알았다는 듯이 씩 웃었다.

"근데 조건이 있다, 고답아. 형이 술 부족하다고 좀 가져오래."

말을 들어 보니 형은 자기 친구들과 수변 공원 구석에서 술판을 벌이는 모양이었다. 금요일 저녁이었고, 형 아버지 그러니까 상우네 아빠는 금요일에 출장이 잦았다. 약간의 일탈을 해도 들킬 염려가 없는 날이었다. 형은 상우를 시켜서 아빠가 집에 쟁여 놓은 술을 몇 병 가져오라고 하면서 심부름의 대가로 상우가 탐내던 운동화를 주 겠다고 했다. 거기에 상우는 담배와 술 프리패스 얼굴을 가진 김동민이 옆에 있으니까 그냥 사서 가겠다는, 내 의 사는 조금도 반영되지 않은 대답을 했던 것이다.

술 얘기에 내 표정이 껄끄러워지자 상우가 내 어깨를 툭 쳤다.

"야, 그냥 네가 편의점에서 술 몇 병 사 오고 형한테 그거 전해 주는 게 고작이야. 형 누나들은 술이 생기니까 좋고, 나는 형한테 운동화를 넘겨받을 테니까 좋고, 너는 보라 누나를 보니까 좋고. 누이 좋고 매부 좋다는 게 이 런 거지."

듣다 보니 솔깃했다. 술 몇 병 가져다주고, 보라 누나 한테 인사도 하고.

"고답아, 네가 이런 기회가 아니면 보라 누나한테 언 제 눈도장이라도 한번 찍을 수 있겠냐?"

맞는 말이었다. 나는 누나를 알았지만 누나는 나를 몰 랐다. 학교 축제에서 혼자 기타를 치며 노래를 부르던 누 나한테 첫눈에 반한 게 석 달 전 여름이었고, 이후로 가 끔 학교 복도를 지나가면서 바라본 게 전부였다.

나는 마음에 결단을 내리고 상우에게서 가짜 신분증을

건네받았다. 술 담배를 다 하는 상우는 중학교 때 이미 5만 원을 주고 가짜 신분증을 샀다. SNS에 심심찮게 올라오는 광고 중 하나가 바로 신분증 위조 또는 판매 광고였다. 그러나 상우는 직접 구매해 놓고는 걸릴까 봐 찜찜하다면서 정작 본인이 제대로 사용하지 않았다. 대부분 내 얼굴이라면 걸릴 리 없다는 핑계로 나한테 신분증을 주며 대신 사 달라고 부탁하곤 했다. 더욱 괘씸했던 것은 위조 신분증에 사용한 사진이었다. 이 녀석이 애초에 나에게 부탁할 요량으로 나와 자기 얼굴을 합성한 사진을 신분증에 넣었기 때문이다. 그때 진심으로 내가 친구를 잘못 사귀었다고 생각했지만 뭐 어쩌겠는가, 이미 시작된 인연이었다.

나는 교복 넥타이를 풀고 교복 재킷 대신에 상우의 검은 집업을 걸쳤다. 교복 바지도 아무래도 티가 나는 것 같아서 근처 패스트푸드점 화장실로 들어가 가방에 있던 체육복으로 갈아입었다. 나는 집업에 달린 후드를 뒤집어쓰고, 체육복 바지 주머니에 손을 넣고 껄렁껄렁하게 걸었다. 그러고는 일부러 바빠 보이는 편의점에 들어갔다. 아르바이트생은 피곤하고 지쳐 보였다. 앞에 손님 두어 명이 지나가고 내 차례가 되었다.

"신분증 좀 보여 주세요."

소주 세 병을 계산대에 올려놓자 아르바이트생은 무미건조한 목소리로 습관처럼 말했다. 나는 태연한 척 주머니를 뒤적거렸다. 아르바이트생은 대충 신분증을 훑어보고는 나를 쳐다봤다. 그리고 대부분 그러했듯이 별말 없이 신분증을 돌려줬다.

"5천 4백 원입니다."

나는 너무 쉽게 소주 세 병을 품에 안고 나왔다. 상우는 역시 프리패스 얼굴이라며 엄지손가락을 치켜들었다.

상준 형과 형 친구들은 수변 공원에서도 가장 눈에 띄지 않는 깊숙한 곳에 자리 잡고 있었다. 형과 누나들은 모두 사복 차림이었고, 그중에 몇 명은 나처럼 나이가 들어 보였다. 심지어 주변이 어둡기까지 해서 지나가는 사람들이 술판을 벌인 저 무리가 고등학생이라고 알아채기 쉽지 않을 듯했다.

나와 상우는 열렬한 환영을 받았다. 가방에 넣어 온 술병을 꺼냈을 때, 형 누나들은 너희도 앉아서 좀 놀다 가라고 말했다. 나는 떠들썩한 분위기가 영 달갑지 않았다. 평소라면 묵묵히 인사만 하고 상우를 끌고 나왔을 것이다. 그러나 오늘은 평소가 아니었다. 그 자리에는 상우가 말한 대로 보라 누나가 있었다. 이미 술을 몇 잔 마셨는지 유난히 들떠 보이는 누나에게서 눈을 떼기가 어려웠다. 누나도 나를 봤다.

"너 되게 삭았다. 진짜 열일곱 살이야? 덩치도 커서 대학생으로도 볼 것 같은데?"

누나는 실례되는 질문을 아무렇지도 않게 물어 왔다. 그러면서 큰 눈이 여러 번 끔뻑거렸다.

"아, 네."

내가 시선을 돌리면서 대답하자 누나는 싱긋 웃었다.

"술 마실 줄 알아?"

"어…… 네."

내가 왜 마실 줄 안다고 대답했는지 모르겠다. 대답은 반사적이었다. 인식하기도 전에 나온 말이었고, 심지어 대답하고 나서도 내가 무슨 질문에 어떤 대답을 했는지 정확히 생각하지 못했다. 상우가 푸하하, 웃음을 터뜨린 뒤에야 내가 술을 마실 줄 안다고 대답했다는 것을 알았다. 누나는 이미 내 손에 잔을 쥐여 주고 있었다.

"이 새끼 술 못 마셔요."

상우가 손사래를 치면서 말했을 때 누나는 조금 놀란 듯했다. 당연히 마실 수 있으리라 생각한 모양이었다. 형한 명이 놀리듯이 말했다.

"정말? 야, 너 술도 안 마셔 보고 뭐 했냐?"

순간 나는 내가 용기도 패기도 상실한 사람처럼 느껴
졌다. 그렇게 느낄 일이 전혀 아니었는데도, 그랬다. 친
구들이 놀릴 때와는 다른 기분이었다. 보라 누나 때문이
었을 것이다. 왠지 술을 꿀떡꿀떡 마시는 형 누나들이 유
난히 있어 보였고 어른스럽게 보였다. 영화 같은 데서도
주인공은 항상 멋있는 앵글 속에서 근사한 자세로 술을
마셨다. 나도 단번에 술을 들이켜면 그렇게 보이려나.

보라 누나는 내게 줬던 술잔을 다시 가져가서 제 입에
대고 술을 마셨다. 그러더니 여전히 웃는 낯으로 물었다.

"마셔 볼래?"

다시 내게로 건네는 잔을 거절할 수 없었다. 누나는 또
르르 술을 따라 줬고, 상우는 옆에서 "너 그거 마시면 이
제 고답이라고 안 놀릴게." 하고 부추겼다. 두툼하고 커
다란 손에 잡힌 잔은 너무 작아서 꼭 장난감처럼 보였다.
가득 찬 맑은 액체가 아슬아슬하게 찰랑거렸다.

'이걸 마시면 고답이에서 벗어날 수 있다, 이거지?'

반대로, 이걸 마시지 않으면 보라 누나도 나를 고답이
로 볼 것만 같았다. 내가 잔을 입가에 갖다 대자 주변에

194

서 요란을 떨었다. 모두가 부추기는 눈으로 나를 쳐다봤
다. 나를 꽤서 이 자리에 데려온 이상우와 모든 일의 시
작인 그 애 형 이상준, 형 친구로 보이는 낯선 형과 누나
들. 그리고 그 사이에 있는 보라 누나까지도.

보라 누나는 눈을 가늘게 뜨고 흥미롭다는 표정을 지
었다. 입가에는 느긋한 미소가 걸려 있었는데, 마치 그걸
정말 마실 수 있냐고 장난스럽게 묻는 것 같았다.

'뭐, 어쩔 수 없지.'

나는 입술에 닿은 액체를 한입에 털어 넣고 꿀꺽 삼켰
다. 식도는 살짝 뜨거웠고, 혓바닥은 썼다. 저절로 인상
이 써졌다. 첫 소주였다. 주변에서 으하하, 웃으면서 박
수를 쳤다. 특히 상우는 사진까지 찍고 있었다.

"김동민, 이 새끼. 드디어 마시는구나. 소주 마시는 게
뭐 별일이라고 그렇게 유난을 떨더니. 이제 너, 고답이
졸업이다."

'고등학생이 술 마시는 게 별일이지, 별일 아냐.'

나는 속으로 생각했지만 구태여 입 밖으로 내지는 않
았다. 상우는 이미 중학생 때부터 술을 마셨고, 그 애 형
도 마찬가지였다. 나를 뺀 이 자리에 있는 모두가 중학생
아니면 그보다 더 이르거나 약간 늦게 술을 시작한 사람

들일 거였다. 술을 마시는 게 그들에겐 놀랍거나 새로울 일도 아니었다. 고등학생쯤 되면 한 반에서 술을 마셔 보지 않은 애를 찾는 게 더 어려웠다. 아예 부모님한테 술을 배우는 애들도 많았다. 그래서 내가 여태 고답이 취급을 받지 않았던가.

"처음 마시는 소주는 어때?"

상준 형이 나를 보며 물었다.

"써요."

대답하면서 보라 누나를 쳐다봤다. 누나는 고개를 끄덕이며 깔깔 웃었다. 귀밑으로 반 뼘 정도 내려오는 짧은 단발머리가 찰랑찰랑 흔들렸다. 커다란 눈이 초승달처럼 가늘어졌다. 몸을 흔들며 웃던 누나는 곧 내 잔에 다시 술을 채웠다.

"동민이 너, 재밌다. 얼굴은 엄청 험악한데 열일곱 살이 되도록 술을 한 번도 안 마셔 봤다는 것도 웃기고, 술 마실 때 얼굴도 재밌고."

누나가 한 말은 칭찬이 아니었는데도 나는 괜히 기분이 좋았다. 그래서 누나가 채워 준 술을 더욱 호기롭게 들이켰다. 그렇게 몇 번 반복하다 보니 어느 순간부터 시야가 울렁거리기 시작했다. 입에서는 속절없이 웃음이 비실비실 흘러나왔고, 가슴은 화끈거렸다.

"얘 웃으니까 얼굴이 더 험악해."

보라 누나가 깔깔대는 소리가 들렸다.

여기까지가 어제 있었던 첫 음주의 기억이었다. 이후로는 모든 게 흐릿했다. 여기저기서 연거푸 따라 주는 술을 정신없이 마셨던 것 같다는 추측만 남아 있었다. 문득 혹시 취해서 이상한 행동이라도 했을까 걱정되었다. 상우도 간혹 술을 마시고 짜증 나는 주사를 부릴 때가 있었다. 전화를 해서 말도 안 되는 소리를 늘어놓거나 이상한 귀소본능을 발동시켜서 우리 동네로 찾아와 고래고래 소리를 지르기도 했다. 심지어 내가 직접 본 건 아니었지만 상우와 같이 술을 마시던 한 놈은 "이 새끼 취해서 방에 오줌 쌀 뻔한 거 알아?" 하고 알고 싶지 않은 정보를 들려준 적도 있었다.

"나 어제 이상한 짓 안 했어?"

내가 국밥을 먹으면서 아침부터 이런 질문을 하게 되다니. 만일 하더라도 틀림없이 스무 살이 지나고서야 하게 될 말이라고 생각했는데. 상우는 별로 생각하지도 않고 픽 웃었다.

"너 어제 진상이었어. 내가 고답이라고 놀린 게 그렇

게 억울했냐? 그거 가지고 한 시간 넘게 잔소리하더라. 끝에 가서는 울던데? 진짜 웃겼어."

울다니. 억장이 무너지는 듯했다. 고답이라고 놀렸다고 잔소리하면서 울었다니. 기억에 있기라도 하면 내가 얼마나 못나게 굴었는지 알 수 있을 텐데, 울었던 기억은 조금도 남아 있지 않았다. 그래서 더 마음이 불안했다.

"아씨, 내가 이런 게 싫어서 술 안 마시겠다고 버텼는데. 주사 부리는 거 사람을 진짜 추접하게 만든다고."

보라 누나가 한심하게 봤을까. 대범한 모습을 보이고 싶다는 생각에 신념도 저버렸는데 오히려 마이너스 점수가 된 게 아닐까 싶어서 더욱 속이 쓰렸다. 보라 누나도 내 추한 모습을 봤냐는 질문에 상우는 별일 아닌 듯이 대답했다.

"그럼 못 봤겠냐? 보라 누나는 그냥 잊어라. 어차피 잘 알지도 못하잖아."

어제 나를 꼬셔서 그 자리에 데려간 놈이 하는 말이라기엔 퍽 무책임했다. 내가 노려보자 상우는 머쓱한 표정을 지었다.

"에이, 너무 신경 쓰지 마. 어쨌거나 누나가 이제 네 존재는 알았잖아."

술을 마신 뒤 얼굴이 웃기다면서 깔깔대던 누나 모습이 잠시 떠올랐다가 곧 흩어졌다. 숙취로 인해 다시 찾아온 두통 때문이었다.

✦

학교에 갔을 때, 나는 더 이상 고답이가 아니었다. 상우에게서 소식을 전해 들은 친구들은 드디어 너도 우리 술자리에 어울릴 수 있게 되었다면서 즐거워했다. 거기에 한 가지 고해성사까지 덧붙였다. 가끔 나를 빼고 자기들끼리 술을 먹자고 모일 때가 있었는데, 그때마다 은근히 미안한 마음이 들었다는 내용이었다. 나는 주말 내내 겪었던 숙취가 하도 끔찍해서 그런 말들이 하나도 귀에 들어오지 않았다. 오히려 다른 게 의문이었다.

"도대체 술을 왜 마시냐? 좋은 게 하나도 없던데."

맛있지도 않았고 건강에 좋지도 않았다. 물론 마실 때 들뜨거나 흥분되긴 했지만, 이후에 겪게 되는 숙취나 취기로 인해 저지르는 실수들을 생각하면 그리 대단한 장점도 아니었다. 상우는 네가 아직 마신 지 얼마 안 돼서 술맛을 모르는 거라고 했다. 친구들은 각자 자기가 생각하는 이유를 늘어놓았다.

"그냥. 애들이 다 마시니까 같이 마시며 노는 거지."

"맞아. 한두 명이 마시면 자연스럽게 따라 마시는 거지. 거기서 나 혼자 빼면 이상하잖아. 김동민 너처럼 고답이 짓 할 수 있는 애들이 많은 줄 아냐?"

"취하면 기분 좋잖아. 뭐든지 다 할 수 있을 것 같고. 스트레스도 확 풀리고."

비슷한 말들이 오고 갔다. 개 중에는 중학생 때부터 아빠한테 직접 술을 배워서 종종 가족과 함께 마신다는 애도 있었다. 그 녀석은 술이 몸에 해롭다는 게 잘 와닿지 않는다고도 했다. 성인만 되면 다들 쉽게 술을 마시고, 드라마나 영화에서도 아무렇지 않게 술이 등장하는데 1, 2년 좀 빨리 마신다고 해서 뭐가 그렇게 큰일이 나는지 모르겠다는 그 애 말에 다른 아이들도 고개를 끄덕였다. 나는 질린다는 표현으로 고개를 절레절레 흔들었다.

"벌써부터 그렇게 술 좋아하다가 나중에 곤욕 치를 일 생길지도 모른다. 몸도 언제 훅 갈지 모르고."

물론, 씨알도 먹히지 않았다. 애들은 이미 마셔 놓고 왜 또 갑자기 고답이 노릇을 하냐고 핀잔을 줬다. 내가 생각해도 반박하기엔 꼴이 우스웠다. 더구나 옆에서 상우가 같잖다는 표정으로 나를 보고 있었다. 나는 공연히 민망해져서 그냥 입을 다물었다. 애들은 자기들이 좋을 대로 계속 떠들었다.

"동민이가 이제 고답이 탈출했으니까 우리끼리 기념 주라도 해야 하는 거 아니냐."

이야기는 어느새 이상한 방향으로 흘러가고 있었다.

'그래, 너희끼리 알아서 떠들고 진행해라.'

나는 의자에 등을 기댔다. 곧 수업 종이 쳤다. 선생님이 열심히 영어 문법을 설명하는 동안 나는 보라 누나를 생각했다. 웃을 때마다 앞뒤로 흔들리던 몸, 품이 큰 카디건 소매로 삐져나온 손가락들, 술을 한 잔 마실 때마다 찡그려지던 미간, 작은 입술, 가지런한 치열 같은 것들. 나중에는 축제에서 아이보리색 기타를 메고 능숙하게 코드를 잡던 누나도 떠올랐다. 노래할 때 목소리가 너무 좋아서 나도 모르게 넋을 놓고 무대를 올려다봤다. 누나는 내가 한 번도 들어 본 적 없는 팝송을 불렀다. 높다고도 낮다고도 할 수 없는 편안한 톤의 목소리였다. 차분한 얼굴에는 약간의 그늘이 있었는데, 사연이 있는 사람처럼 보이게 만드는 그 그늘이 능숙한 가수의 표정 연기인지, 아니면 진심에서 우러나오는 감정인지는 알 길이 없었다. 나는 계속 멍하니 누나를 바라봤다. 그러다 어느 순간, 누나와 눈이 마주쳤다. 누나는 조금 놀랐는지 눈을 크게 떴다가 곧 민망하다는 듯이 웃었다. 커다란 눈이 샐쭉하게 접히는 순간, 나는 중학생 때 상우가 같은 반 은경이를 짝사랑하면서 농담처럼 했던 말을 떠올렸다.

'그거 아냐? 사랑은 교통사고처럼 찾아온다.'

그때는 유치한 말이라고 손사래를 쳤지만 지금은 이상하게도 와닿았다. 나는 그렇게 난생처음으로 누군가에게 첫눈에 반했다.

'이제 망했지, 뭐.'

그런 누나에게 술 마시고 우는 꼴을 보였으니 추잡한 일이 아닐 수 없었다. 여태 머리를 헤집던 달콤한 기억이 순식간에 사그라들었다. 나는 책상에 처박고 싶은 고개를 억지로 들어서 칠판을 바라봤다. 언젠가 마이너스 점수를 만회할 기회가 오면 좋겠다고 생각했다.

다행히 학교는 좁은 곳이었다. 며칠 뒤, 상우와 함께 학교 매점 앞에서 보라 누나를 마주쳤다. 먼저 누나를 발견한 사람은 상우였다.

"어? 야, 저기 보라 누나."

보라 누나는 친구들과 함께 매점에서 나오고 있었다. 옆에 있는 친구들 중에 두 명은 낯이 익었다. 가만 보니

지난번에 수변 공원에 있었던 누나들이었다. 곧 상대 쪽에서도 우리를 알아봤다.

"어? 너네, 그때 걔네들이지?"

"맞네, 옆에 삭은 애 있잖아."

삭은 애는 당연히 나를 말하는 거였다. 넉살 좋은 상우가 실실 웃으면서 누나들에게 가까이 다가갔다. 상우는 자기 형처럼 말주변이 좋았다. 가끔 진심으로 짜증 날 때가 있었지만 대부분 재치 있게 말했고 불쾌하지 않을 정도로 선을 지키면서 장난을 거는 요령이 있었다. 상우는 공원에서 처음 봤던 누나들에게도 어렵지 않게 말을 걸었다.

"누나, 또 마실 일 있으면 저희도 불러 주세요. 동민이가 술 담배 프리패스 얼굴이에요. 웬만한 편의점은 다 뚫리니까 저희 불러 주시면 또 사서 갈게요."

상우가 멋대로 지껄이며 그들 중 한 명의 핸드폰에 자기 전화번호를 찍는 동안, 나는 한 걸음 뒤에서 우물쭈물하고 있었다. 고답이라고 놀렸다고 하소연하면서 울었을 내 모습이 머릿속을 꽉 메웠다. 그래도 만회를 하고 싶다면 어떻게든 지금 한 마디라도 말을 걸어 봐야 하지 않을까. 이 순간만큼은 정말로 상우가 부러웠다.

"너 이름이 뭐더라?"

그때 놀랍게도 보라 누나가 먼저 말을 걸어왔다. 나는 차마 눈을 마주치지 못하고 누나의 귓불 언저리를 배회하던 시선을 급히 위로 옮겼다. 가장 먼저 눈에 띈 것은 거즈를 댄 이마였다. 하얀 거즈 표면에 나무껍질 같은 핏자국이 조금 물들어 있었다. 내 시선이 거즈에 멈춰 있자 누나는 머쓱한지 이마를 매만졌다. 내가 어쩌다 다쳤냐고 묻기 전에 누나가 다시 말을 꺼냈다.

"너 이름 뭐였지? 고답이?"

누나가 말하면서 슬그머니 웃었기 때문에 놀리고 있다는 걸 알 수 있었다.

"아, 아니요. 김동민이에요."

"그래, 동민이. 너 재밌더라. 다음에 또 보자."

빈말일까. 누나는 말의 진위를 다 가늠하기도 전에 친구들과 함께 등을 돌렸다. 어, 하고 안타까워할 새도 없었다. 이마는 말도 꺼내지 못했다. 상우가 어벙하게 서 있는 나를 보더니 내 어깨를 툭 쳤다.

"그렇게 바보같이 서 있지 마. 얼굴이랑 안 어울려서 웃겨. 그리고 너도 갈 수 있지?"

"뭐가? 어디를 가?"

"아니, 바로 옆에서 뭘 들었냐. 이번 주 금요일 저녁에 모여서 치맥 먹는다고 오라잖아."

치킨하고 맥주. 거기에는 굳이 언급하지 않은 소주도 포함되어 있을 것이다. 나는 고개를 끄덕였다. 한 번 깨진 신념이 두 번, 세 번 깨지기는 쉬웠다. 무엇이든지 시작이 무서운 이유는 이 때문이었다. 조금 씁쓸한 마음도 들었지만 이미 시작된 불가항력이었다.

금요일에 우리는 어느 오래된 건물의 옥상으로 향했다. 1층은 입구였고, 2층은 여관에 가까운 모텔, 3층은 점집, 4층은 아무것도 없는 텅 빈 공간이었다. 외관부터가 낡고 후미져서 도무지 기웃거리고 싶지 않은 건물이었다. 옥상은 문고리가 망가진 채로 방치되고 있는 듯했다. 형 누나들이 몇 달 전 우연히 찾아낸 뒤로, 몇 번인가 아지트처럼 썼다고 했다.

1층부터 4층까지 지저분한 것과 달리 옥상은 제법 깔끔했고 나름대로 널찍한 평상도 있었다. 아지트로 몇 번 쓰면서 직접 정돈했을지도 몰랐다. 보라 누나를 포함한 누나 세 명과 지난번에 공원에서 봤던 형 두 명, 그리고 나와 상우가 평상 위에 돗자리를 펴고 모여 앉았다. 가을 저녁이라 좀 쌀쌀했지만 춥지는 않았다. 우리는 각자 가져온 소주와 맥주를 꺼내고 포장해 온 치킨을 풀었다. 블루투스 스피커로 음악도 짱짱하게 틀고는 누군가가 챙겨 온 조명으로 분위기도 냈다. 다들 별것도 아닌 이야기에 깔깔대면서 웃었다. 누나와 형들은 자연스럽게 술을 주고받았고 내게도 권했다. 나는 대충 한두 잔만 받아 마시고 눈치를 보면서 더 먹지 않았다. 취해서 울었다는 이상한 주사가 되풀이될까 봐 등골이 서늘했다. 보라 누나한테 두 번씩이나 그 꼴을 보여 주려고 온 게 아니었다. 더구나 여기저기서 들은, 누군가의 추잡한 주사나 술 마시고 사고 친 이야기들을 떠올려 보면 역시 정신을 바짝 차리고 있어야겠다고 생각했다.

처음에는 분위기가 좋았다. 보라 누나도 즐거워 보였고, 술을 잘 마시는 상우도 연거푸 술잔을 들면서 형 누나들에게 재롱을 떨었다. 그러나 한두 명씩 취기가 오르기 시작하자 취하지 않은 내 눈에만 보이는 것들이 생겼다. 다들 목소리가 커졌고 말도 거칠어졌다. 욕도 더 쉽게 툭툭 나왔다. 요란스럽게 웃고 떠들었지만 무슨 대화를 하고 있는지 알 수 없는 텅 빈 이야기들이 공간을 채웠다. 움직임은 둔해졌고 심지어 흐물거리기도 했다. 이리저리 기대고 늘어지고 팔랑대고 비틀거리는 몸짓은 어쩐지 불안하게 보였다. 얼핏 보면 우스꽝스러운 광대 같았다.

'아슬아슬한데.'

취해 있으면 아무렇지 않고 즐거울 광경들이 멀쩡한 정신으로 보기에는 꼴사납고 염려스럽고 불편했다. 들떠 있는 모습마저도 어색한 삼류 코미디 영화처럼 과장되게 보였다. 그나마 보라 누나는 멀쩡한 것 같았다. 나는 계속 누나를 주시하다가 문득 한 가지를 발견했다.

'아, 이마에 거즈는 뗐구나.'

흉이 남았을까 싶어서 이마를 지그시 바라볼 때였다. 갑자기 누나가 머리를 흔들면서 몸을 일으켰다.

"취하려고 한다. 안 되겠네, 담배 좀 피워야겠어."

나도 모르게 반사적으로 자리에서 벌떡 일어났다. 누나가 놀란 듯이 쳐다봐서 약간 머쓱해졌다. 너무 노골적이었다는 생각이 들었지만 다시 자리에 앉기도 애매해서 나는 그냥 누나가 기대고 선 옥상 난간 옆에 같이 섰다.

"너도 피울래?"

누나는 익숙하게 담배를 물었다. 불을 붙이는 것도, 연기를 마시는 것도 오랜 습관처럼 자연스러웠다. 내가 고개를 흔들자 누나는 더 권하지 않고 아무 말 없이 연기를 마셨다. 얼굴에는 방금까지 웃고 떠들었던 흔적이 전혀 남아 있지 않았다. 공기가 무겁게 느껴졌다.

"누나는 원래 취하기 전에 멈추는 편이에요?"

그래서 아무 말이나 지껄였고, 말을 하자마자 후회했다. 처음 한 질문이 이따위라니. 다른 좋은 말도 많은데 그 많은 말 중에 이런 질문을 하다니. 그러나 다행히 누나는 거리낌 없이 대답해 줬다.

"나 원래 적당히 해. 혼자 마실 때나 많이 마시지."

"네?"

"술 마시면 머리가 둔해지거든. 퓨즈가 나가기도 하고. 취하기까지 하면 사리 분별이 안 되니까 충동적으로 못할 짓 하는 애들도 많고, 그렇게 실수하다가 인생 망치는 애들…… 생각보다 많다? 멀쩡한 성인도 술 취하면 정신 못 차리는데 중고딩이면 더하지. 아직 뇌가 말랑말랑하잖아."

뇌가 말랑말랑하다니. 그게 무슨 말일까. 곰곰이 생각하는 게 눈에 보였는지 누나는 기꺼이 설명해 줬다.

"뇌가 아직 덜 자랐다는 말이야. 청소년기는 뇌가 계

속 만들어지는 시기래. 아직 공사 중이라 이거지, 성인이 될 때까지. 그래서 이때 경험하고 만들어진 습관들이 인생에 크게 영향을 미친대. 어릴 때부터 술 마시면 중독도 더 잘 되고, 나중에…… 뭐라더라? 정신질환? 그런 것도 더 잘 생긴대. 의사가 한 말이니까 그 말이 맞을 거야. 내가 직접 들었어. 뇌가 말랑말랑할 때는 술 마시는 거 아니래."

직접 들었다는 말이 이상했다. 텔레비전에 나오는 건강 프로그램에서나 할 법한 말이었다. 텔레비전에 나오는 의사 말을 들었다는 뜻이려나. 내가 더 궁금해하기 전에 누나는 자연스럽게 말을 돌렸다.

"너는 주변에 그런 사람 없었어? 술 취해서 말도 안 되는 호기 부리다가 죽거나 어디 다친 사람, 괜히 애먼 사람한테 시비 걸어서 병원비 물어 주거나 아니면 임신하거나 그런 사람."

누나는 마치 실제로 그런 사람을 알고 있는 듯이 서늘하게 말했다. 목소리는 건조했고, 어쩐지 냉소적으로 들렸다. 노래를 부를 때와 달랐고, 웃고 떠들 때와도 달랐다. 당황스러워서 아무 대답도 못하는데, 누나가 갑자기 내 팔을 툭툭 쳤다.

"저거 봐."

누나가 가리킨 쪽을 보니 다른 누나 한 명이 속없이 웃으면서 난간에 아슬아슬하게 배를 대고 흔들거렸다. 자칫 잘못하면 아래로 떨어질지도 몰랐다. 보라 누나는 성큼성큼 걸어가서 그 누나 팔을 붙잡고 평상으로 질질 끌고 갔다. 다른 사람들은 그새 더 취했는지 더욱 요란스럽게 떠들며 놀고 있었다. 난간에서 끌려 나온 누나가 보라 누나 팔을 끌어안고 자기 옆에 있으라고 고집을 부렸다. 보라 누나는 야멸차게 팔을 떼어 내고 손을 털었다.

"제정신을 잃게 만드는 게 술인데, 조심해야지."

보라 누나는 꼭 술이 싫은 사람처럼 보였다. 하지만 술자리를 마다하지 않았고, 또 거리낌 없이 술을 마셨다. '이 사람 대체 뭐지?'라는 생각이 들었다.

"누나는 왜 술 마셔요?"

생각한 그대로 질문이 나왔다. 누나는 어느새 처음에 떠들고 놀 때처럼 다시 평범하게 웃었다.

"내 주변 사람들은 다 마셔. 다들 마시니까 나도 그냥 마셨어. 이게 뭐길래 그럴까 싶은 호기심도 있었고, 나만 안 마시면 또 춥고 외롭거든."

누나가 말할 때마다 담배 연기가 하늘하늘 공중에 흩

어졌다. 담배 연기는 눈앞에 보이면서도 이질적인 느낌이 들었다.

"그래서 그냥 마시다가 지금은…… 습관처럼 마시게 돼 버렸지, 뭐."

저절로 고개가 끄덕여졌다. 불과 며칠 전까지 고답이라고 불렸던 나로서는 충분히 이해할 수 있는 이유였다. 다만 웃는 낯으로 말하는데도 사라지지 않는 묘한 차가움이 계속 마음에 걸렸다. 그게 뭘까 고민하는데 누나가 농담조로 덧붙였다.

"이젠 스트레스받으면 알아서 술이 생각나긴 하더라."

나는 무슨 말을 해야 할지 몰라 가만히 서 있었다. 누나가 다시 말을 꺼냈다.

"동민이 너도 웬만하면 졸업할 때까지 마시지 마. 아까 말했지? 어릴 때부터 마시면 중독되기 더 쉽다."

보라 누나는 공원에서 만났을 때, 누나가 먼저 내게 "마셔 볼래?" 하고 권했던 일을 기억하지 못하는 게 분명했다. 하지만 누나가 권하지 않았더라도 나는 누나에게 답답한 애로 생각되지 않았으면 싶은 마음에 기꺼이 먼저 한 잔 달라고 했을지도 모른다.

나는 그냥 짧게 알겠다고 대답했다. 그러고 나자 또 정적이었다. 이대로 대화를 끝내고 싶지 않았다. 뭘 말할까 찾다가 또다시 이마가 생각났다.

"그러고 보니까 거즈 뗐네요. 그때 이마는 왜 다친 거예요?"

딱히 예의에 어긋나거나 하지 못할 질문은 아니었다. 그런데도 누나는 마치 허를 찔린 사람 같은 표정을 지었다. 작은 손으로 이마를 더듬거리면서 누나가 작게 중얼거렸다.

"아, 이거…… 그냥 좀."

얼버무리는 티가 역력해서 나는 더 묻지 못했다. 누나는 짧게 남은 담배를 바닥에 툭 던졌다.

"이제 슬슬 자리 정리하자. 너도 네 친구 잘 챙기고."

그제야 나는 상우가 생각났다. 상우는 취기가 거나하게 오른 붉은 얼굴로 형 누나들 앞에서 웃기지도 않는 차력쇼를 하고 있었다.

"형님, 누님. 제가 이거 이빨로 부러뜨려 볼게요!"

그렇게 말하면서 이에 문 것은 치킨 뼈였다. 닭다리 뼈를 이로 부러뜨리는 게 뭐가 그렇게 자랑스러운지 상우는 "보셨죠, 보셨죠?" 하고 호들갑을 떨었다. 그 모습을 보고 있자니 갑자기 골치가 아팠다.

상우는 다시 나를 고답이라고 불렀다. 이제는 술이 아니라 보라 누나 때문이었다. 상우는 자신이 애써서 자리를 만들어 줬는데도 어떤 진전도 보이지 못하는 나를 몹시 답답해했다. 하다못해 전화번호라도 받았어야 하지 않느냐며, 대체 옥상 난간 앞에서 무슨 쓸모없는 얘기를 나눈 거냐며 가슴을 쿵쿵 쳤다.

그날 뒤로도 나와 상우는 몇 번 더 비슷한 자리에 꼈다. 그때마다 보라 누나는 밝고 즐거워 보였다. 옥상에서 보였던 무거운 듯했던 분위기가 내 착각이었나 싶을 정도였다. 그러나 누나가 그렇게 밝았음에도 나는 쉽사리 누나와 거리를 좁힐 수 없었다. 긴장했기 때문일 수도 있고, 옥상에서 누나가 했던 말들과 서늘했던 감각들이 벽처럼 느껴졌기 때문일 수도 있었다.

보라 누나 얼굴 위로 흩어지던 연기와 옥상에서 나눴던 몇 마디 대화는 석연치 않았던 분위기까지 더해지면서 길고 깊게 기억에 남았다.

상우는 내가 별다른 성과를 거두지 못할 때마다 핀잔을 주면서 더욱 적극적으로 다음 기회를 추진하려 들었다. 하지만 이런 일들이 몇 번 반복되자 이제는 이 녀석이 나와 보라 누나를 연결해 주려고 노력하는 게 아니라 그저 술자리가 좋아서 그런다는 생각이 들었다.

"야, 다음 약속 잡았다."

종례가 끝나고 교실을 나오는 길이었다. 상우는 자랑스러운 표정으로 자기 핸드폰 화면을 보여 줬다. 보라 누나 친구인 수민 누나랑 주고받은 메시지였다.

> 이번 주 토요일 저녁에 비는 집이 있어.
> 다 같이 놀기로 했으니까 너희도 와.

상우 얼굴에는 벌써 흡족한 미소가 번져 있었다. 역시 나를 도와준다는 건 다 핑계일 뿐 술 마시면서 노는 자리가 좋은 게 분명했다.

"이상우, 근데 너는 진짜로 술 좀 그만 좋아해라. 그러다 너 큰일 나."

"뭐래. 우리 엄마 사고로 죽고 나서 술 퍼마신 지 10년이 넘는 우리 아빠도 멀쩡하거든?"

상우 아빠는 아주 가끔씩 볼 때마다 얼굴이 거뭇하고 눈이 붉었다. 집에는 늘 술이 몇 병씩 쟁여져 있었고, 아저씨 방을 지나칠 때마다 항상 술 냄새가 났다. 아저씨는

매번 취하지는 않았지만 술 없이는 잠을 잘 이루지 못했
다. 자기 전에 꼭 반주를 했고, 상우도 상준 형도 옆에서
함께 두어 잔 마시곤 했다. 아저씨는 이를 말리기보다 오
히려 아이들이 어느새 자라서 아버지의 술 상대가 되어
준다는 것에 내심 뿌듯해했다. 물론 두 사람의 주량이 어
느새 두 병을 넘어가고 있다는 걸 모르는 게 분명했다.

　나는 가끔 중학생 때부터 술을 마시기 시작한 상우랑
상준 형이 서른이 되기도 전에 알코올중독이 될까 봐 진
지하게 고민했다. 어쩌면 벌써 중독이라고 말할 수 있는
수준에 이르렀을지도 몰랐다. 보라 누나가 어릴 때부터
마시면 나중에 중독되기 더 쉽다고 했던 말이 생각났다.

　"그래도 너 그러다가 언제 한번 사고 칠까 무섭다. 갑
자기 훅 갈 수도 있어. 간이나 위장이나 뇌 같은 거 말이
야. 그래, 특히 어릴 때는 뇌가 말랑말랑하잖아."

　나는 보라 누나가 했던 말을 그대로 흉내 내서 말했다.
뇌가 말랑말랑하잖아.

　"사고는 무슨. 나 취한다고 여기저기 만용 부리는 스
타일 아니다. 나이 들어서 훅 가는 거야, 뭐. 그때의 내가
책임져 주겠지."

　아직 어려서, 아직 젊어서 할 수 있는 무책임한 말이었

다. 그렇게 말하는 것이야말로 역시 술을 마시지 말아야 한다는 표증이 아닐까.

"그래서 너는 토요일에 가겠다는 거야, 말겠다는 거야?"

상우 물음에 나는 다시 고개를 끄덕일 수밖에 없었다.

나와 상우가 장소에 도착했을 때는 이미 한창 술판이 벌어진 다음이었다. 상준 형도 자리에 있었는데, 형은 이미 취해서 남의 집 소파에 과자를 집어 던지는 이상한 짓을 하고 있었다. 수민 누나는 게임 벌칙인지 아이돌 춤을 알아보기 힘든 모양새로 추고 있었다. 형 누나들은 그걸 보고 으하하 웃어 재꼈다. 웃는 소리는 시끄러운 음악과 뒤섞여서 짜증 나는 소음으로 들렸다. 거실 바닥에는 빈 술병과 아직 열지 않은 술병이 함께 굴러다녔다.

지저분한 거실 한쪽에 엉거주춤 엉덩이를 붙이는데 화장실에서 나오는 보라 누나가 보였다. 누나에게서 담배 냄새가 났다. 술 냄새도 제법 풍겼다. 이번에도 취할 것 같아서 자리를 잠시 피했던 건가 싶었다. 그러나 자세히 보니 눈가가 발그스름하고 공원에서 봤을 때처럼 웃음이 많은 것이 오늘은 이미 조절에 실패하고 좀 취해 있는 것처럼 보였다. 게다가 광대 쪽에는 작게 멍이, 입술에는 피가 터진 흔적이 있었다.

'저건 또 무슨 상처지?'

이마에 붙어 있던 거즈를 떠올리지 않을 수 없었다. 누나는 내가 무엇을 보고 있는지 모르는 채로 한껏 웃으면서 나에게 인사했다. 입술의 상처가 다시 벌어졌다. 나는 무뚝뚝하게 대답하고 슬쩍 눈을 피했다. 무슨 상처냐고 물었다가는 또 예전처럼 몹시 당황한 얼굴로 상황을 얼버무릴 터였다. 오늘은 좀 더 거리를 좁혀 보자고 다짐하고 나왔건만 역시나 어려울 것 같았다.

'이래서야 오늘도 온 보람이 없는데.'

문득, 이게 뭐 하는 짓인가 싶었다. 누나와 더 이상 가까워지지도 못하면서 주량은 주량대로 늘고 있었다. 나는 일부러 몇 잔만 마시고 술에 손대지 않았다. 반면에 누나는 평소보다 좀 더 자주 잔을 비우는 듯했다.

'혼자 있을 때나 많이 마신다고 했으면서.'

나는 옥상에서처럼 누나를 주시했다. 그래, 술이란 것은 일단 한번 취해 버리면 자신을 컨트롤할 수 없어서 무서웠다. 누나도 지난번에 그랬다. 술은 제정신을 잃게 만

드니까 조심해야 한다고. 혹시 그때의 상처도, 지금의 흔적도 술에 취해서 돌아다니다가 생긴 걸지도 몰랐다.

한 시간쯤 지나자 다들 더욱 인사불성이 되었다. 흐느적대는 볼썽사나운 몸짓이 넘치고, 도무지 제대로 된 대화를 할 수 없는 이 자리가 더욱 짜증스러워졌다. 점점 더 취해 가는 보라 누나를 지켜보는 건 더 고역이었다. 결국 나는 혼자 술잔을 채우면서 남은 치킨을 먹고 있는 상우를 툭툭 쳤다.

"야, 그만 나가자. 이게 뭐 하는 건지 모르겠다. 다들 취하기도 했고."

상우는 거실을 한 번 둘러보더니 의외로 순순히 고개를 끄덕였다.

"그래. 가자, 가. 다들 이미 제정신이 아니라 그런가, 보고 있으니까 술맛도 잘 안 난다."

그러면서도 한편으로는 "늦게 온 게 잘못이지. 시작할 때 와서 같이 취했어야 했는데." 하고 아쉬운 듯이 입맛을 다셨다. 하지만 그대로 휙 나가 버리기는 애매해서 우리는 대충이나마 뒷정리를 했다. 누군가가 엎지른 술을 닦고, 바닥에서 잠들어 버린 형한테 이불을 덮어 주고, 지저분하게 흘려 놓은 치킨과 과자 부스러기들을 봉투에

담아서 단단히 묶었다. 소주병과 맥주병들은 깨지지 않도록 모아서 거실 구석에 뒀다. 정리를 대충 다 마칠 즈음, 또다시 보라 누나가 마음에 걸렸다. 보라 누나를 힐끗 쳐다본다는 게 어쩌다 눈이 마주쳤다. 누나는 누가 봐도 취한 얼굴로 실실 웃으면서 손을 까딱거렸다. 내가 가까이 다가가자 얼굴의 작은 멍과 터진 입술이 더욱 선명하게 보였다.

"너네, 집에 가?"

"네."

"나도 갈래. 나 집 안 들어가면……."

목소리는 말을 할수록 작아져서 끝에 가서는 귀를 입가에 바짝 붙여야 했다.

"엄청 혼나."

누나는 장난처럼 웃으면서 중얼거렸다. 보라 누나가 흐느적거리면서 자리에서 일어나자 그보다 더 취해 있던 수민 누나도 갑자기 집에 가겠다고 들러붙었다. 결국 나와 상우는 졸지에 두 사람을 붙들고 나와야 했다. 그나마 보라 누나는 혼자 걸을 수 있었지만, 수민 누나는 나와서 몇 걸음 걷지도 않았는데 졸리다며 바닥에 주저앉았다. 상우는 오만상을 쓰면서 수민 누나를 등에 업었다.

"오늘 수민 누나는 집에 데려다주기 글렀다. 어차피 이 누나 잠들었으니까 그냥 보라 누나 집으로 보내 버리자. 두 집은 못 간다, 나는."

상우가 신경질적으로 말했다. 다행히 보라 누나는 제법 또박또박 집 주소를 말했다. 걸어서 40분쯤 걸리는 꽤 먼 곳이었다. 우리는 택시를 타고 누나가 말한 동네에 내렸다. 아파트였다면 집을 찾기가 더 쉬웠을 테지만, 애석하게도 주택가였다. 저녁 10시에 취한 사람을 챙겨서 돌아다니려니 여간 힘든 게 아니었다.

가까스로 찾은 집은 후미진 골목에 있는 반지하였다. 입구가 워낙 어두워서 찾기가 더 쉽지 않았다. 집 안의 불도 전부 꺼져 있어서 처음에는 아무래도 잘못 찾은 게 아닌가 싶었다. 그러나 보라 누나가 비칠비칠 몸을 움직여 현관 앞에 있는 말라비틀어진 화분 아래에서 열쇠를 찾아 들었다. 가족들이 아직 안 들어왔나 생각하는데 낡은 현관문이 끼익, 쇠가 긁히는 소리를 내면서 열렸다. 불 꺼진 방은 어두웠고, 냉기가 느껴졌다. 반지하 특유의 눅눅한 공기도 느낄 수 있었다. 그러나 그보다 먼저 찾아온 감각은 냄새였다.

"윽."

나도 모르게 소리를 내며 코를 쥐었다. 상우 집에서 맡아 본 것보다 심한 알코올 냄새와 정확히 표현할 수 없는 음식물 냄새가 뒤섞인 고약한 악취가 코를 찔렀다. 상우도 마찬가지로 코를 감쌌다. 우리는 일단 집 안으로 들어가서 벽을 더듬어 불을 켰다.

　"으악!"

　불이 켜지기 무섭게 앞서 들어갔던 상우가 갑자기 비명을 질렀다. 곧 나는 이유를 알 수 있었다. 일단 방 하나, 좁은 부엌 하나에 불과한 비좁은 공간이 꼭 폭탄이라도 맞은 것처럼 엉망이었다. 방금까지 무슨 큰 난리라도 난 듯이 엎어지고 깨지고 어질러진 물건들이 사방에 널려 있었다. 심지어 바닥에 깔린 이불도 개켜 놓지 않은 상태였다. 그러나 더 경악스러운 것은 집 안 환경 따위가 아니었다. 비어 있는 줄 알았던 집, 혼돈이 가득한 작은 방에 웬 여자가 허리를 구부정하게 굽힌 채로 앉아 있었다. 머리는 헝클어져 엉망이었고, 몸은 물론 볼도 메말라서 움푹 패어 있었다. 큰 눈은 실핏줄이 다 터져서 도깨비같이 붉었다. 두 눈을 홉뜨고 올려다보는데, 아무리 봐도 온전한 정신은 아닌 사람처럼 보여서 등골이 서늘했다. 여자는 30대 후반 정도로 젊어 보였지만, 한편으로는 피로한 표정과 넋이 나간 듯한 얼굴 때문에 몹시 늙어 보였다. 좀처럼 나이를 가늠하기 힘들었다. 보자마자 느껴지는 피폐한 분위기 탓도 있었다.

여자의 바로 앞에 놓인 텔레비전은 아까부터 계속 시퍼런 불빛을 내보내고 있었다. 텔레비전 앞에는 쉰내가 폴폴 나는 김치와 반쯤 빈 소주병이 상도 없이 바닥에 늘어져 있었다.

"어우, 저게 몇 병이냐. 우리 아빠보다 많이 마신 것 같다."

상우가 옆에서 긴장감이 선연한 목소리로 중얼거렸다. 구석에는 뚜껑을 열지 않은 새 술병이 궤짝으로 놓여 있었다. 다른 구석에는 공병이 궤짝으로 차 있었다. 여자 볼이 움푹하고 몸이 엿가락처럼 마른 이유가 밥도 먹지 않고 술만 마시기 때문이라고 충분히 의심해 볼 법한 광경이었다.

"어, 저, 안녕하세요."

보라 누나를 부축한 채로 나는 엉거주춤 인사를 했다. 누나의 가족 같기는 했다. 여자는 내 입에서 말이 떨어지자마자 씨근덕거리는 숨을 깊게 쉬었다. 나를 위아래로 훑어보던 눈은 곧 내 옆에 있는 보라 누나를 향했다. 돌연 여자는 입술을 씰룩거리더니 소리를 빽 질렀다.

"미친년이!"

고함은 꼭 짐승 울음소리 같았다. 그런 소리가 나오리라고는 생각하지 못했기에 나도 모르게 몸을 움칠 떨었다. 여자가 온갖 상스러운 욕을 내뱉으면서 몸을 일으켰다. 상우가 잔뜩 겁먹은 소리를 냈다. 여자는 비틀비틀 걸어오다가 그 좁은 집, 그 짧은 거리에서도 한 번 풀썩 넘어졌다.

그대로 주저앉아서 또다시 고래고래 소리를 지르며 욕설을 뱉어 내는데, 긴 고함 속에는 여자의 신세 한탄이 담겨 있었다. 이번이 처음이 아니라 이미 여러 번 되풀이된 이야기인 듯 취한 혀로도 유창하게 말이 이어졌다.

"저년이 인생 조지려고 벌써부터 술을 처마시고 돌아다니지! 내 인생이 술 때문에 이 꼴 난 걸 뻔히 알면서도 저러고 있어? 내가 어릴 때 술 취해서 사고 치는 바람에 너 낳은 거 뻔히 알면서도 술이 들어가디? 어? 술 못 끊어서 일도 못하고, 주변에 사람도 다 떠나고. 미래도, 꿈도 다 빼앗기고 이 모양, 이 꼴로 술에 절어 사는 이 엄마 꼴을 보고도 네가!"

그러니까 역시 여자는 누나의 엄마였다. 보라 누나는

쏟아지는 말들을 고스란히 받아 내며 위태롭게 서 있었다. 나는 누나의 취기가 더욱 깊어져서 이 말들이 들리지 않았으면 좋겠다고 간절히 생각했다. 여자는 누나가 반응이 있든 없든 상관하지 않고 계속 소리쳤다.

"내가, 내가 몇 번을 말했는데 그러고 돌아다녀? 응? 너 그러다 나처럼 이렇게 팔자 꼴 거야? 너도 술에 절어서 살려고 작정했어? 딸이라고 이런 것까지 닮았니? 하기야 너희 아빠도 술 마셔서 사고 쳐 놓고 도망간 놈인데 오죽하겠어? 너도 그렇게 살아! 너도 나처럼 이렇게 살아 보라고!"

진심일까. 이토록 날카롭고 잔인한 말들이 정말 진심일 수 있을까. 나는 누나가 이런 말들을 다 거짓말로 여겼으면 좋겠다고 생각했다. 진심이 한 올도 담기지 않은 거짓말로. 나는 아찔한 마음으로 누나를 슬쩍 내려다봤다. 하지만 슬프게도 누나는 술이 어느 정도 깬 얼굴이었다. 내게 살짝 기댄 몸은 분노 때문인지 아니면 두려움 때문인지, 그것도 아니면 고통 때문인지 바들바들 떨렸다. 목구멍에서 '보라 누나.' 하고 부르는 말이 간질거렸다. 말이 튀어나오기 직전, 누나가 먼저 입을 열었다.

"그래, 나도 그렇게 살 거야. 엄마처럼 평생 술에 휘둘리면서 거기에서 벗어나지도 일어나지도 못하고 그렇게 인생 다 내주고 살 거야, 됐어?"

몸은 잔뜩 떨고 있으면서도 목소리에는 조금의 떨림도 없었다. 그렇기에 그게 더욱 심상치 않게 들렸다. 오래도록 겪어 와서 익숙해진 사람의 반응으로 느껴졌기 때문이었다. 나는 갑자기 학교 축제에서 덤덤하게 노래를 부르던 보라 누나가 생각났다. 듣기 좋았던 목소리와 시선을 사로잡았던, 얼굴의 묘한 그늘 같은 것들이.

"동민아, 경찰에 전화해라."

상우가 얼이 빠진 목소리로 황급히 말했다. 맞는 말이었다. 이대로 돌아갈 수는 없었다. 나는 빠르게 112를 눌렀다. 주소와 상황을 설명하자 경찰은 먼저 늘어지는 한숨을 쉬었다.

"또 그 집이에요? 그 아줌마 정말 사람 미치게 하네."

역시나 한두 번 있었던 일이 아니었다. 보라 누나 엄마는 경찰이 올 때까지도 난리를 피웠다. 나중에는 바닥에 뒹구는 재떨이를 집어 던졌는데, 그게 하필이면 누나 머리로 날아오는 바람에 나도 모르게 막다가 손을 다쳤다. 재떨이가 깨지거나 피부가 찢어지지는 않았지만, 뼈에 맞았는지 눈물이 찔끔 나올 만큼 아팠다. 그제야 나는 누나 이마가 찢어졌던 이유를 추측할 수 있었다. 얼굴의 멍과 상처 난 입술도 아마 같은 이유일 것이다. 설상가상으로 이웃집 주민들이 슬그머니 문을 열고 고개를 기웃거렸다. 바로 옆에 붙어 있는 반지하 두 칸은 아예 집 밖으로 나와서 같이 소리를 치면서 짜증을 내기 시작했다.

"또 지랄이네, 또. 아주 그냥 저 집 때문에 내가 하루빨리 이사를 가야지, 원."

"학생들, 경찰에 전화했어? 경찰이 데려가야 좀 조용하지, 진짜. 어휴, 며칠 동안 잠잠하더니."

그러다가 문득 우리 모습도 심상치 않았는지 샐쭉하게 우리를 노려봤다. 위아래로 우리를 훑어보던 옆집 아줌마는 상우 등에 매달린 수민 누나를 보고 혀를 찼다.

"학생들도 어려서부터 술 먹고 다니는 거 아니야. 저 여자도 원래 저런 줄 알아? 다 어릴 때부터 술을 마셔서 지금 나이도 많지 않은데 저 지경이 된 거라고."

아줌마가 대놓고 못된 말을 지껄이자 누나 엄마는 어느새 그 소리를 듣고 또 고래고래 소리를 질렀다. 아줌마가 뭘 알아서 그따위로 말하냐고 악을 썼다. 아줌마는 기가 차다는 듯이, 그러나 방금보다는 수그러든 목소리로 계속 종알거렸다.

"내가 아주 저 여자가 주정 부리면서 동네방네 자기 얘기 하고 다니는 걸 하도 들어서 외웠어, 외웠어. 중학생 때부터 술을 마시기 시작했다나? 자기 입으로 떠들고 다니고도 기억을 못하지."

그때 경찰이 도착했다. 터덜터덜 차에서 내려 걸어오는 두 경찰의 얼굴에는 좀처럼 해결될 기미가 보이지 않는 익숙한 사건을 대하는 짜증이 서려 있었다. 경찰이 오고서야 상황은 일단락되었다. 아니, 사실은 완전히 해결되기 전에 나와 상우는 집으로 돌려보내졌다. 경찰은 나와 상우, 수민 누나를 보더니 골치가 아픈 듯이 눈을 찡그렸다. 그러고는 바로 경찰서에 호출을 넣었다.

"차 한 대 끌고 와서 여기 학생들 좀 집에 데려다줘."

곧 경찰차가 와서 우리를 태웠다. 여전히 취해 있는 수민 누나는 경찰서로, 나와 상우는 정신이 멀쩡하니 일단 집으로 보내 주겠다고 했다. 수민 누나는 집에 따로 연락을 취해서 부모님이 데려가게 하려는 듯했다.

"나 이제 술 그만 마실까 봐."

상우는 경찰차를 타고 집으로 돌아가는 길에 술이 다 깬 얼굴로 황망하게 중얼거렸다.

"술이 무섭다, 야."

속삭이듯이 덧붙인 목소리는 굳이 나한테 건네는 말이라기보다는 스스로에게 하는 말 같았다. 나도 상우의 말을 딱히 귀담아듣고 있지는 않았다. 나는 나대로 머릿속이, 아니 마음이 벌집을 들쑤신 것처럼 복잡했다.

'이제 어쩌지.'

놀라서 두근거리던 마음이 좀 진정되자 보라 누나의 모든 것이 신경 쓰였다. 동네 사람들이 하던 말들, 술이 조금 깬 뒤에 모든 것을 포기하듯이 눈을 질끈 감았다 뜨던 누나의 얼굴, 옥상에서 누나가 했던 말과 차가워서 의아했던 분위기. 그런 것들이 한데 뒤엉켰다.

'누나가 정신이 들면 연락하겠지.'

전화번호는 교환하지 않았더라도 서로 친구 추가를 한 SNS 계정이 있었다. 연락할 방법이 있으니 상황이 진정되면 먼저 설명해 주지 않을까. 나는 당연히 그러리라고 생각했다. 재떨이에 맞았던 손에 시퍼렇게 올라오기 시작한 멍을 다른 손으로 덮어 버리면서 그래야 맞는 거라고 혼자서 고개를 끄덕였다.

그러나 누나는 연락하지 않았다. 상우는 누나에게 괜찮냐고 물으며 먼저 메시지를 보내 보라고 말했지만 그럴 수 없었다. 누나는 내가 이마의 상처에 대해 물었을 때도 꼭 치부를 들킨 사람처럼 굴었다. 그러니까 이 일에 대해서도 내가 먼저 물어서는 안 됐다. 묻는다고 하더라도 메시지로는 아니었다. 최소한 얼굴을 보고 해야 할 얘기였다. 나는 답답한 심경으로 주말을 보냈다. 그리고 월요일이 되어서야 비로소 학교의 학생자치실에서 누나를 만날 수 있었다.

담임이 아침부터 일찍 나와 상우를 자치실로 불렀다. 빈 교실이 필요할 때 주로 사용하는 자치실에는 생활안전부장 선생님과 우리 담임을 포함한 몇 명의 선생님이 몹시 화가 난 표정으로 앉아 있었다. 그 앞에는 보라 누나와 수민 누나, 상준 형 그리고 토요일 저녁에 함께 술을 마셨던 다른 형 누나들이 고개를 숙이고 있었다. 나와 상우도 자연스레 그 옆으로 서서 고개를 숙였다.

토요일 밤, 경찰들은 취해 있던 수민 누나를 경찰서로 데려갔다. 나와 상우는 누나 부모님에게 연락이 가고 끝이려니 생각했다. 하지만 사실은 그리 간단하게 끝날 문제가 아니었던 것이다. 경찰이 미성년자 음주에 대한 조사를 벌인 모양이었다. 그 과정에서 학교에 연락해 학생들 교육을 잘해 달라고 말했던 것이다.

"이 자식들이 미쳤나, 진짜. 술을 마신 것도 모자라서 경찰이 학교로 전화를 하게 만들어?"

고함을 시작으로 훈계가 쏟아졌다. 나는 혼나는 와중에도 보라 누나의 발끝을 쳐다봤다. 분홍색 삼선 슬리퍼 밖으로 빼꼼히 보이는 흰 양말에서 지난 주말의 흔적이라도 찾아내려는 것처럼 시선을 고정했다. 그렇게 한곳을 응시하는 사이, 폭풍이 지나갔다. 한참 열을 내던 부장 선생님은 학생생활교육위원회를 열어서 적절한 징계를 내릴 거라는 말로 훈계를 마무리했다. 때마침 1교시를 알리는 종이 쳤다.

"김보라만 남고 다 나가."

어째서 보라 누나만 남으라고 할까. 우리는 의아해하면서도 아무런 말 없이 자치실을 나갔다. 누나네 담임과 부장 선생님을 제외한 다른 선생님들도 전부 나왔다. 나는 요의가 전혀 없었지만 담임에게 화장실에 들렀다가 교실로 돌아가겠다고 말했다. 그러고는 복도에 다른 사람들이 보이지 않을 때, 다시 살그머니 자치실 앞으로 갔다. 상황을 봐서 누나를 기다릴 셈이었다. 일이 어떻게 마무리되었는지, 모두 돌아가고 난 이후에도 괜찮았는지, 혹시 조금 더 말해 줄 수 있다면 대체 언제부터 그렇게 지내 왔는지 알고 싶었다. 오늘은 물어봐도 괜찮지 않을까 생각하면서 문 앞에 등을 기댔다.

"그래서 어머니 상태는 더 안 좋아지셨니?"

순간 안에서 선생님 목소리가 들렸다. 자치실은 교실 하나를 임시 벽으로 나눠서 만든 작고 부실한 공간이었고, 이미 1교시가 시작해서 복도는 조용했다. 안에서 말하는 소리가 조곤조곤 들려왔다.

"알코올중독 때문에 치료받고 계시다고 했잖아."

"네. 그런데 워낙 어릴 때부터 술을 마시던 거라 의사 선생님도 어쩔 수 없대요. 원래 어려서부터 술을 마시면 뇌가 영향을 더 크게 받는대요, 이미 전두엽 기능이 많이 상해서. 일단은 조만간 입원하자고 하셨어요."

"그럼 너 혼자 집에 있는 거 아니야? 선생님이 지난번에 말했던 가정 위탁을 다시 생각해 보는 건……."

"일단 이모가 가끔 들르기로 했어요."

"보라야, 네가 정신 똑바로 차리고 있어야 해."

누나 담임은 부드럽게 그러나 단호한 어조로 말했다. 누나 발가락이 꼼지락거리고 있을 거라는 생각이 들었다. 아까 부장 선생님의 훈계를 들을 때도 그랬다.

"어머니 상황을 뻔히 아는 네가 이렇게 술을 마시면 어떡하니."

누나는 대답하지 않았다. 긴 침묵 후에 간신히 속삭이
듯이 말하는 소리가 들렸다.

"네."

그 소리가 너무 가냘프게 들려서 나는 더 듣고 있을 수
가 없었다. 이대로 마주친다고 해도 저토록 기운 없는 사
람에게 뭘 묻고 무슨 대답을 요구할 수 있을까. 취조하는
것도 아니고. 나는 몸을 돌려 복도를 향해 걸었다. 열 걸
음 정도 걸었을까. 뒤에서 드르륵하고 문이 열리는 소리
가 들렸다. 부장 선생님은 나를 알아보고는 당장 불러 세
워서 혼을 냈다.

"보라랑 거기 너 1학년은 바로 교실로 돌아가!"

부장 선생님은 야멸차게 말하고 옆에 선 누나 담임에
게 수업이 없으면 잠깐 얘기 좀 하자고 말했다. 보라 누
나나 이번 음주 사건에 대한 얘기일 것이다.

졸지에 나와 보라 누나는 둘이서 어색하게 빈 복도를
걸었다. 손에서 땀이 났다. 힐끗 본 누나 옆얼굴에는 이
렇다 할 표정이 없었다. 이 기류가 불편한 사람도 오직
나 혼자인 것 같았다. 1학년과 2학년이 갈리는 복도 끝
계단 앞에서 나는 간단하게 고개를 숙이는 것으로 인사
를 건넸고, 누나도 마찬가지로 가볍게 고개를 까딱했다.

232

내가 막 돌아서서 계단을 내려가려는데 누나가 작은 탄성을 냈다. 그러고는 곧 나를 불렀다.

"아, 동민아."

축제에서 노래를 부르던, 내가 반했던 그때 그 목소리였다.

"토요일에는…… 고마웠어."

누나는 웃었다. 편안한 미소였고, 그게 전부였다. 멍든 손이 욱신거렸다. 나는 다시 한번 고개를 끄덕이고는 계단을 내려갔다. 고답이는 여전히 고답이였다.

1학년 교실로 내려가는 동안, 나는 누나와 내가 앞으로 더 가까워지는 일은 없을지도 모른다고 생각했다. 누나에 대한 미숙한 감정과 지난 토요일 사건은 묘하고 씁쓸한 기억으로만 남겨지게 되리라는 직감이 들었다. 지겹도록 불리던 우스꽝스러운 별명처럼 말이다. 그건 살면서 몇 번쯤 경험하게 되는 어떤 종류의 기민함 혹은 설명하기 어려운 확신이었다. 갑자기 가슴을 후려치는 통증이 느껴졌다. 나도 모르게 걸음을 멈추고 내려왔던 계단을 천천히 올려다봤다. 그리 많이 내려온 것 같지도 않았는데, 누나는 보이지 않았다. 분홍색 슬리퍼나 하얀 양말조차도 없었다. 텅 빈 공간이 몹시 외롭게 느껴졌다.

'누나는 왜 술 마셔요?'

'내 주변 사람들은 다 마셔. 다들 마시니까 나도 그냥 마셨어. 이게 뭐길래 그럴까 싶은 호기심도 있었고, 나만 안 마시면 또 춥고 외롭거든.'

보라 누나는 언제까지 춥고 외로울까.

나는 울고 싶어졌다. 갑작스러운 통증은 물리적인 아픔이 아니었다. 그건 커다란 슬픔이었다. 누나의 춥고 외로운 시간이 너무 길지 않았으면 좋겠다고, 나는 속으로 여러 번 되뇌었다.

'왜 청소년은 술을 마시면 안 되나요?'라는 질문에 누구든 제대로 대답할 수 있어야 한다. 음주는 대수롭지 않은 문제가 아니고, 뭔가에 중독되는 것은 결국 자신의 의지를 벗어나는 일이라는 점을 청소년이 알아야 한다고 생각한다. 술을 마시지 않아야 하는 가장 큰 이유는 역시 뇌 문제이다. 청소년의 뇌는 중독 물질에 훨씬 더 쉽게 영향을 받는다. 뇌가 아직 건축 단계이기 때문이다. 뇌를 건축하는 중에 뇌에 일시적 손상을 유발하는 알코올(술)이 들어오면 어떻게 될까? 당연히 뇌가 영향을 받는다. 청소년기 음주로 인한 뇌 손상은 훗날 알코올성 치매를 불러일으키거나 충동적이면서 감정 조절이 어렵도록 만든다. 더구나 전문가들은 음주를 시작한 나이가 이를수록 알코올중독이 될 가능성이 높을 뿐만 아니라 정신적인 문제를 동반하는 경우가 더 많다고 말한다. 한 걸음 더 나아가서는 알코올 '중독'에 이르게 만드는 심리적 요인들도 생각해 보는 것 역시 필요하다. 〈고답이〉에서는 보라와 여러 인물을 통해서 그 이야기를 한다.

두 가 지 세 계 —

게임
중독

두 가지 세계

"오투 님, 그쪽으로 겐지 가요, 겐지!"

헤드폰 안에서 까랑까랑한 목소리가 울렸다. 같은 팀 플레이어인 동글밤 님 목소리였다. 정말로 상대 팀 캐릭터 겐지는 어느새 내 앞에 훌쩍 다가와 있었다. 나는 바로 화살을 쐈다. 명중했으나, 상대도 바로 힐(Heal)을 먹었다. 순식간에 겐지의 체력이 차올랐다.

'아, 저쪽 힐러가 쓸 만하네.'

겐지와 상당히 떨어져 있었는데도 적절하게 힐을 공급해 줬다. 나는 상대 팀 힐러를 탐내면서 빠르게 공격을 컨트롤했다. 연달아 명중한 화살 덕분에 겐지가 죽었다. 나는 즉시 다음 공간으로 이동하면서 헤드폰 마이크에 대고 작게 한마디 중얼거렸다.

"힐 먹어도 내가 잡아 버리면 그만이지."

"아, 오투 님. 또 멋있는 척한다."

팀원들이 나에게 핀잔을 주면서 웃었다. 헤드폰 안이 시끄러웠다. 나도 팀원들을 따라 웃으면서 바로 앞에서 알짱거리는 상대 팀의 서브탱커 디바를 쏴 죽였다. 팀원 중 누군가가 호오, 감탄했다. 기세를 몰아 빠른 속도로 상대 팀을 하나하나 제거해 나갔다. 팀원들도 다들 컨디션이 좋았지만, 늘 그렇듯이 내가 가장 좋은 플레이를 하고 있었다.

우리 팀의 승리가 확정되자 기분 좋은 짜릿함이 명치부터 두피까지 찌르르 올라왔다. 손에 찬 땀을 바지에 문질러 닦았다. 긴장이 풀려서 그런지 갑자기 화장실이 가고 싶어졌다. 피시방에 들어오면서 주문했던 포도 맛 음료는 어느새 거의 바닥나 있었다. 팀원들에게 양해를 구하고 후다닥 화장실을 다녀왔다. 자리로 돌아오면서 둘러보니 주변 좌석에 내 또래로 보이는 애들이 꽤 많았다.

'역시 일요일 오후는 게임이지, 게임. 어?'

동질감이 들어서 흐뭇하게 둘러보는 중, 문득 익숙한 얼굴이 하나 스쳤다. 처음에는 잘못 본 줄 알고 다시 돌아봤지만 아니었다. 쌍꺼풀 없는 큰 눈과 동그란 안경,

눈썹을 건드리는 앞머리와 화장한 것만큼이나 하얀 피부. 전체적으로 멀끔하게 생긴 얼굴이 모니터에 빨려 들어가기라도 할 것처럼 집중하고 있었다. 자판 위에 놓인 손가락도 빠르게 움직였다.

'한준우?'

3학년 4반 한준우였다. 반도 달랐고 서로 알고 지내는 사이도 아니었다. 그런데도 내가 단번에 한준우를 알아본 것은 그 애가 그럴 만한 애였기 때문이었다. 한준우는 공부를 잘했다. 그러나 이 녀석이 유명한 건 단순히 공부를 잘해서가 아니었다. 원래 공부에 별로 두각을 드러내지 않았는데, 작년부터 갑자기 성적이 확확 오르더니 이번 중간고사 때는 기어코 전교 10등을 했기 때문이었다. 더구나 한준우와 같은 초등학교를 나온 녀석들이 "쟤 5, 6학년 때까지만 해도 저런 분위기의 애가 아니었다."라든지 "원래는 맨날 책상에 엎드려 있던 애였다." 하고 떠들고 다닌 덕분에 이런저런 호기심을 자극하기도 했다. 무엇보다 잘생긴 외모가 더해져서 그 애는 자기도 모르는 사이에 학교에서 은근히 유명해져 있었다.

'뭐야, 쟤도 피시방을 와? 설마 여기서 숙제를 하거나 인터넷 강의를 듣는 건 아니겠지?'

집중한 눈빛과 그 애가 쓴 안경에 비치는 현란한 색감, 자판 위에서 빠르게 움직이는 손놀림으로 봐서는 그럴 리가 없었다. 저건 분명히 게임이었다. 한준우가 앉은 자리를 지나쳐 가면서 나는 다시 한번 정말 그 애가 맞는지 확인했다. 물론 여지없이 한준우였다. 무뚝뚝한 얼굴로 게임에 몰두하고 있는 모양새가 의외로 피시방과 잘 어울렸다.

'신기하네.'

그렇게 생각하는 찰나였다. 자리에 도로 앉기도 전에 주머니에서 핸드폰 진동이 울렸다. 엄마 전화였다. 순식간에 한준우에 대한 생각이 사라졌다.

"어디니?"

엄마 목소리를 듣는 순간, 기분은 바닥으로 내팽개쳐졌다. 짧은 어절 속에서도 명확하게 느껴지는 피로감 때문이었다. 엄마는 그 어떤 말도 단조롭고 푸석하게 들리도록 말하는 능력이 있었다.

"너 또 피시방 간 거 아니지?"

"아, 뭐래. 아니야. 잠깐 친구네 들렀어."

나에게는 일요일에 집에 놀러 갈 만큼 친한 친구가 없었지만 부모님은 내 친구 관계가 어떤지 알지 못했다.

"얼른 와. 너 빼고 다 식당에 도착했다."

마지막 말을 듣고서야 무엇을 까먹고 있었는지 기억났다. 내일이 바로 엄마 생일이었고, 오늘 저녁에 가족끼리 외식을 하기로 했다. 나는 까먹은 적이 없었던 것처럼 태연하게 이제 나간다고 말하고 전화를 끊었다. 물론, 바로 나가지 않았다. 그러기엔 오늘 게임이 너무 잘 풀렸다. 나는 대전을 세 번 정도 더 치르고서야 몸을 일으켰다. 밖으로 나갈 땐 이미 우연히 마주쳤던 한준우에 대한 생각은 한 줌도 남아 있지 않았다.

뒤늦게 식당에 도착했을 때, 가족은 이미 식사에 열중하고 있었다. 막내를 어르고 달래 가며 고기를 입에 넣어 주던 엄마가 화낼 기운도 없다는 듯이 혀를 찼다.

"뭐 하다 이제 오니. 가족 외식을 1년에 몇 번이나 한다고 이것도 늦어?"

고무줄로 대충 묶은 머리와 초췌한 얼굴에서 엄마의 피로가 느껴졌다. 그 피로에 큰 지분을 차지하고 있는 여섯 살 막내는 늘 그보다 더 어린 아기처럼 굴었다. 누나는 무뚝뚝하고 심드렁한 표정으로 핸드폰만 보고 있었고, 아빠는 이미 얼큰하게 취해 있었다. 가족의 생일 기념 외식이라고는 생각할 수 없는 분위기였다.

"너 정말 피시방 안 갔어?"

엄마 눈에서 의심이 가시지 않았다. 괜히 아무렇지 않은 척 컵에 물을 따르는데 아까부터 칭얼거리던 막내가 발로 컵을 툭 쳤다. 하마터면 엎을 뻔했다. 엄마는 결국 어휴, 하고 한숨을 쉬며 핸드폰을 꺼냈다. 동영상 키즈 채널을 틀어 주고 나서야 막내는 주체 못하고 뿜어내던 에너지를 진정시켰다.

"아, 그러니까 진작 틀어 주지 그랬어."

아빠가 인상을 팍 썼다. 술이 들어가서 그런지 언성도 높았다. 엄마는 스마트폰이 아이를 얼마나 멍청하게 만드는지 아느냐고 화를 냈다. 옆에서 고기를 씹던 누나가 젓가락을 탁 내려놓았다.

"아 좀, 그냥 조용히 밥 먹으면 안 돼요?"

열여덟 살 누나는 뒤늦은 사춘기를 혹독하게 치르는 중이었다. 근래에는 핸드폰을 하다가 떨어뜨리기만 해도 오만 짜증을 부렸다. 그래도 누나는 첫째였고, 특별히 부모님 속을 썩이는 일도 없었고, 공부도 잘했다. 성격이 지랄 맞은 것만 빼면 모범적인 학생이었다. 부모님도 누나에게는 훨씬 상냥했다. 내가 부모라도 뭐 하나 잘난 게 없는 나보다 공부도 학교생활도 잘하는 누나가 더 예뻤

244

을 것이다. 다만 부모님은 종종 특별한 악의 없이 비교하
는 말을 했는데, 그건 정말 싫었다. 이를테면 '네 누나는
알아서 자기 할 일을 잘하는데 너는 왜 그러니?', '누나
처럼 좀 깔끔하게 하고 다니렴.', '네 누나처럼 뭐라도 잘
하고 열심히 하는 게 있어야 인기도 많은 거야.' 같은 말
들이었다.

부모님은 서로 더 대꾸하지 않았다. 식당 안의 다른 테
이블은 모두 웃고 떠드는 소리로 시끄러웠지만 우리 가
족이 앉은 테이블은 고기 굽는 소리와 막내가 보는 동영
상 소리만 들렸다. 누나 말대로 모두 조용히 밥을 먹었
다. 얼마 남지 않은 엄마 생일을 축하하기 위해 시작한
외식이었는데 엄마는 오히려 피곤해 보였고, 익숙하지
않은 가족 외식은 어색하기 짝이 없었다.

"엄마, 다음 주는 쉬는 날이 언제야?"

테이블 위로 흐르는 고요가 마치 화목하지 않은 집안
의 표증인 것만 같았다. 나는 그런 분위기가 싫어서 억지
로 입을 열었다. 대형마트에서 캐셔 일을 하는 엄마는 고
단한 표정으로 휴무일을 헤아렸다.

"다음 주는 휴무 없어."

그 말을 기다렸던 것처럼 갑자기 아빠가 끼어들었다.

"엄마가 이렇게 고생하는데 너도 공부 좀 열심히 하고, 막내도 잘 돌보고 그래야지. 주영이 너 학원 잘 나가고 있냐? 등급은 좀 올랐어?"

그냥 조용히 있을걸. 후회가 밀려왔다. 아빠는 본격적으로 잔소리를 시작했다. 잔소리가 부모가 할 수 있는 최고의 부모 노릇이라고 생각하는 사람 같았다. 너도 이제 곧 고등학생이 되니 꿈에 대해 진지하게 생각해 봐야 하지 않겠냐는 얘기부터 시작해서 한 달 학원비가 아깝지 않도록 최선을 다해 보라는 얘기, 친구들도 다양하게 사귀어 보라는 친구 관계에 대한 점검까지 빼먹지 않았다. 술 때문에 말이 더 많은 것 같았다. 나는 대충 고개를 끄덕이고는 고기를 먹는 데만 열중했다. 우리 테이블은 곧 다시 조용해졌다.

월요일 아침에 엄마는 자기 생일 미역국을 직접 끓였다. 아빠는 이미 일찌감치 출근한 뒤였고, 누나는 등교 준비를 하면서 저녁에 케이크를 사 올지 물었다. 엄마는 그런 데 돈 쓰지 말라고 퉁명스럽게 대답했다. 거기서부터 두 사람의 목소리가 커지면서 싸움이 되었다. 누나는 생각해 줘도 난리라고 쏘아붙였고, 엄마는 돈은 땅 파서 나오냐고 받아쳤다. 그 소리에 막내가 깨서 칭얼거렸다. 엄마가 작게 욕을 중얼거렸다. 누군가의 생일에도 화목하거나 단란하지 못한 이 상황이 마치 음습하고 날카로운, 실패한 블랙코미디 같았다. 나는 집이 그리 달갑지 않았다. 그리고 안타깝게도 학교도 달갑지 않기는 마찬가지였다.

솔직히 말해서 나는 반에서 겉돌았다. 작년까지는 꽤 친하게 지내는 친구들이 있었는데 3학년으로 올라오면서 가장 친한 녀석은 전학을 갔고, 다른 애들과는 반이 달라지면서 점차 소원해지다가 가끔 연락을 주고받는 정도가 되었다. 엎친 데 덮친 격으로 3학년을 시작할 때 처음 내 자리 주변에 앉은 애들이 하필이면 소위 말하는 일진 같은 애들이었다. 거기에 내 소극적인 성격이 겹쳐서 여태 깊은 친구 관계를 만들지 못했다. 그렇다고 공부를 잘하지도 않았기에 나는 학교에 있는 내내 종례만을 기다렸다. 그리고 마침내 학교가 끝나면 종종 학원에 가기 전 남는 시간을 피시방에서 보냈다. 하루 중 가장 마음이 편한 시간이었다. 게임에 접속하면 먼저 들어와 있던 팀원들이 늘 나를 반겨 줬다.

"오투 님, 기다리고 있었어요!"

현실에 있는 친구들보다 게임에서 만난 친구들이 더

편했다. 커다랗고 푹신한 피시방 의자에 여유 있게 등을 기대고 게임을 시작했다. 치열한 대전을 몇 판 치르고 연승을 거듭하다 보니 갈증이 났다. 음료수를 하나 주문할까 하다가 이번 달 용돈이 얼마 남지 않았다는 걸 깨달았다. 음료수는 포기하고 정수기로 향하는데 또다시 의외의, 그러나 낯익은 얼굴이 눈에 들어왔다.

'엥? 또 한준우네?'

하얀 얼굴이라서 그런지 유난히 눈에 띄었다. 어제오늘, 이틀 연속으로 피시방에서 한준우를 보다니. 의외로 게임을 좋아하는 앤가 싶었다.

'아니지. 내가 여길 일주일에 최소 네 번은 오는데, 며칠 전만 해도 여기서 저 애를 본 적이 없잖아.'

뭐야, 그럼 최근에 게임에 맛 들인 건가. 하지만 그렇다고 생각하기엔 얼핏 보이는 손놀림이 능숙했고, 컨트롤도 익숙해 보였다. 나는 조금 더 그 녀석을 쳐다보다가 곧 재미가 없어져서 신경을 껐다. 다시 한준우를 의식한 것은 피시방에서 나갈 때였다. 한창 대전에 몰입하는데 핸드폰 알람이 울렸다. 학원 갈 시간을 알려 주는 알람이었다. 체감상 흐른 시간은 한 시간인데, 어떻게 실제로는 두 시간이 지나 있을 수 있는지 늘 놀라웠다. 가기 싫어

죽겠는 마음을 억지로 붙들고 자리에서 일어났다. 나는 나가는 길에 한준우가 있던 자리를 힐끔 봤다. 그 자리는 비어 있었다.

'뭐야, 나보다 늦게 들어온 것 같은데 언제 나갔지? 한 시간 하고 나갔나?'

어떻게 딱 한 시간만 하고 갈 수가 있지? 그래서 모범생인가? 꼼짝 않고 집중하던 하얀 얼굴이 떠오르자 괜히 불퉁한 마음이 들었다. 그동안 학교에서 가깝게 마주친 적이 없었는데, 가까이에서 보니 확실히 분위기가 남달랐다. 잘생겨서 그런 게 아니라 전체적으로 올곧고 단정한 분위기였다. 뭐랄까, 좋은 집안에서 잘 자란 도련님 같은 느낌이랄까. 그 애의 집안 배경에 대해선 아는 바가 없었지만 괜히 그런 생각이 들었다. 좋은 집안, 오순도순한 가정 안에서 자랐다면 저렇게 딱 한 시간만 하고 게임을 끄는 일도 왠지 가능할 것 같았다.

'저러니 애들이 관심을 갖지.'

저런 애들은 아마 학원에서도 학교에서만큼 똑바르게 공부하겠지. 아무도 뭐라고 하지 않았는데 괜히 입 안이 썼다.

학원에 도착했을 때, 수업 시간은 이미 15분 정도 지나 있었다. 나는 강의실 문을 조용히 열었다. 학생들이 무심한 얼굴로 뒤를 힐긋 봤다가 그 표정 그대로 다시 칠판을 바라봤다. 선생님은 나를 보고 눈썹을 들썩였다. 그 누구에게서도 환영의 기색은 읽히지 않았다.

"또 지각이지, 박주영."

선생님의 신경질적인 목소리가 귀에 꽂혔다. 몸을 움츠리며 가만히 자리에 앉자 선생님은 다음에 또 늦으면 엄마한테 전화를 하겠다고 엄포를 놨다. 오늘이 엄마 생일이라는 사실이 다시 생각났다. 오늘 엄마한테 전화가 가지 않는 게 그나마 다행이었다. 가만히 두어도 지쳐 있는 엄마, 생일인데 케이크 사는 것조차 아까워하는 엄마에게 다른 근심거리를 얹어 주고 싶지 않았다. 엄마는 나까지 돌아볼 여유가 없는 사람이었다.

선생님은 혀를 한 번 쯧, 차고는 다시 수업을 진행했다. 칠판에 써진 숫자와 a, b, x, y 같은 알파벳 몇 개를 억지로 머리에 욱여넣으려 했지만 좀처럼 집중할 수가 없었다. 문득 피시방에 늦게 들어와서 나보다 일찍 나간 한준우가 생각났다. 그 녀석은 게임하다가 학원에 늦는 일은 없겠지. 기분이 더 나빠질 것 같아서 나는 애써 머리를 흔들었다.

'뭐, 썩 만족스러운 현실은 아니지만⋯⋯ 그래도 더 나빠지지 않으면 됐지.'

더 나빠지지 않으면.

그게 내가 할 수 있는 최고의 긍정적인 생각이었다.

✦

내 인생에는 더 나빠질 만한 게 없었다. 적어도 내가 상상할 수 있는 범위 안에서는 그랬다. 우리 가족은 늘 각자의 삶에 찌들어 있었고, 가족 사이의 살가운 애정이나 끈끈함 같은 것은 희미해진 지 오래였다. 부모님은 나와 누나를 차별했으며, 어린 막내의 재롱은 예뻐했지만 중간에 끼어 있는 나에게는 잔소리가 많았다. 인간 박주영은 딱히 내세울 만한 게 없었다. 평범하거나 그보다 못했다. 뭔가 더 나빠질 수 있으려면 어쨌거나 지금의 나보다는 모든 것이 더 좋아야 했다. 그래서 나는 막연하게 내 인생에서 뭔가가 더 나빠지는 일, 악화의 징조나 불행한 사건이 갑자기 생기지 않으리라고 확신했다.

문제는 인생이 그리 호락호락하지 않다는 거였다. 어느 날, 2교시 쉬는 시간에 날아온 우유갑 하나가 그 얄팍한 확신에 균열을 만들었다.

그때 나는 허겁지겁 다음 시간에 내야 할 숙제를 하고 있었다. 최악은 아니었지만 더 떨어져도 괜찮을 성적이 아니었기에 온 신경을 숙제에 쏟는 중이었다. 그런데 갑자기 뭔가가 머리를 퍽 쳤다. '뭐지?' 하는 순간, 차가운 액체가 머리카락과 얼굴에 후드득 떨어졌다. 바닥을 쳐다보니 우유갑이 뒹굴고 있었다. 곧 비릿한 우유 냄새가 났다.

"야, 미안하다."

강석훈이 실실 웃으면서 다가왔다.

"석훈아, 어쩔 거야. 박주영 표정 안 좋잖아."

뒤쪽에서 강석훈 친구들이 낄낄거렸다. 나는 어색하게 대답하면서 옷소매로 얼굴에 묻은 우유를 닦았다. 얼굴보다도 머리가 젖어서 기분이 안 좋았다. 샴푸로 감지 않는 이상, 계속 냄새가 날 것 같았다.

"내가 일부러 그런 건 아니고, 우유통 안에 한 번에 넣으려고 던졌는데 네 머리가 거기 있었지 뭐야."

강석훈은 가까이 와서 크고 두꺼운 손으로 내 어깨를 두 번 툭툭 두드렸다. 워낙 체격이 있는 녀석이고, 유도를 하는 애라서 그런지 가벼운 손짓도 묵직하게 느껴졌다. 강석훈의 작고 드세 보이는 눈이 나를 빤히 바라봤다. 최대한 표정 관리를 하려고 노력했지만, 강석훈 눈썹이 꿈틀거리는 게 더 빨랐다.

"야, 내가 미안하다니까."

"어, 어…… 괜찮아."

좀 더 담담하게 말할 수는 없을까. '괜찮아.'의 끝음절이 가늘게 떨렸다. 그게 부끄러워서 나는 괜히 한숨을 덧붙였다. 후, 하고 소심하게 내뱉은 한숨은 정말 짧았고, 나는 그 정도의 숨이 강석훈 심기를 건드릴 것이라곤 생각하지 못했다. 강석훈이 황당하다는 듯 허, 웃었다.

"씨발, 미안하다고. 야, 미안하다니까?"

"아, 괜찮다고."

어느 정도의 대꾸가 선을 지킬 수 있는지 감이 잡히지 않았다. 강석훈이 손으로 내 어깨를 퍽 밀었다. 가벼운 동작에도 나는 휘청거렸다.

"표정 안 풀어?"

그럼 이 상황에 웃으랴. 눈을 딱 감고 억지로 웃고 싶어도 못 웃을 분위기였다. 강석훈 얼굴은 더욱 사나워졌다. 반 애들은 말릴 용기가 없는 건지 아니면 의지가 없는 건지, 모두 멀찍이 떨어져서 이쪽을 노골적으로 쳐다보고만 있었다. 강석훈이 상스러운 욕을 몇 마디 더 지껄

이면서 바짝 붙어 섰다. 순간 머리털이 쭈뼛 섰다. 나는
반사적으로 입을 열었다.

"미안."

"뭐?"

"미안하다고."

나는 잘못한 게 없는데도 강석훈에게 사과했다. 강석
훈은 몇 초간 나를 빤히 내려다보다가 푸핫, 웃음을 터뜨
렸다.

"주영이 쫄았네, 귀여운 새끼. 알겠어, 임마. 안 때려,
안 때려."

강석훈은 진심으로 재밌다는 듯이 어깨를 들썩여 가며
웃었다. 커다란 덩치가 꿀렁일 때마다 모멸감과 안도감
이 번갈아 가며 불쑥 솟았다. 강석훈 뒤에서 그 애 친구
들이 비아냥거렸다.

"와, 박주영 존나 웃겨. 자기가 뭐 잘못한 게 있다고
사과를 해."

"우유갑에 맞아 놓고 사과하는 병신이 다 있네."

강석훈과 그 애 친구들은 곧 아무 일도 없었던 것처럼
와자지껄 떠들며 복도로 나갔다. 나도 아무렇지 않은 척
책상에 튄 우유 자국을 대충 닦고 자리에 다시 앉았다.

그 순간, 누군가가 웃음기 실린 목소리로 불쌍하다고 말하는 게 들렸다. 어디서 들렸는지, 누가 한 말인지 알 수 없었다. 하지만 알았다고 한들, 뭘 할 수 있는 것도 아니었다.

쉬는 시간이 끝나고 다른 반에 놀러 갔던 짝꿍이 돌아왔다. 교실에서 무슨 일이 있었는지 알지 못하는 그 애는 자리에 앉은 뒤 몇 분이 채 지나지 않아 인상을 쓰고 코를 킁킁거렸다.

"뭐야. 어디서 우유 비린내가 나는 것 같은데?"

그러더니 냄새의 근원지가 나라는 것을 알고는 은근슬쩍 의자를 떨어뜨려 앉았다. 그날, 나는 집에 갈 때까지 홧홧한 가슴을 다스릴 수 없었다.

사실 사건 자체는 그리 대단한 일이 아니었다. 내가 좀 비굴하게 행동하기는 했지만 강석훈한테 맞은 것도 아니었고, 큰 소란이 있던 것도 아니었다. 그런데도 그 일을 기점으로 분위기가 바뀌었다. 바로 다음 날부터 애들이 묘하게 나를 무시하는 듯한 느낌이 들었다. 어색한 불청객을 대하는 느낌 같은 것. 그러나 그보다 더 최악은 강석훈 무리가 내게 관심을 두기 시작했다는 거였다.

"주영아, 뭐 먹어?"

매점에서 빵과 음료수를 사서 올라오는데, 하필이면 강석훈네 애들을 마주쳤다. 강석훈은 친한 친구를 만나기라도 한 것처럼 내 어깨에 팔을 두르고 아직 뜯지도 않은 빵 봉지를 멋대로 뜯었다.

"야, 내가 또 피자빵 졸라 좋아하거든. 한 입만 먹자."

"어? 어⋯⋯."

강석훈은 대답의 떨떠름한 기색은 신경도 쓰지 않고 빵을 크게 한 입 물었다. 이 자식은 덩치뿐만 아니라 입도 큰지 한 입에 빵의 반이 날아갔다. 주변에 있던 강석훈 친구들이 왜 자기는 안 주냐며 눈을 부라리더니 내 빵을 각각 한 입씩 나눠 먹었다.

"헐. 야, 너네는 왜 먹냐고. 주영이 빵 없어졌잖아!"

강석훈이 케첩과 마요네즈가 묻은 빵 포장지를 구겨서 내 손에 고이 쥐여 주었다. 다른 애들은 자기들끼리 낄낄거리면서 주영이 배고픈데 어쩔 거냐며 서로를 탓했다. 강석훈은 나를 지나쳐 가면서 한마디 덧붙였다.

"야, 주영아. 우리 내일은 단팥빵 먹자."

그러니까 나는 일명 빵셔틀 비슷한 뭔가로 낙찰이 되었다. 속에서 욕지거리가 올라왔다.

'와, 씨. 인생 뭐 이러냐.'

안 좋은 쪽으로 급히 전진하기 시작한 상황들 속에서 학교는 더욱 달갑지 않은 곳이 되었다. 애석하게도 집도 마찬가지였다. 아빠 회사가 월급을 석 달가량 제때 주지 못하는 탓에, 기말고사가 다가올수록 예민해지는 누나의 성깔 탓에, 하루가 멀다 하고 막내의 유치원 선생님이 애가 너무 산만하다고 전화해 대는 탓에, 집안 분위기도 더 안 좋아지고 있었다. 학교에서도, 학원에서도, 집에서도 내 마음은 편치 않았다.

나는 억지로 학원을 다녀온 뒤에 좁아터진 내 방구석의 낡은 매트리스로 엎어졌다. 내일 학교에서 있을 영어 수행평가 때문에 공부해야 한다는 생각이 머릿속을 떠다녔다. 하지만 마음이 심란하다 보니 도무지 책상 앞에 앉을 기력이 생기지 않았다. 그러는 와중에 밖에서는 막내가 방문을 발로 쾅쾅 차면서 총싸움하자고 소리를 질렀다. 울화통이 치밀어서 나도 모르게 버럭 "좀 꺼져!" 하고 소리를 질렀다. 곧 아빠가 씩씩거리며 방문을 열었다. 월급 문제로 아빠는 신경이 부쩍 날카로웠다.

"야, 이 새끼야. 동생이 좀 놀아 달라는데, 뭐? 꺼져? 공부하는 것도 아니고 퍼져서 누워 있으면서 동생이 좀 놀아 달라는 것도 못 들어줘?"

아, 정말이지 모든 게 최악이었다. 아빠가 성질을 부리자 방에서 누나가 시끄럽다고 소리를 빽 질렀다. 동생은 엉엉 울면서 엄마에게 안겼다. 엄마는 나를 힐긋 보고는 또 피로감 가득한 한숨을 내쉬었다. 나는 방문을 닫고 어떻게든 책상 앞에 앉았으나 펼쳐 놓은 영어 수행평가 문제지가 단 한 글자도 머리에 들어오지 않았다. 아까부터 속에서 열불 천불이 나서 미칠 것 같았다.

"에이 씨. 게임이나 하자."

공부고 나발이고 일단 답답한 가슴을 어떻게든 해소해야 했다.

'일단 한두 시간만 하고, 수행평가 좀 공부하고 자면 되겠지.'

처음에 내가 생각한 시간은 정말 딱 한두 시간이었다. 그 정도만 게임을 하고 스트레스를 풀면 마음도 어느 정도 가라앉아서 지금보다는 훨씬 편한 상태로 공부도 하고 잠도 편히 잘 수 있을 거라고 생각했다. 그러나 결국 나는 네 시간 가까이 게임을 하고서 새벽 2시 무렵에 확 몰려드는 피로를 이기지 못하고 비로소 게임을 껐다. 게임하는 동안 잊을 수 있었던 짜증 나는 생각들은 가상의 세계에서 벗어나자마자 도로 스멀스멀 몰려왔다. 수행평가는 제쳐 두고 매트리스에 누웠지만 잠이 드는 그 순간 까지도 골치가 아팠다.

✦✦

눈가가 저릿했다. 머리도 지끈거렸다. 최근에 2, 3일 동안 게임을 하다가 새벽에 잠을 잔 탓이었다. 엄마도 아빠도 누나도 나를 한심하게 생각했지만 나도 별수 없었다. 가만히 있으면 한층 더 나빠진 현실이 자꾸 마음을 어지럽혔고, 그럴 때면 무엇에도 집중할 수 없었다. 유일하게 게임만이 내 복잡한 마음과 머리를 쉬게 해 줬다.

문제는, 다시 현실로 돌아왔을 때 생기는 부작용이었다. 차곡차곡 쌓인 수면 부족 때문에 속까지 자주 울렁거렸다. 몰려오는 졸음에 눈앞이 가물가물해질 즈음, 꿈인지 상상인지 아니면 현실인지 모호한 장면들이 아른거렸다. 게임 화면이 나타나면서 팀원들의 말소리가 들렸다. 그러다 한순간에 다른 게임으로 장면이 바뀌었다. 둥실둥실 떠 있는 기분이었다.

"박주영."

누군가가 내 이름을 불렀다. 먼 곳에 시작되는 소리 같았다. 대답하려고 입술을 달싹이는데 문득 '내 이름은 박주영이 아니라 오투인데.'라는 생각이 들었다. 우리 팀원들이 언제 내 실명을 알았지.

"박주영!"

방금보다 더 강한 목소리가 들렸다. 화가 난 것 같기도 했다. 무거운 입술을 억지로 벌리는데 누가 내 몸을 강하게 흔들었다.

"야, 일어나. 선생님이 너 부르잖아."

그제야 정신이 번쩍 들었다. 내가 후다닥 고개를 들자 반 아이들이 와하하, 웃었다.

"아, 더러워! 침 흘렸어!"

누군가가 소리쳤다. 과연 입가가 축축했다. 교과서도 펴지 않은 채로 엎어져 잠들었던 모양인지 텅 빈 책상에는 흘러서 고인 침만 한웅덩이였다. 선생님은 기가 막힌다는 듯이 한숨을 쉬었다.

"저녁에 대체 뭘 하길래 대놓고 잠을 자냐? 주영이 너 요즘 수업 태도가 더 안 좋아지는 것 같다?"

선생님 잔소리에 나 대신 강석훈네 애들 중 한 명이 "주영이, 밤마다 야동 본대요!" 하고 근거 없는 내용을 멋대로 지껄였다. 애들 몇 명이 낄낄 웃었다. 선생님은 한심하다는 표정으로 교실을 둘러보고는 다시 나를 쳐다봤다.

"지난번에 본 영어 수행평가도 처참했던 거 알지? 정신 차리자, 주영아. 너 곧 고등학생이다."

"네."

나는 대답했지만 내 귀에도 겨우 들리는 소리였다. 선생님은 더 뭐라고 하지 않고 수업을 진행했다. 쉬는 시간이 되자마자 나는 자리에 엎드려서 눈을 감았다. 어제 채우지 못한 잠이 순식간에 몰려왔다. 10분 동안 어떻게든 푹 자야 한다는 생각과 함께 잠에 빠져드는데, 뭔가가 머리를 탁 때렸다. 제법 묵직했다. 하지만 너무 졸려서, 더구나 지금 제대로 자지 않으면 다음 시간에도 졸다가 혼날 게 분명하다는 압박감 때문에 애써 무시하고 잠을 청했다. 순간 키득키득 웃는 소리가 들렸다. 웃음소리도 무시하고 자는데 잠시 후 방금보다 더 큰 충격이 탁, 머리를 때렸다. 이번에야말로 고개를 들고 주변을 둘러보자 애들 서너 명이 푸하하, 웃음을 터뜨리며 나를 쳐다봤다. 강석훈이 손사래를 치며 다가왔다.

"미안, 미안. 아니, 네가 존나 잘 자니까 애들이 이거 던져도 안 깰 것 같다고 자꾸 서브 넣어 보라잖아."

강석훈은 내 책상 주변에 떨어진 탁구공을 주웠다. 다

른 손에는 탁구채도 들려 있었다. 며칠 전, 반 애들 중 한 명이 탁구채와 탁구공을 가져오는 바람에 교실에서는 탁구가 소소한 유행을 타고 있었다. 그러나 그게 나와 이렇게 연결될 줄이야.

'지금 내 머리에 서브를 날린 거야?'

화가 났지만 일단 눌러 참았다. 내가 그대로 몸을 돌려 다시 책상에 엎드리자 강석훈이 미안하다고 하면서 내 어깨를 꾹 눌렀다.

"야, 너네 때문에 애 기분 상했잖아."

그러더니 웃음기 남은 목소리로 말했다. 오늘이야말로 내 현실에는 좋은 것이 하나도 없었다. 나를 기다리는 다른 세계가 몹시 그리웠다. 나는 학교가 끝나자마자 바로 피시방으로 향했다. 몇 분 차이로 비슷한 시간에 들어온 팀원들은 나를 격렬하게 환영해 줬다.

"오투 님, 요즘 자주 들어오시네. 완전 좋다."

"진짜 오투 님은 의리가 있다니까."

사막에서 오아시스를 찾은 사람처럼 마음이 빠듯하게 차올랐다. 헤드폰을 세팅하고 게임을 시작할 본격적인 준비가 끝나자 이제껏 움츠러들었던 어깨가 쭉 펴졌다.

"오늘 학교에서 빡치는 일이 있었는데, 여러분 만나니

까 좀 풀리네."

"왜요? 무슨 일 있었는데요?"

동글밤 님이 바로 적극적으로 물어 왔다.

"어떤 놈이 시비를 걸어서 싸웠거든요. 큰일은 아니었
는데, 그래도 학기 끝물에 싸우니까 마음이 안 좋아서."

강석훈과 싸우다니. 있었던 일도 아니었고, 앞으로도
없을 일이었지만 능숙하게 거짓말을 했다. 어차피 실제
로 아는 사람들이 아니었다. 이 정도 얄팍한 허세는 익명
과 가상 세계의 장점이 아니겠는가. 내가 말하는 대로,
생각하는 대로 나를 보여 줄 수 있는 공간이었다. 팀원들
은 누가 우리 오투 님을 건드렸냐며 내 편을 들었다. 교
실에서는 모두가 강석훈 애들의 조롱을 함께 즐기거나
방관했지만, 여기서는 그러지 않았다. 모두 내 편이었다.
더구나 나는 여기서만큼은 모두가 환영하는 능력자였다.
나는 내가 쓸 수 있는 화려한 스킬과 컨트롤로 게임을 누
볐다. 승리의 연속이었다. 게임 속 세계에 있을 때는 피
곤하지도 않았다.

짜릿함이 극에 달할 즈음, 학원 갈 시간을 알리는 핸드
폰 알람이 울렸다.

'벌써?'

역시 시간은 너무 빠르게 지나갔다. 하지만 게임 속 전투는 아직 진행 중이었다. 나는 일단 알람을 껐다. 사실 학원에 가 봐야 내용이 머리에 들어오지도 않았다. 학원에서 만나는 애들 중에서도 친하다 할 만한 애는 없었고, 공부를 못하기는 거기서도 마찬가지였다. 그러고 보니 오늘은 테스트도 있었던 것 같다. 점점 학원에 갈 마음이 없어졌다.

'에이 씨, 나도 몰라.'

갈 이유는 없었고, 가지 말아야 할 이유는 많았다. 학원에 가 봐야 우울하고 답답하기만 할 뿐이었다. 학원을 싹 무시하고 게임을 하는데 어느 순간 머리가 핑 돌았다. 점심 때 급식을 먹은 이후로 아무것도 먹지 않고 게임만 해서 그런 것 같았다. 시간은 벌써 7시였다. 나는 일단 잠깐 게임을 끄고 라면을 시켰다. 라면을 기다리는 동안 주변을 한 번 휘 둘러봤다. 화려한 게임 화면을 계속 보고 있었더니 눈이 피곤했다.

'엥? 또?'

그리고 나는 또다시 한준우를 발견했다. 일주일 만에 보는 얼굴이었다. 이쯤 되니 슬슬 반가운 마음이 들었다. 한준우는 주섬주섬 가방을 챙기며 나갈 준비를 하고 있었다. 아까 화장실을 갔을 때만 해도 없었으니까 오늘은 좀 더 늦게 와서 한 시간 정도 있다가 나가는 것 같았다. 어떻게 딱 한 시간만 하고 깔끔하게 정리할 수 있는지 역시 신기했다.

나도 모르게 그 녀석을 계속 쳐다봤다. 내가 그 애를 지나치게 빤히 보고 있다는 걸 의식한 건, 한준우가 갑자기 고개를 돌리는 바람에 눈이 마주친 뒤였다. 차라리 바로 시선을 피했다면 좋았을까. 나는 딱딱하게 굳어서 눈만 깜빡였다. 이래서야 내가 자신을 쳐다보고 있었다는 걸 알 터였다. 괜히 시비를 건다고 오해할지도 몰랐다. 우연히 봤는데 같은 학교라 반가워서 쳐다봤다고 말하면 되려나. 하지만 어떻게 말해도 이상하게 들릴 것 같았다. 한준우는 인상을 쓰고 고개를 갸웃하더니 곧 내 교복을 확인하고는 조금 당혹스럽다는 표정을 지었다. 그러더니 이내 가볍게 고개를 까딱하고 피시방을 나갔다.

"푸하."

그 애 모습이 완전히 사라지자 바로 한숨이 터져 나왔다. 주문했던 라면도 때맞춰 나왔다. 나는 아르바이트생이 가져다준 라면을 받으면서 무심코 물었다.

"저…… 방금 나간 애요. 자주 와요?"

"네? 아, 방금 그 남학생요? 가끔 와요. 그러다가 또 뜸하기도 하고."

"아…… 오래 있어요?"

"토요일에 오면 좀 오래 있고, 세 시간 정도? 오늘처럼 평일에 오면 한두 시간만 하고 갈걸요?"

아르바이트생이 말하면서 얼굴을 찌푸렸다. 곧이곧대로 대답해 주기는 했지만 미심쩍다는 표정이었다. 나는 황급히 변명했다.

"아니, 아는 애 같은데 확실하지가 않아서요."

"아, 네."

여전히 표정이 안 좋았다. 어쩌면 다음에 한준우가 왔을 때, 17번 자리에 앉았던 네 또래 남자애가 너에 대해서 묻더라고 알려 줄지도 몰랐다. 진짜 최악이었다. 나는 제발 아르바이트생이 오지랖 넓은 사람이 아니기를 바라면서 라면을 입에 밀어 넣었다.

'가끔 온다고?'

그럼 오가면서 또 마주치려나. 하지만 또 마주쳐서 뭘 어쩌겠다는 걸까, 나는. 그렇게 생각하면서도 묘하게 마음이 들떴다. 이상한 마음이었다. 한준우의 잘난 모습이 아니꼬우면서도 안면을 트고 지내면 어떨까 싶은 은근한 기대감이 생기는 마음.

'짜증 나네.'

하지만 생각해 보니 그런 느낌조차도 내가 한준우보다 못한 사람이라는 걸 확인시켜 주는 듯했다. 나는 고개를 흔들어서 생각을 흩었다. 서둘러 라면을 다 먹고 다시 게임에 빠져들었다. 그제야 비로소 마음이 편했다.

피시방을 나올 때는 평소보다 걸음이 더 무거웠다. 작정하고 학원을 빠졌다는 사실이 유난히 마음을 짓눌렀다. 집에 들어갔을 때 가장 신경이 쓰였던 건 엄마였다. 학원에 빠졌다는 연락을 받았을까. 다행히 엄마는 신경질적이기는 했지만 학원 이야기는 꺼내지 않았다. 평소와 똑같이 엄마는 때와 구김이 덕지덕지 묻어난 모습으로 끊임없이 집안일을 했다. 엄마 입에서 간간이 아빠를 향한 원망이나 누구도 귀담아듣지 않는 불평이 툭툭 나왔다. 누나는 그마저도 신경이 쓰인다며 제 방에서 빽 소리를 질렀다. 엄마가 한층 작아진 목소리로 자식새끼 키워 봐야 소용없다고 구시렁거리는 게 들렸다. 테이프를 들고 바닥에 붙은 머리카락을 모으던 엄마는 내 방을 휙 쳐다봤다. 문을 열어 놓고 엄마를 관찰하던 내 눈과 엄마 눈이 마주쳤다.

"뭘 그렇게 멍하니 있어? 공부를 하든지 엄마를 좀 도와주든지."

나는 조용히 방문을 닫았다. 철컥, 문이 닫히는 소리와 함께 마음은 더욱 무거워졌다. 문득 이 세상이 땅끝으로 꺼졌으면 좋겠다는 마음이 들었다. 나는 한동안 매트리스에 엎드려서 퀴퀴한 냄새를 맡으며 뒤척였다. 그러다가 결국 슬그머니 일어나 앉았다. 도무지 편하게 잠이 들 것 같지 않았다. 나는 핸드폰 게임과 컴퓨터 게임 중 뭘 할지 고민하다가 핸드폰 게임을 들었다. 피시방을 가지 않을 때는 종종 핸드폰 게임도 했다. 컴퓨터 게임보다 스릴이 좀 떨어지기는 해도 머리를 비우기엔 제격이었다.

눈을 떴을 때, 핸드폰은 방전된 상태로 바닥에 떨어져 있었다. 핸드폰이 왜 나동그라져 있나 고민하는 동시에 이유가 떠올랐다. 어제 새벽 내내 핸드폰으로 게임을 하다가 어느 순간 잠이 들었다. 가뜩이나 간당간당했던 배터리는 잠든 시간 동안 착실하게 닳아 없어졌다.

'몇 시지, 지금?'

집 안이 이상하게 고요했다. 나는 이상하다고 생각하

면서 부엌으로 나갔다. 아무도 없었다. 순간 등이 오싹했다. 벽에 걸린 시계를 확인하니 9시 15분이었다. 10분 만에 등교 준비를 다 하고 집을 나올 때는 이미 자포자기한 마음이었다. 아슬아슬한 시간이었다면 모를까. 지금은 어차피 지각이었다. 아예 늦어 버리니까 뛸 생각도 들지 않았다. 그냥 저벅저벅 걸어가면서 왜 아무도 날 깨우지 않았는지 이해해 보려고 노력했다. 엄마는 막내를 등원시키고 바로 들어오지 않은 모양이었다. 간혹 엄마는 막내를 유치원에 보내고 나면 카페에서 혼자 쉬다 왔다. 누나는 방학 직전에 있는 기말고사를 준비한다고 원래 등교하는 시간보다 훨씬 일찍 집에서 나갔다. 아빠는 어제 집에 들어오지 않았다.

'아니, 아무리 그래도 그렇지. 어떻게 내가 등교 준비도 안 하고 자고 있는데 아무도 모르지?'

우리 집에서도 나는 잘 보이지 않는 점(點)에 불과한 게 아닐까. 아침부터 유쾌하지 않은 생각들이 꿈틀거렸다. 선생님은 수업 중에 들어온 나를 기가 막히다는 표정으로 쳐다봤다. 하필이면 1교시가 담임 시간이었다. 호통이라도 칠 줄 알았던 담임은 나를 그저 위아래로 몇 번 훑어보고는 조용히 이따가 종례 끝나고 좀 보자고만 말하고 말았다.

종례 후 교실은 내게 익숙하지 않았다. 푸근한 오후의 볕이나 빈 책상들, 묘한 여유로움과 고요함 같은 것들이 모두 낯설었다. 담임은 아침보다 화가 누그러진 얼굴로, 그러나 근심이 좀 드러나는 표정으로 앞자리를 가리키며 앉으라고 말했다.

"주영아, 너 요즘 힘든 일 있니?"

그 간단한 질문에 말문이 막혔다. 막상 물어보니까 말하고 싶은 기분도 들지 않았을뿐더러, 만일 털어놓고 싶었다고 하더라도 무엇을 어디서부터 얘기해야 할지 감이 잡히지 않았다. 아무 대답도 하지 않는 나를 선생님은 한동안 물끄러미 바라보다 안쓰럽다는 듯 한숨을 쉬었다.

"학기 초에 비해서 최근 성적이며, 여러 가지 생활 태도가 점점 안 좋아져서 하는 말이야. 원래 이 정도까지는 아니었잖아. 밤에는 대체 뭘 하길래 수업 시간에 계속 자는 거니? 오늘은 1교시가 반이나 지나간 뒤에야 등교하고. 수행평가도 지금 너무 안 좋아. 너 이제 2주 뒤에 기말고사 보고 나면 방학인데 어쩌려고 그러니. 1학기 이렇게 끝낼 거야?"

최근 한 달 사이 날려 먹은 수행평가가 몇 개였더라.

머릿속으로 헤아리는데 선생님이 다시 나직하게 물었다.

"주영아, 너는 하고 싶은 거 없어? 되고 싶은 거나?"

고개를 절레절레 흔들자 선생님은 내 어깨를 두어 번 토닥였다.

"오늘부터 한번 곰곰이 생각해 봐라, 네가 뭘 하면서 살고 싶은지. 사람이 그런 동기라도 있어야 건설적으로 살게 되는 거야."

"네, 선생님."

대답은 했지만 도대체 그런 건 어떻게 찾는지 의문이었다. 세상이 피자 한 판이라면, 나는 피자에 올라가는 올리브 한 개 정도의 경험치밖에 없었다. 누군가는 어릴 때부터 해외여행도 가 보고, 부모님이랑 이런저런 문화 생활도 해 보고, 다양한 학원도 다녀 보고, 자기를 사랑해 주는 많은 사람과 교류하면서 뭔가를 가슴에 품게 되었을지도 모른다. 하지만 나는 그런 것들이 낯설었다. 부모님은 자식 셋을 키우며 생계를 유지하는 일에 아등바등이었고, 그게 내가 사는 환경이었다. 나는 올리브 한 개의 경험치로 도대체 인생의 어떤 동기를 찾아낼 수 있는지 떠오르지 않았다.

'그런 게 그렇게 쉽게 생기는 건가.'

현실이 무겁게 느껴질수록 마음은 다른 곳을 향했다. 나를 환영해 주고, 내가 능력을 발휘할 수 있는 공간이 사무치게 그리웠다. 화려한 스킬과 액션, 내가 계획하고 컨트롤하는 대로 움직이는 나의 캐릭터, 게임에서 얻을 수 있는 다양한 아이템과 보상, 나를 치켜세워 주는 팀원들. 무엇보다 그 세계에 빠져 있을 때만큼은 이 세계의 답답함을 모른 척할 수 있었다. 방금 염려가 가득한 훈계를 듣고 나오는 길이었지만 피시방으로 향하는 걸음을 멈출 수 없었다. 마음은 그렇게 간단하지 않았다.

"오투 님, 안녕하세요!"

팀원들은 늘 그렇듯이 나를 환영했다. 역시 이곳이 내가 있을 곳이라는 생각이 들었다.

그 뒤에 일어난 일들은 뒤엉킨 실타래 같았다. 어느 순간, 어느 지점에서 살짝 엉키기 시작한 것이 어느새 걷잡을 수 없이 꼬여서 풀어 나갈 지점을 찾을 수 없었다. 1교시의 반을 날려 먹고 등교했던 그날 이후로, 몇 번을 더 그렇게 지각했다. 그러다 한번은 눈을 떴는데 10시였다. 동틀 무렵에 잠들었다가 일어나서 그런지 두통이 심했고 눈알도 뻑뻑했다. 몸을 일으켜야 한다고 생각하면서도 손가락 하나 까딱하기 싫었다. 곧 비몽사몽간에 있었던 일들이 기억났다. 엄마가 화를 내며 깨우던 것, 잠결에 엄마한테 욕을 하고는 그대로 이불을 뒤집어썼던 것, 엄마가 결국 무기력한 한숨을 내쉬며 방을 나갔던 것이 차례로 떠올랐다. 나는 다시 베개에 얼굴을 묻었다. 평일이었고, 학교를 가야 한다는 걸 또렷이 알았지만 다 무시했다. 스스로도 이해할 수 없는 행동이었다.

'정말 마음 어딘가에 블랙홀이 생긴 게 아닐까.'

나는 몸을 웅크리면서 막연히 꿈결 같은 생각을 했다. 마음속 모든 의욕과 기력을 잡아먹는 블랙홀이 있다고.

제대로 일어났을 때는 오후 1시쯤이었다. 핸드폰에 부재중 전화가 네 통이나 찍혀 있었다. 한 통은 담임이, 다른 세 통은 마트에 일을 나간 엄마가 건 전화였다. 나는 핸드폰을 그대로 엎어 두고 컴퓨터를 켰다. 엄마가 퇴근할 시간에는 피시방으로 향했다. 밥도 거기서 해결했다. 평일 오후에 교복을 입지 않고 피시방에 온 적은 이번이 처음이었다. 학교가 끝날 시간이 되자 내 또래 학생들이 하나둘 몰리기 시작했다. 그리고 무심코 돌아본 자리에는 어김없이 한준우도 있었다.

'아, 쟤 또 보네.'

시선을 느꼈는지 한준우도 내 쪽으로 고개를 들었다. 잠깐 마주친 시선은 내가 먼저 무심하게 고개를 돌리면서 자연스럽게 끊어졌다. 늘 나보다 빠르게 게임을 접고 일어나는 모범생을 보니 오늘 내가 무단결석을 하고 말았다는 사실이 더욱 비수처럼 마음에 꽂혔다. 갑자기 이후로 벌어질 일들이 상상되었다. 나의 생활기록부라든지 담임의 꾸중, 무엇보다 부모님의 분노가 떠올랐다. 하지만 놀랍게도 자리를 박차고 일어날 마음은 들지 않았다.

'몰라, 될 대로 되라지.'

자포자기하는 심정이 어느새 나를 옭아매고 있었다. 여기서 벗어날 어떤 능력도 내게는 없었다.

그리고 그날 밤, 나는 자포자기의 대가를 맛봐야만 했다. 집에 들어가자마자 눈에 불을 켜고 기다리는 아빠를 맞닥뜨렸다. 아빠는 두툼한 손으로 내 머리통을 후려갈겼다. 엄마는 냉정한 표정으로 옆에서 지켜보고 있었다. 막내는 눈치를 살피며 좁은 부엌의 벽 모서리 끝에 엉덩이를 붙이고 숨을 죽였다. 누나는 모든 난리 통과 자신이 상관없는 사람이라는 것을 더욱 분명히 하기라도 하듯 방 안에서 나오지 않았다.

"엄마 아빠는 숨 돌릴 틈도 없이 아등바등 사는데, 너는 네 할 일을 알아서 번듯하게 잘하지는 못할 망정 학교를 빠져? 그것도 무단으로?"

어쩌면 내가 이 모양인 이유에 그것도 포함될지 몰랐다. 엄마 아빠가 숨 돌릴 틈도 없이 힘들게 사는 것. 숨 돌릴 틈도 없어서 나를 혼자서 잘해야 하는 애로 내버려 둔 것.

"이 새끼 한 번만 더 학교 빠지거나 지각하면 바로 인터넷 선 잘라 버려. 학원도 마찬가지고."

아빠는 엄마에게 명령했다.

"주영아, 제발 엄마 힘들게 좀 하지 말고 네 누나 반만 닮아 봐라."

엄마는 내게 부탁했다. 그 말들 어디에도 내 마음이나 상황에 대한 질문이나 관심은 없었다. 물론 '너 대체 왜 그러는 거니. 무슨 일 있니?' 하고 물었어도 대답하지 못했을 것이다. 나도 도대체 내게 무슨 일이 일어나고 있는지 정확히 설명할 수 없었으므로.

'꼭 늪에 빠진 것 같다.'

계속해서 씩씩거리는 아빠를 앞에 두고 그런 생각을 했다. 언제 밟았는지도 모르지만 일단 한번 발이 감겨 들어가기 시작하자 순식간에 끌어당기는 늪. 움직일수록 몸에 무겁게 달라붙어 결국 움직일 힘조차 빼앗아 가는 그런 것 말이다.

인터넷 선을 잘라 버리겠다는 아빠의 협박은 그리 큰 효과가 없었다. 당연한 얘기지만 1학기 기말고사도 완전히 말아먹었다. 원래도 좋지 않았던 성적이 거의 바닥에 들러붙자 담임은 방학을 3일 남겨 놓고 기어이 교무실로 나를 불렀다. 담임은 얼마 전 교실에서 나무랐던 때와 달리 화가 많이 나 있었다.

"나 무시하니?"

담임은 영어 과목 담당이었는데, 망친 시험 중에서도 수학과 영어가 유난히 심했다. 두 과목은 시험 시간 내내 거의 엎드려 자다시피 있다가 마지막에 5분을 남겨 두고 한 번호로 찍었다. 3번이었던가.

"너희 어머니랑 통화했어. 너 요즘 게임하느라 잠도 제때 안 자고 학원도 빠진다면서. 애가 갑자기 왜 이러나 했더니 게임 때문에 그랬구나?"

그런가. 게임 때문인가. 나는 게임 중독인가. 한 달 만에 그렇게 되었나. 그렇다면 과연 현실이 나빠져서 게임에 중독된 걸까, 아니면 게임에 중독돼서 현실이 더욱 나

276

빠진 걸까.

담임은 점점 더 격양된 말투로 정신 차리라고, 너도 부모님 고생하는 거 알지 않느냐며 잔소리를 했다. 나는 속으로 숫자를 셌다. 100을 세기 전에 잔소리가 끝날까. 천천히 숫자를 헤아리는데 갑자기 다른 선생님의 목소리가 귀로 확 꽂혀 들었다.

"준우야, 됐어. 이제 가도 돼."

3학년 4반 담임 자리에 한준우가 있었다. 담임을 도와서 잠시 뭔가를 하고 있었는지 아예 담임 자리에 의자를 놓고 앉아 있었다. 한준우가 몸을 일으켰다. 휙 돌아서던 그 애의 시선이 잠깐 나한테서 멈췄다가 곧 무심하게 흩어졌다. 방학을 3일 앞두고 교무실에서 혼나는 모양이 한준우 눈에는 퍽 한심하게 보였을지도 모른다.

담임이 엄마와 통화를 어떻게 했는지 모르겠으나 그날 이후로 집 분위기는 한층 더 안 좋아졌다. 누나는 꼭 벌레를 보듯이 나를 봤다.

"너 그렇게 살다가 나중에 인생까지 말아먹어도 나한테 빌붙지 마라."

그게 누나의 유일한 충고였다. 더 나빠질 것이 없다고 생각했던 현실은 어느새 더욱 나빠져 있었다. 나는 최악의 상태로 여름방학을 맞이했다.

✦

  방학은 멀쩡하게 잘 돌아가던 생활도 무너뜨리는 기
간이었다. 방학이 되면 많은 애들이 수면 패턴이 바뀌고,
집에서 핸드폰과 텔레비전, 컴퓨터를 하면서 뒹굴뒹굴했
다. 방학 전부터 이미 생활이 어그러지기 시작한 내 경
우는 더욱 심했다. 아예 새벽 5, 6시까지 마음 놓고 게임
을 하다가 동틀 즈음에 잠들어서 그날 점심에 일어나곤
했다. 한낮의 햇빛이 방 안으로 들어오면 늘 머리가 아픈
채로 일어났다. 그럼 그 순간부터 항상 불쾌감이 조금씩
차올랐다. 몸이 좋지 않은 느낌이었고, 하루가 다르게 살
도 쪘다. 학원은 가는 날보다 안 가는 날이 더 많아졌다.
원래도 친한 친구가 없었지만 생활이 어그러지기 시작한
이후로는 그나마 연락을 주고받던 애들과도 연락을 안
하게 되었다. 그러다 보니 눈을 뜨고 멍하니 누워 있으면
자연스럽게 피시방 생각이 났다.
  '이렇게 누워서 무기력하게 시간을 죽이는 거나 피시
방에서 게임하는 거나 비슷하지, 뭐.'
  그렇다면 차라리 정신을 다른 데로 돌릴 수도 있고 팀

원들도 만날 수 있는 게임 속에서 시간을 보내는 편이 나았다. 나는 2, 3일 정도 감지 않아서 떡이 된 머리 위로 모자를 대충 눌러쓰고 어제 입었던 옷에서 냄새가 나는지 확인했다. 시큼한 냄새가 조금 나는 것 같았지만 미묘해서 그냥 그 옷에 머리를 집어넣었다. 어제 새벽 먹방을 보며 게임하다가 라면 하나를 먹고 자서 그런지 허기도 느껴지지 않았다. 나는 점심도 먹지 않고 핸드폰 하나를 덜렁 들고 밖으로 나왔다.

방학 때도 일주일에 두 번은 피시방에서 한준우를 마주쳤다. 이젠 깔끔한 얼굴과 단정한 분위기도 대수롭지 않았다. 딱 하나 여전히 신기한 것은, 한준우도 피시방까지 와서 게임하는 건 마찬가지인데 그 애 일상만큼은 늘 바르게 보인다는 점이었다. 심지어 방학인데도 말이다.

'재미없는 놈.'

괜히 속으로 비꼬면서 아니꼬운 시선을 던졌다. 그때 한준우가 스윽 고개를 들었다. 이전에도 두어 번 그랬던 것처럼 눈이 마주쳤다. 이크, 싶어서 재빠르게 고개를 숙였다. 그런데도 한준우 시선이 느껴졌다. 슬쩍 곁눈질로 보니 한준우가 무뚝뚝한 얼굴 그대로 나를 계속 쳐다보고 있었다. 이번에야말로 기분이 나빴던 걸까. 괜히 시비가 걸릴까 싶어서 그 애 시선을 느끼고 있다는 걸 내색하지 않고 모니터만 쳐다봤다. 그런데도 한준우는 쉽게 시선을 거두지 않았다. 하지만 노려보는 느낌은 아니었다.

'뭐야, 쟤 왜 저래.'

어쩌면 내 몰골이 너무 지저분한 탓일까. 하지만 떡이 진 머리는 모자 속으로 잘 감췄고, 수면 패턴이 꼬여서 푸석해진 피부나 다크서클까지는 보이지 않을 거였다. 그렇다면 혹시 종종 마주치다 보니 나름 반가운 마음이 들었나. 그런 생각까지 들 즈음에서야 한준우는 다시 고개를 돌렸다. 대체 무엇 때문에 나를 쳐다보고 있었는지 알 길이 없었다.

"오투 님, 대전 중에 멍 때리는 거 비매너예요."

헤드폰 안에서 팀원이 나무라는 소리가 들렸다. 한준우를 신경 쓰느라 막 시작한 대전에서 제대로 활약하지 못하고 있었다. 나는 다시 화면에 집중했다.

"역시 이래야 오투 님이지. 든든하다, 든든해."

원래 페이스를 되찾기 무섭게 팀원들이 나를 추켜세웠다. 그 덕에 한준우가 나를 빤히 쳐다본 방금 일에서 신경을 돌릴 수 있었다.

'에이, 뭐 어쩔 거야. 나한테 와서 뭐라고 한 것도 아니

고. 그냥 한번 봤겠지.'

자주 마주치니까 신기하지 않았을까. 나는 그 정도로 생각을 정리하고 다시는 한준우 쪽을 쳐다보지 않았다. 앞으로 또 보게 되더라도 가급적 그 애를 의식하지 말아야겠다고 결심했다. 그럼 한준우도 나를 신경 쓰지 않을 것이고, 혹시나 시비가 걸릴 일도 없을 터였다.

나는 결심을 잘 지키려고 했다. 피시방에 들어올 때, 그 애가 있는지 살피지도 않았고, 중간에 화장실을 가거나 잠깐 일어날 일이 있을 때도 일부러 주변을 둘러보지 않았다. 그런데도 그 애가 계속 의식되는 것은 순전히 한준우 탓이었다. 한준우는 자꾸 나를 쳐다봤다. 그 덕에 나는 피시방에서 그 애를 발견한 날이면 좀 긴장이 되었다. 그 녀석은 자그마한 얼굴에 비해 키도 컸고 어깨도 넓었다. 듣기로는 체육도 잘한다고 했다. 전형적인 잘난 놈과 부딪혀서 내가 득 볼 게 없었고, 혹시 전에 자신을 쳐다봤다는 걸 빌미로 공연히 싸움을 걸어올까 봐 신경이 쓰였다. 그러나 한준우는 은근히 나를 쳐다보면서도 결코 시비나 싸움을 걸어오지 않았다. 그냥 뭔가를 골똘히 생각하는 눈치였다.

'아, 뭐야 진짜. 어릴 때 어디서 만난 적이라도 있나.'

급기야 나는 있지도 않은 어릴 적 추억까지 뒤지게 되었다. 혹시 같은 유치원을 나와서 저러나 싶어서. 물론 그런 일은 없었다.

'에이 씨, 몰라. 저러다 말겠지.'

한준우가 먼저 시비든 뭐든 물꼬를 트지 않는다면 굳이 내가 찾아가서 따지고 싶은 생각은 없었다. 차라리 그렇게 생각하자 좀 신경을 덜 수 있었다. 한준우는 그냥 저러다 말 것이다.

✦

"너 하나중학교지?"

가까이에서 보이는 얼굴과 정갈한 목소리가 꿈결 같았다. 나는 정말이지 한준우가 직접 말을 걸어오리라고는 생각하지 못했다. 화장실에서 딱 마주친 방금도 놀라서 움찔한 건 나뿐이었고, 한준우는 대수롭지 않게 나를 힐끔 보고는 세면대에서 손을 씻었다. 그래서 그 애가 화장실을 나가려다 말고 몸을 돌렸을 때, 나도 모르게 눈을 크게 뜰 수밖에 없었다. 한준우는 덤덤하게 말을 걸었다. 세면대 거울에 비치는 그 애의 멀끔한 모습과 누가 봐도 대충 씻고만 나온 내 모습이 너무 대조되었다. 라면 국물이 튀고 구김이 잔뜩 간 옷과 기름이 번들번들한 얼굴, 누렇고 긴 손톱이 유난히 도드라져 보였다. 지금 당장 학교에 가도 될 것처럼 깔끔한 한준우 모습에 괜히 위축되었다.

"어, 어."

내가 떨떠름하게 대답하자 한준우는 고개를 끄덕였다.

"같은 교복에, 명찰 색도 3학년이고. 내가 피시방에 올 때마다 거의 네가 있어서 그냥 좀 신경 쓰이더라고."

"저…… 뭐가?"

"그냥."

그냥. 한준우는 모호한 말로 대답을 대신했다. 뭐가 그렇게 신경 쓰였냐고 다시 물어보고 싶었지만 묻지 않았다. 다시 물어도 똑같은 얼굴로 똑같은 대답을 할 것 같았다. 처음에 내가 몇 번인가 자신을 쳐다봤던 걸 기억해서 괜히 신경이 쓰였는지도 몰랐다. 내가 어찌할 바를 모르고 가만히 서 있자 한준우가 곧 의외의 말을 꺼냈다.

"너 시간 되면 이 옆 버거킹에서 저녁이나 먹을래?"

"뭐?"

'이렇게 뜬금없이?'라는 생각이 들었다.

"싫으면 말고."

침묵이 길어지자 한준우가 신경 쓰지 말라는 듯이 손을 휘휘 저었다. 싫은 건 아니었다. 단지 현실에서 먼저 뭔가를 청해 오는 사람이 꽤 오랜만이라서 잠깐 당황했을 뿐이었다.

"아니야. 가자, 버거킹."

말이 조급한 듯 나와서 살짝 민망했다. 나도 점심 먹고 아직까지 아무것도 안 먹어서 배고프다고 변명처럼 조그맣게 말했다. 한준우는 별로 신경 쓰지 않는 눈치였다.

한준우와 나는 버거킹에서 통성명을 했다.

"나는 3학년 4반 한준우."

"아, 나는 3학년 1반 박주영."

한준우가 말할 때 나는 속으로 '이미 알고 있어. 너 유명해.'라고 생각했지만 처음 듣는 이름처럼 굴었다.

"알아."

하지만 한준우 대답은 의외였다. 한준우가 나를 안다고? 놀란 기색이 느껴졌는지 한준우가 말을 덧붙였다.

"너, 방학 전에 교무실에서 혼나는 거 봤어. 그때 '쟤를 어디서 봤는데.'라고 생각하다가 피시방에서 봤던 기억이 나더라."

형편없는 기말고사 점수로 담임이 화를 냈던 게 기억

났다. 그래, 그때 한준우도 지금처럼 덤덤한 얼굴로 나를 슥 훑어봤다. 나를 얼마나 한심하게 생각할까 싶어서 괜히 귀가 뜨거워졌다. 역시 아무리 생각해도 납득할 수가 없었다. 쟤가 왜 나한테 말을 걸었을까. 굳이 나한테 버거킹에 가자고 한 이유가 뭘까. 신경 쓰였다는 건 정말 무슨 의미일까. 나는 먼저 다가올 만큼 친해지고 싶은 타입도 아닐 텐데. 내 표정에 의아함이 드러났는지 한준우는 묻지도 않은 말에 대답했다.

"너도 알겠지만 나도 이 피시방에 종종 오거든. 너는 거의 매일 오는 모양이고. 마주치는 일도 제법 있었으니까 이왕이면 알고 지내자 싶어서."

친구 하자는 말이랑 비슷한 말인가. 친구를 사귀는 게 이런 식으로도 가능했나. 역시 잘난 놈이라 이렇게 들이대는 것도 가능한가 보다고 생각했다. 머릿속에서 여러 가지 생각이 떠다녔다. 이상하고 어안이 벙벙했지만 솔직히 기분이 좋았다. 나는 좋아하는 티가 날까 봐 일부러 고개를 숙이고 알겠다고만 짧게 대답했다.

한준우와 나는 햄버거를 다 먹고 나서 서로 전화번호를 알려 주고 어색하게 헤어졌다. 아니, 어색하다고 느낀 사람은 나뿐이었을 것이다. 한준우는 처음 말을 걸었을 때처럼 아무렇지 않은 얼굴이었다. 한준우는 돌아서기 전에 게임을 더 하다가 갈 거냐고 물었고, 나는 왜인지 잠깐 고민하다가 고개를 끄덕였다. 말을 덧붙이려는 것처럼 한준우가 잠깐 주춤했는데, 결국 아무 말 없이 깔끔하게 돌아섰다.

그날 저녁, 나는 평소보다 일찍 집에 들어갔다. 이상하게 게임에 집중이 잘 되지 않았다. 대전을 치르는 데 문제가 없었지만 흥미가 떨어지는 기분이었다. 오늘은 참 묘한 날이구나, 생각하면서 현관문을 열었는데 술을 잔뜩 마신 아빠가 거실에 널브러져 있었다. 자는 건 아니었고, 제대로 알아듣지 못할 한탄을 하고 있었다. 회사에서 돌아올 시간이 아닌데 집에 있는 걸 보니 무슨 일이 있었던 모양이었다. 불행인지 다행인지 오늘 엄마는 저녁 근무여서 집에 없었다. 되도록 눈에 띄지 않게 방으로 들어가려는데 아빠가 몸을 꿈틀꿈틀 일으키더니 기어코 나를 노려봤다.

"저 새끼, 저거. 저 한심한 새끼. 게임 중독자 새끼."

나는 못 들은 척하고 방문을 열었다. 아빠는 고래고래 소리를 질렀다.

"야, 이 자식아! 현실을 살아, 현실을! 한심한 놈아! 누

286

가 너한테 게임하지 말래? 게임을 해도 좀 적당히 해야 할 거 아니야!"

"좀 조용히 하라고! 박주영 쟤는 이미 글렀으니까 신경 쓰지 말고 술 먹었으면 조용히 자! 내 인생까지 망치지 말고!"

누나가 방문을 벌컥 열더니 아빠에게 대들었다. 나는 방으로 들어와 핸드폰 이어폰을 귀에 꽂고 음악 볼륨을 최대로 높인 뒤에 매트리스에 엎드렸다. 물이 다 빠진 쥐포처럼 바짝 몸을 붙였다. 그대로 지구 아래로 스며들고 싶었다.

'나쁜 것뿐인 현실에 발붙이고 있어야 할 이유가 뭔데.'

나는 속으로 소리를 질렀다.

'적당히? 어떻게 적당히 할 수가 있겠어. 게임에서 빠져나와서 내가 있는 곳이 이따위인데. 게임 속 내가 현실 속 나보다 훨씬 나은데.'

그러나 아마 누구도 이해하지 못할 것이다.

몸이 마치 물먹은 솜 같았다. 아빠가 성질을 부리는 소리가 점차 희미하게 들렸다. 잠이 오나 보다 생각하는 중에 갑자기 잔뜩 높여 놓은 핸드폰 볼륨이 메시지 알림을 들려줬다. 소리가 너무 커서 잠이 달아났다. 화면을 켜자 잠은 더욱 달아났다. 한준우였다.

> 너 내일도 피시방 가냐?

번호를 교환했으니까 메시지가 오는 것도 이상한 일은 아니었다. 그런데도 나는 한준우가 메시지를 보낸 것이 당황스러웠다. 엎드렸던 몸을 반쯤 일으켰다.

> 어. 너는?

> 난 내일은 할 게 좀 있어서 안 가고,
> 목요일엔 갈 것 같다.

> 알았어.

고작해야 이 정도의 대화였다. 특별할 것도 없는 간단한 메시지였다. 정말 특별할 게 없었는데, 어두운 현실에 아주 희미한 불빛 하나가 깜빡이는 기분이 들었다.

그 뒤로 한준우와 나는 종종 만났다. 알고 보니 그 녀석도 오버워치를 좋아했고 나도 주로 하는 게임이었기에 같은 팀으로 대전을 하는 재미가 쏠쏠했다. 놀랍게도 한준우는 레벨이 나랑 비슷했는데, 덕분에 통하는 점이 더 많았다.

같이 피시방에 있는 날이면 한준우가 학원에 가기 전 함께 저녁을 먹었다. 그 녀석이 피시방에 오지 않는 날에도 가끔 얼굴을 봤다. 주로 그 애가 불러냈다.

> 너 아직 피시방이냐? 게임 그만하고 나와라.
> 운동이나 좀 하자.

보통 이런 식이었다. 그렇게 한준우와 몇 번 어울리다 보니 자연스레 조금씩 친해졌다. 피시방에서 처음으로 한준우를 봤을 때는 상상도 하지 못했던 일이었다.

"오늘 분식 괜찮냐?"

한준우가 가방을 챙기면서 물었다. 나도 그 녀석을 따라 의자에서 일어났다. 우리는 피시방 근처 분식집으로 들어갔다. 한준우는 떡볶이 국물에 김밥을 찍으면서 평범한 이야기를 늘어놓았다. 예전에는 무뚝뚝하기만 한 놈인 줄 알았는데 지내보니까 꼭 그렇지도 않았다.

"진짜 방학 순식간에 지나갔다. 이제 토요일하고 일요
일만 지나면 바로 개학인 게 믿어지냐?"

한준우 말대로 벌써 다음 주면 개학이었다. 얼마 전부
터 나는 방학이 끝나고 나면 한준우와 어떻게 지내게 되
는 걸까 고민했다. 학교에서는 역시 따로 마주칠 일이 없
으려나. 그러자 좀 울적한 기분이 들었다. 나를 반겨 주
는 사람이 없는 곳에 억지로 몸을 밀어 넣고 있을 생각을
하니까 벌써 가슴이 답답했다. 저절로 한숨도 나왔다. 한
준우는 그런 나를 빤히 쳐다보다가 눈을 몇 번 깜빡이면
서 시선을 돌렸다.

'아, 또 저러네.'

한준우는 가끔 뭔가 꼭 할 말이 있는 사람처럼 나를 쳐
다봤다. 달싹거리다가 끝내 꾹 다무는 입이라든가, 골똘
히 생각하는 것처럼 찌푸린 미간, 방금처럼 몇 초간 쳐다
보다가 난감한 듯이 시선을 돌리는 모습을 보고 있으면
나한테 무슨 할 말이 있다는 게 자연스레 느껴졌다. 그러
나 한준우는 지금까지도 달리 특별한 뭔가를 말하지 않
았다. 나는 한준우 같은 녀석과 친구로 알고 지내서 좋았
지만 그런 태도는 신경 쓰였다.

"너 방학 끝나도 계속 피시방 올 거야?"

내 질문에 한준우는 대답을 조금 망설이다가 입을 열었다.

"가끔 주말에나 갈 것 같아. 2학기부터는 과외를 하나 더 할 예정이라서."

그럴 줄 알았다. 나는 한준우처럼 덤덤하게 고개를 끄덕였다. 그러나 속은 그렇게 무디지 않다는 게 티가 났는지 한준우가 조심스럽게 말을 이었다.

"내가 공부를 좀 늦게 시작했어. 내 얘기, 들은 적 있지?"

학교에 자기 이야기가 도는 걸 알고 있는 모양이었다.

"응. 원래는 공부에 관심 없었다고."

그거 말고도 몇몇 이야기가 더 있기는 했다. 초등학교 때까지는 매사에 무기력하고 어떤 일에도 관심 없는 사람처럼 보였다는 말들.

"맞아. 그래서 지금도 수학이나 영어 같은 과목은 좀 벅차. 고등학교로 올라가기 전에 그걸 제대로 잡아 놓고 싶어서."

"되고 싶은 거라도 있어? 의사나 아나운서나."

공부를 잘해야 하는 직업 몇 개를 떠올렸다. 한준우는 바로 고개를 저으면서 말했다.

"되고 싶은 건 아직 없는데, 일단 공부를 좀 잘해 놓으면 나중에 뭘 하고 싶더라도 공부로 발목 잡힐 일은 없을 것 같아서."

잘난 척하는 기색도, 있어 보이려는 허세도 전혀 없는 담백한 말투였다. 그 말을 듣는 순간, 나는 깊은 자괴감을 느꼈다. 지금 내 모습과 한준우의 건실한 태도가 몹시 비교되었기 때문이다. 입맛이 확 떨어졌다. 괜히 젓가락으로 떡볶이를 꾹꾹 찌르다가 한준우를 봤는데, 그 녀석은 이번에도 뭔가를 말할까 말까 망설이는 표정이었다. 이쯤 되자 불쾌감이나 긴장감보다는 궁금해서 미칠 것 같았다.

'방학이 끝나면 얘랑 어떻게 지내게 될지도 모르는데.'

그런 생각이 문득 머리를 스쳤다. 동시에 내 입에서 불쑥 말이 튀어나왔다.

"너 뭐 할 말 있어?"

한준우는 눈을 크게 뜨더니 여러 번 깜빡였다. 처음으로 보는 당황하는 모습이었다.

"너, 나한테 처음 말 걸었을 때부터 지금까지 가끔 입이 근질거리는 얼굴로 나를 봐."

"아, 그랬어?"

한준우는 부정하지 않았다. 단지 난감한 얼굴로 시선을 내리깔았다. 나는 조용히 떡볶이를 먹었다. 고작해야 10초 남짓할 침묵인데도 몹시 길게 느껴졌다. 한준우는 물을 몇 모금 마시고 짧게 한숨을 쉬었다.

"야, 주영아."

한준우는 나를 처음으로 '주영이'라고 불렀다. 우리는 보통 서로를 야, 너 또는 성(姓)을 붙인 이름으로 불렀다.

"너 게임 좋아하지?"

헛웃음이 나올 뻔했다. 대체 무슨 말을 하려고 이토록 뜸을 들이는지 알 수 없었다. 나는 가까스로 웃음을 참고 고개를 끄덕였다. 한준우는 나를 따라서 고개를 가만가만 끄덕이다가 다시 입을 열었다. 목소리는 한층 더 조심스러웠다.

"너 게임하는 건 좋은데…… 현실을 버려 가면서까지는 하지 마라."

"뭐?"

"게임하는 거, 나쁜 거 아니야. 근데 현실을 버려 가면서 하는 건 나쁜 거야."

비슷한 말을 어디서 들었는데. 그래, 아빠가 "현실을 살아, 현실을! 이 한심한 놈아!" 하고 고래고래 소리를 질렀지. 이 말을 다시 듣게 될 줄은 몰랐다. 아니, 만약 듣게 된다고 하더라도 내 부모나 누나 또는 선생님한테서 들어야 맞지 않나. 이런 말을 한준우에게 듣다니.

내 표정이 단박에 구겨지는 걸 봤을 텐데도 한준우는 말을 주워 담지 않았다. 오히려 아무런 말도 하지 않은 사람처럼 튀김을 먹었다. 주제넘은 말을 했다는 것도 전혀 의식하지 못하는 듯 보였다.

"지금 엄청 어이없는 거 알아?"

황당함과 짜증, 자괴감이 뒤섞여서 부아가 치밀었다. 나는 원래 대놓고 툭툭거릴 수 있는 사람이 아닌데도 내 심정을 대변하는 말이 고스란히 나왔다.

"네가 뭘 안다고 그래."

"내가 왜 몰라. 나도 너랑 똑같았는데."

"뭐?"

영문을 알 수 없는 대답이었다. 그런 말을 해 놓고 한준우는 입이 매운지 한동안 입 안에 물을 머금고 있었다. 나는 잠깐의 침묵 속에서 머리를 굴렸다. 나랑 똑같았다니, 무슨 말일까. 한준우는 물을 꼴깍 삼키고 조금 부은 입술로 몇 년 전 자신에 대해서 이야기했다. 첫마디는 이거였다.

"내가 게임을 진짜 많이 했거든, 어릴 때."

이제껏 그랬듯이 이번에도 한준우 목소리는 높낮이가 명확하지 않았다. 심지어 적당히 느릿하기까지 해서 꼭 아름다운 추억을 이야기하는 것처럼 들리기도 했다.

"내가 열한 살 때, 부모님이 이혼했는데 아마 그때부터 뭔가가 조금씩 틀어졌을 거야."

아무 일 아닌 듯이 말한다고 해서 그게 정말 아무 일도 아닐 리가 없었다. 한준우는 떡볶이 국물에 묻혀 있는 파를 젓가락으로 꾹꾹 찔렀다. 그러면서 부모님이 이혼하고 난 뒤, 텅 빈 집에 혼자 있는 시간에 대해서 이야기했다. 엄마가 아침 일찍 나가서 저녁 늦게 들어왔기에 학교가 끝난 뒤 집에 돌아오면 아무도 없는 빈 공간에서 혼자 멀거니 벽지를 쳐다보던 일. 엄마가 일을 마치고 집으로 들어올 때면 그런 엄마의 모습이 꼭 커다란 짐을 이고 사막을 걷는 늙은 낙타 같다고 생각했던 일.

"함께 놀러 다닐 친구라도 있었으면 좋았을 텐데, 이혼과 동시에 엄마는 나를 데리고 그 동네를 떠났거든. 그럴 수밖에 없었어. 그 동네에 사는 엄마 친구랑 우리 아빠가 바람이 나서 이혼했고, 가십을 좋아하는 사람들이 하도 여기저기서 우리 집 일을 떠들어 대서 엄마가 노이

로제에 걸릴 지경이었으니까. 자기 부모들이 말해서 그런지 반 애들까지도 우리 부모님이 어떻게 이혼했는지 알고 있을 정도였어. '쟤네 아빠, 다른 아줌마랑 바람피웠대.' 이런 말이 애들 입에도 오르내리더라니까. 덕분에 동네도 학교도 옮겨서 친구도 없었지. 친구도 없어, 집에 가면 돌봐 줄 사람도 없어. 고작해야 열한 살인 애가 뭘 하면서 놀겠냐."

한준우는 "당연히 게임 아니겠어?" 하고 물었다. 내가 잠자코 고개를 끄덕이자 한준우는 본격적으로, 그러나 차분하게 하나하나 의견을 늘어놓았다.

"어른도 절제하기 힘든데 애한테 게임 많이 하면 안 좋으니까 하지 마라, 적당히 해라 말한다고 그게 되겠어? 더구나 현실이 또 얼마나 지루하고 별 볼 일 없냐. 가족끼리 살가운 대화를 하는 것도 아니고, 대단히 즐거운 취미가 있는 것도 아니고. 취미는 뭐 찾는다고 바로 생겨? 오랜 시간 동안 이것저것 경험하고 나를 탐색하면서 생기는 게 취미 아니냔 말이야."

지금 나랑 토론하자는 건 아니겠지. 실없는 생각을 하면서도 나는 구구절절 한준우 말에 공감했다. 마치 내 속에 들어와서 나로 살아 보고 하는 말처럼 들렸다.

"현실에서 좋은 거라곤 하나 없고, 다 지루할 뿐이더라. 멍하니 있으면 괴로운 생각만 드니까 화려하고 컨트롤이 가능한 게임으로 빠져드는 건 당연하지."

처음으로 나를 이해하는 사람이었다. 한준우 말을 들으면서 너무 고개를 세게 끄덕거리는 바람에 목덜미가 저릿할 정도였다. 한준우는 거기까지 말해 놓고는 젓가락을 탁 내려놓았다.

"그런데 박주영, 그래도 여기가 네가 살아가는 공간이야. 네 진짜가 있는 공간이라고. 괴롭다고 무작정 쉬워 보이는 길로 도망가다 보면 점점 더 안 좋은 현실이 될 거야. 나중에는 돌이키고 싶어도 못 돌이킬지도 몰라."

한준우에게는 먼저 경험해 본 사람에게서 나오는 분위기가 있었다. 나를 한심하게 보는 눈빛도 아니었고, 어쭙잖은 동정도 느껴지지 않았다. 강요나 충고와도 달랐다. 한준우는 정말로 깊은 바닥까지 내려갔다 온 애였다. 한준우가 왜 내게 말을 걸었는지, 왜 내게 다가왔는지가 비로소 명쾌하게 이해됐다. 자신이 나와 같았던 적이 있었기 때문에 나를 그냥 두고 볼 수 없었던 것이다. 나는 다른 애들이 한준우에 대해 가볍게 떠들던 말을 다시 떠올렸다.

'학교에서 매시간마다 아무것도 안 하고 있는 애.'

시끄러운 교실 속에서 가만히 앉아 있거나 엎드려 있는 한준우라니. 잘 상상이 되지 않았다. 더구나 그게 진짜라면 한준우는 어떻게 그 이후로 지금처럼 변할 수 있었단 말인가.

"근데 지금 너는 너무……."

나랑 달라.

그 말은 끝내 하지 못하고 입에서 웅얼거렸다. 한준우는 다 안다는 듯이 고개를 끄덕였다.

"계기는 별거 아니었어."

한준우가 조심스레 운을 뗐다.

6학년이 끝나고 졸업식이었다. 한준우는 그날도 집에서 게임을 하고 있었다. 그 무렵엔 이미 무단으로 학교를 결석한 지가 꽤 되었고, 거의 외톨이처럼 지내고 있었다.

"오늘 졸업식만큼은 꼭 가. 회사에 출근했다가 외출이나 반차 쓰고 갈게."

그날 아침, 분주하게 출근 준비를 하던 엄마가 방문 밖에서 말했다. 그때 엄마 목소리가 꽤 절박하게 들리기는 했다고 한준우는 말했다. 그러나 친구도 없는 졸업식에 갈 마음이 생길 리가 없었다. 대수롭지 않게 생각하고 늘

298

하던 대로 게임 속에서 시간을 보냈다. 불도 켜지 않은 어두운 방, 밥 대신 먹은 과자와 컵라면의 흔적이 굴러다니는 책상 앞에 앉아 한참 게임을 하다 보니 어느새 점심 무렵이었다. 창문 밖에서 학생들이 시끌시끌 떠드는 소리가 들렸다. '졸업 축하해!', '우리 은주, 6년 동안 수고 많았어!', '우리 중학교에 가서도 연락하고 지내자!' 같은 말들이었다. 졸업식이 끝났다는 생각이 들면서 문득 엄마가 떠올랐다. 무음으로 돌려놓고 엎어 뒀던 핸드폰을 켰다. 부재중 전화가 다섯 통이나 와 있었다. 모두 엄마였다. 밖에서는 다시 한번 즐거운 웃음소리가 들렸다.

"행복하자, 우리!"

누군가가 소리를 질렀다. 한준우는 그 말이 귀에 들리는 순간, 이유는 알 수 없었지만 울컥하는 마음이 들었다고 했다. 마음이 이상한 게 싫어서 물이나 마시려고 방문을 열었는데, 때마침 엄마가 들어왔다.

"준우…… 계속 거기 있었구나."

엄마 눈가가 발갛게 부어 있었다. 손에는 아들 대신 받은 졸업장과 지나치게 화려한 꽃다발이 들려 있었다. 빨갛고 노랗고 하얀 꽃다발의 색감은 과해서 촌스러웠다.

"우리 아들, 졸업 축하해."

엄마는 폭죽 같은 꽃다발을 억지로 한준우 손에 들려
줬다.

"제일 화려한 꽃다발로 골랐어. 우리 준우 인생도 이
렇게 아름답게 피어나라고."

꽃다발도, 엄마 미소도 모두 어색했다. 한준우는 퉁명
스럽게 꽃다발을 흔들며 방으로 들어갔다. 그러고는 쓰
레기가 굴러다니는 책상 위에 툭, 꽃다발을 던졌다. 그리
고 잠시 꽃다발을 바라보는데 갑자기, 정말 갑자기 눈물
이 났다. 한두 방울 투둑투둑 떨어지던 눈물은 점점 울음
이 되었고, 곧 통곡으로 바뀌었다. 마음 깊은 곳에서 "행
복하자, 우리!" 하는 외침과 "우리 준우 인생도 이렇게
아름답게 피어나라고." 하는 말들이 이리저리 뒤엉켰다.

"그 순간이었어. 그냥 자연스럽게 내가 이러면 안 되
겠구나 싶은 마음이 불쑥 들었어. 내가 살아가는 시간과
공간이 피부로 와닿았다고 해야 할까. '내 인생이구나.'
하는 그런 깨달음이 있었다고나 할까."

한준우는 멋쩍은 듯이 웃었다. 하지만 나는 따라 웃을
수 없었다. 불쾌도 유쾌도 아닌, 절망도 희망도 아닌 뭔
가가 몸속 어딘가에서 울렁거렸다.

"오지랖인 거 나도 아는데, 너한테 내가 겪은 걸 얘기

해 주고 싶었어."

대꾸할 말이 없어서 나는 가만히 내 손가락만 쳐다봤다. 괜스레 누렇고 긴 손톱끼리 톡톡 부딪쳤다. 한준우와 나 사이에는 한동안 침묵이 돌았다. 분식집 아줌마가 "학생들 다 먹었으면 이만 일어나." 하고 소리쳤다. 한준우가 먼저 가방을 들쳐 멨다. 우리는 어색하게 분식집을 나왔다. 이제 헤어져야 했다.

"잘 가라."

나는 내가 할 수 있는 최대한 미소를 지어 보였다. 얼굴 근육이 바짝 당겼다. 틀림없이 어색한 미소일 것이다.

"주말 지나고 학교에서 보자. 너네 반 놀러 갈게."

한준우가 나를 바라보며 말했다. 우리 반에 놀러 올 생각인가. 당겼던 얼굴 근육이 조금 부드러워지는 것도 같았다. 내가 고개를 가볍게 끄덕이자 한준우는 씩 웃고는 돌아섰다. 착실하게 학원으로 향하는 그 애의 등을 잠깐 보고 있는데 갑자기 한준우가 걸음을 멈추더니 생각난 게 있다는 듯 다시 내게로 걸어왔다.

"왜?"

나는 간단히 물었고, 한준우는 처음처럼 망설이는 표정을 지었다.

"그 우스꽝스러운 꽃다발 말이야."

졸업식에 한준우 엄마가 들고 왔다는 그 꽃다발 말인가. 나는 한준우를 가만히 올려다봤다. 그 애는 기어 들어가는 목소리로 빠르게 말을 내뱉고는 다시 휙 돌아섰다. 아까보다 더 빨리 성큼성큼 걸어가는 모습을 보고 있자니 멍했다가 갑자기 웃음이 터졌다.

"내가 너한테 그런 계기가 되면 어떨까 싶기도 하고."

웃기는 놈. 맨날 무뚝뚝하고 덤덤한 얼굴만 하고 있으면서 정말 의외의 구석이 있었다. 나는 분식집 앞에서 혼자 낄낄거렸다. 떡볶이를 새로 끓이던 분식집 아줌마가 나를 이상하다는 듯이 쳐다봤다.

　게임 중독을 겪는 청소년이 처한 현실을 들여다보면 춥고 어두운 경우가 많다. 그들의 현실에는 재미있는 일도, 따뜻한 일도, 동기를 고취하는 일도 없다. 그러나 게임의 세계는 다르다. 그곳은 자극적이고 재미있을 뿐 아니라 레벨업이나 아이템 획득을 통해 성취감을 느낄 수 있고, 다른 유저와 교류하면서 그들에게 인정도 받는다.

　어느 순간, 아이들은 선택의 기로에 놓인다. 무료하고 볼품없는 현실의 세계에 접속해서 살아갈지, 아니면 그런 현실을 잠시나마 잊게 하는 게임의 세계에 접속해서 살아갈지. 〈두 가지 세계〉의 박주영처럼 말이다.

　물론 누군가는 답답한 마음이 들 수도 있다. '그건 다 핑계야! 노력을 해야 현실이 좋은 곳으로 바뀌지! 게임에 빠져 있으니까 현실이 더 암담해지는 거 아니야?' 일부 맞는 말이다. 하지만 사람의 마음은 그렇게 간단하지 않다. 뭔가를 계기로 시작된 무력감이나 우울감, 절망감은 이성적인 생각만으로는 물리칠 수가 없다. 이미 메마른 마음에 '노력' 따위의 말을 던져 봐야 씨알도 먹히지 않는다. 그런 말은 어느 정도 좋은 토양이 준비된 뒤에나 필요한 말이다.

박주영은 한준우에게서 "내가 너한테 그런 계기가 되면 어떨까 싶기도 하고."라는 이야기를 듣고 웃음을 터뜨린다. 박주영의 현실이 따뜻해지기 시작한 순간이다. 현실이 따뜻하게 느껴질 때, 우리는 비로소 조금씩 현실로 눈을 돌릴 수 있다. 그러므로 우리는 모두 누군가에게 따뜻한 뭔가가 되어 줄 필요가 있다. 나 역시 참으로 부족한 마음을 가진 사람이지만 그것을 지향하며 살아가고자 노력한다. 나도 누군가에게서, 무언가에게서 그런 애정을 받은 덕분에 지금의 나로 있을 수 있으니까 말이다.

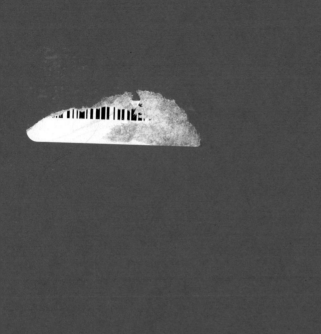